AF220719

Jan Zweyer

Tatort
Töwerland

Kriminalroman

Bibliografische Information der Deutschen Nationalbibliothek: Die
Deutsche Nationalbibliothek verzeichnet diese Publikation in der
Deutschen Nationalbibliografie; detaillierte bibliografische Daten sind
im Internet über http://dnb.dnb.de abrufbar.

© 2021 Jan Zweyer
Die Originalausgabe erschien 2001 im Grafit-Verlag, Dortmund

Herstellung und Verlag:
BoD – Books on Demand, Norderstedt

ISBN: 978-3-752-62861-6

Covergestaltung: Jan Zweyer

Der Autor

Jan Zweyer wurde 1953 in Frankfurt am Main geboren. Mitte der Siebzigerjahre zog er ins Ruhrgebiet, studierte erst Architektur, dann Sozialwissenschaften und schrieb als ständiger freier Mitarbeiter für die Westdeutsche Allgemeine Zeitung. Er war viele Jahre für verschiedene Industrieunternehmen tätig. Heute arbeitet Zweyer als freier Schriftsteller in Herne. Nach zahlreichen zeitgenössischen Kriminalromanen hat er sich mit der Goldstein-Trilogie (Franzosenliebchen, Goldfasan, Persilschein) das erste Mal historischen Themen zugewandt. Es folgte die fünfbändige Linden-Saga, eine historische Familiengeschichte aus dem Ruhrgebiet, ein Thriller zur Flüchtlingsproblematik (Starkstrom) und 2020 ein Ökothriller (Der vierte Spatz).

In der **Reihe Wiederaufgelegter Bücher** werden verlagsseitig vergriffen Texte von Jan Zweyer als Buch und eBook neu veröffentlicht. Der Originaltext unterliegt jetzt den neue Rechtschreibregeln. Inhaltliche Veränderungen wurden nur in Ausnahmefällen vorgenommen.

Die nächste Flut verwischt den Weg im Watt.
Und alles wird auf allen Seiten gleich;
die kleine Insel draußen aber hat
die Augen zu; verwirrend kreist der Deich.

Rainer Maria Rilke

Fast alle der beschriebenen Örtlichkeiten gibt es tatsächlich auf Juist, nur waren sie nie Schauplatz der in diesem Buch beschriebenen Ereignisse. Diese sind, wie auch alle Personen, frei erfunden und ohne jedes reale Vorbild.

Ich danke der Polizei von Juist für ihre freundlichen Hinweise.

»Es ist aus!«

Die drei Worte trafen ihn wie Keulenschläge. Ungläubig blickte er sie an.

»Hast du mich verstanden? Aus und vorbei.«

Er hatte nicht verstanden, wollte nicht verstehen. Mit hängenden Schultern stand er vor ihr, Tränen schossen in seine Augen. Langsam schüttelte er den Kopf. »Können wir nicht …?«

»… Freunde bleiben?«, beendete sie den Satz. »Was für ein Klischee!«

»Nein, ich meine … Können wir es nicht noch einmal versuchen?«

»Schlag dir das aus dem Kopf. Ich werde nicht länger auf dieser Insel bleiben. Nicht nach dem, was passiert ist.«

»Aber ich dachte …«

Die junge Frau lachte bitter. »Du dachtest, du dachtest. Was du schon denkst!« Sie machte eine abweisende Handbewegung und sagte herablassend: »Es ist nicht mehr zu ändern. Finde dich damit ab.«

»Das kann ich nicht«, stieß er hervor. Dann heftiger: »Ich liebe dich!«

»Was weißt du denn schon von Liebe?«

Er griff nach ihrer rechten Hand. »Bitte …«, flehte er. »Bitte.«

Sie entzog sich ihm. »Lass mich. Ich möchte nicht, dass du mich anfasst.« Ihre Stimme war kalt.

Seine Trauer und Verzweiflung mischten sich mit Zorn, und der Zorn verwandelte sich in Wut. »Früher hast du das aber gemocht.«

»Früher, früher. Wie kommst du darauf? Vielleicht war ja nur kein Besserer da.« Sie wandte sich ab. »Ich gehe jetzt.«

Er zog sie zurück und umklammerte ihren linken Oberarm mit beiden Händen. »Bitte bleib.«

»Lass sofort los.«

Er zog sie an sich, hielt ihren Kopf fest und versuchte sie zu küssen. Sie sträubte sich und stieß ihn von sich. »Wenn du das noch einmal machst …« Ihre Drohung stand im Raum.

Ihr Gegenüber näherte sich. »Was dann?«

Die Frau sah ihn an und begann plötzlich unmotiviert zu lachen. »Wenn du dich sehen könntest! Der betrogene Liebhaber. Was für eine Witzfigur.«

»Wieso betrogener Liebhaber? Gibt es da etwa noch jemanden?«

»Was hast du denn gedacht?«

Er schüttelte erneut den Kopf. »Nein. Nein, bitte … Ich glaube es nicht …« Seine Stimme erstarb. »Wir haben uns doch …« Plötzlich trat er einen Schritt nach vorne, umarmte sie, drückte seinen Körper gegen ihren und versuchte, seine Zunge gewaltsam in ihren Mund zu zwängen.

Sie keuchte vor Überraschung und drehte ihren Kopf, so weit es ging, zur Seite. Die Frau wand sich heftig unter seinem Griff. Dann gelang es ihr, den rechten Arm freizubekommen. Sie verkrallte ihre Finger in seinen Haaren und riss den Kopf des Mannes mit aller Kraft nach hinten. Er stöhnte und gab sie wieder frei.

»Mistkerl«, fluchte sie und schlug ihm ins Gesicht.

Er weinte, kam aber wieder näher und streckte seine Hände aus. »Ich wollte doch nur …«

Sie wich zur Wand zurück. »Bleib stehen!«

»Bitte bleib bei mir. Du darfst nicht gehen«, schluchzte er. »Ich brauche dich. Ich kann ohne dich nicht leben.«

»Bleib sofort stehen!«

Er ignorierte ihren Befehl, packte sie an der Schulter und schüttelte sie heftig.

»Hör auf, sofort!«

»Du darfst nicht gehen, hörst du? Du darfst nicht!« Seine Hände rutschten höher. Sie sah ihn mit aufgerissenen Augen an. »Du darfst nicht gehen, niemals!« Seine Finger umschlossen ihren Hals.

Die Frau geriet in Panik. Sie zog ihr Knie an und rammte es ihm in den Unterleib. Der Mann zuckte zusammen, drückte aber weiter zu. »Du darfst mich nicht verlassen, das geht nicht.«

Ihr blieb die Luft weg. Mit der rechten Hand versuchte sie, die Umklammerung zu durchbrechen, ihre linke ruderte auf der Suche nach etwas, das sie als Waffe benutzen konnte, durch die Luft. Sie röchelte heiser, als er den Druck verstärkte.

»Ich lass dich nicht gehen.«

Mit der Kraft der Verzweiflung schlug sie ihm wieder und wieder ins Gesicht. Ihre Fingernägel hinterließen blutige Kratzspuren auf seiner Stirn.

»Du darfst mich nicht verlassen ... Du musst bei mir bleiben!«

Der Körper der Frau erschlaffte.

»Du musst bei mir bleiben!«

Erst Minuten später lockerte er seinen Griff. Verblüfft sah er, wie die tote Frau langsam an der Wand hinunter auf den Boden rutschte. Sein Mund blieb vor Erstaunen und Erschrecken offen. Mit dem Handrücken wischte er sich das Blut aus dem Gesicht, blickte auf die roten Spuren auf seiner Linken und fiel auf die Knie, als würde ihm erst jetzt klar, was geschehen war.

»Das, das habe ich nicht gewollt«, stammelte er entsetzt. »Das habe ich nicht gewollt.«

Er stierte auf die vor ihm liegende Tote. Nach einigen Minuten hob er sie hoch und bettete sie auf eine Liege. Unter ihren Kopf schob er ein Kissen und bedeckte sie mit einer Wolldecke. Ihr blondes, langes Haar floss auf das Sofa. Auch im Tod war ihr Gesicht noch wunderschön.

Dann streichelte er zärtlich über ihre Wangen. Tränen lie-
fen über sein Gesicht. Warum hatte sie ihm das angetan?
Schließlich zog er die Decke langsam über ihre ver-
krampften Züge, setzte sich in einen Sessel und wartete.

Die junge Frau stellte ihr Weinglas auf den Couchtisch und wischte sich eine Träne aus dem Augenwinkel. Dann stand sie seufzend auf, schaltete das Fernsehgerät aus und öffnete die Terrassentür. Sie blieb an der Tür stehen und genoss die feuchtkalte Luft, die vom Meer heraufzog, bis sie fröstelte. Die Frau ging zurück ins Haus, stieg die Treppe nach oben und betrat das Badezimmer.

Zehn Minuten später hatte sie ihre Abendtoilette beendet. Sie wollte gerade zum Lichtschalter greifen, als die Beleuchtung ohne ihr Zutun ausging. Ihr Herz schlug schneller. Sie atmete einige Male tief durch und versuchte so, die aufkommende Panik zu verscheuchen.

»Ein Stromausfall«, murmelte sie leise, während sie sich durch den dunklen Flur zur Treppe tastete. »Nur ein Stromausfall. Das kommt vor.«

Durch ein Fenster schaute die Frau auf das Nachbarhaus. Es war hell erleuchtet. Sie schüttelte verwundert den Kopf. Dann kam ihr ein Gedanke: die Hauptsicherung, natürlich!

Langsam gewöhnten sich ihre Augen an die Dunkelheit, so dass sie ihre Umgebung schemenhaft erkennen konnte. Vorsichtig stieg sie die Treppe hinab. Auch im Erdgeschoss funktionierte das Licht nicht.

Aus dem Wohnzimmer blies ihr ein eiskalter Hauch entgegen. Der Wind hatte die Terrassentür weit aufgedrückt. Die Vorhänge flatterten gespenstisch. Sie schloss die Tür und versuchte sich an den genauen Standort des Sicherungskastens zu erinnern. Die Frau griff zu ihrem Einwegfeuerzeug, das auf dem Tisch lag. Ein kümmerliches Flämmchen warf einen trüben Lichtschein. Sicher hatten ihre Eltern Kerzen im Haus, aber wo? Die Flamme des Feuerzeuges erlosch. Hektisch drehte die Frau am Zündrad.

Ein leises Knarren im Flur ließ sie erschaudern. Sie fuhr herum und starrte auf die dunkle Türhöhle. Sie sah nichts. Endlich brannte das Feuerzeug wieder. Zitternd streckte die Frau ihren rechten Arm mit dem funzeligen Licht in die Höhe und machte einen langsamen Schritt nach vorn. Es knarrte wieder. Die Panik kehrte zurück. Die Frau zwang sich erneut zur Ruhe. Jetzt wusste sie, woher das Geräusch stammte. Erleichtert atmete sie auf. Der Deckel des Briefkastenschlitzes in der Eingangstür saß seit einigen Tagen locker und bewegte sich im Wind.

Dann nahm sie eine Bewegung hinter sich wahr. Ehe sie reagieren konnte, wurde ihr Kopf brutal nach hinten gerissen. Ihr Hals straffte sich. Sie sah, dass etwas den flackernden Lichtschein des Feuerzeuges reflektierte. Etwas Blitzendes, Metallisches. Etwas Scharfes.

1

»Na, was halten Sie von meinem Vorschlag?«

Der Mann platzierte seine rechte Hand auf dem Schreibtisch, beugte seinen Oberkörper etwas vor und sah mit stechenden Augen hoch. In seinem linken Ohrläppchen funkelte ein Brilli. Er trug einen perfekt sitzenden anthrazitgrauen Zweireiher italienischen Zuschnitts, dazu ein weißes Hemd und eine dunkelgraue Krawatte mit roten Punkten. Seine breiten Schultern und der durchtrainierte Körperbau ließen darauf schließen, dass er sich durch regelmäßiges Bodybuilding fit hielt. Das kurze, dunkle Haar war tadellos frisiert.

»Was ist nun?« Zur Bekräftigung seiner Frage ließ er auch seine linke Hand auf den Tisch fallen. Das Armband einer schweren goldenen Uhr klapperte auf der Buchenplatte. »Ist es das Finanzielle?«

Rainer Esch schüttelte schweigend den Kopf. Schon seit Minuten rekapitulierte er überschlägig die Kosten der Sozietät und seines nicht immer vorbildlichen Lebenswandels und überlegte, ob er das generöse Angebot von Marian Dezcweratsky ablehnen konnte. Aber so sehr er auch sein Gehirn zermarterte – er konnte nicht.

Vor etwa zwanzig Minuten hatte die gepflegte Erscheinung mit dem unaussprechlichen Namen ohne Terminabsprache die Büroräume der Kanzlei in der Herner Innenstadt betreten und sich von Martina, der Bürovorsteherin und einzigen Angestellten, bei Rainer anmelden lassen. Da Mandanten ein Manko in der Anwaltssozietät *Schlüter und Esch* waren und Rainer keine anderen Verpflichtungen hatte, durfte Marian Dezcweratsky sein Anliegen vortragen.

Und das war ebenso lukrativ wie simpel: Dezcweratsky wollte, dass die Sozietät die juristische Beratung und Vertretung der gesamten wirtschaftlichen Aktivitäten seiner Unternehmen übernahm.

Seine Gastritis meldete sich. Rainer hoffte, dass es wirklich nur eine Gastritis war und nichts Schlimmeres. Seit einigen Wochen quälte ihn ein bohrender Schmerz im Oberbauch. Trotzdem war er noch nicht zum Arzt gegangen. Angst und tief sitzendes Misstrauen gegenüber den Halbgöttern in Weiß ließen ihn diesen Besuch immer wieder verschieben.

Esch sollte also der Justiziar der Dezcweratsky-Gruppe werden. Zu einem monatlichen Festhonorar von 3.000 Mark. Zuzüglich Mehrwertsteuer. Vertretungskosten vor Gericht extra. Abgerechnet nach der Gebührenordnung.

Ein solches Angebot ließ normalerweise in jeder Anwaltskanzlei ihres Zuschnitts die Sektkorken hochgehen. Auch Rainer hatte nicht übel Lust, seine Partnerin und Lebensgefährtin Elke nach Abschluss seiner Verhandlungen zum Essen einzuladen, wenn da nicht die Branche gewesen wäre, in der Marian Dezcweratsky tätig war.

Esch war zwar nicht kleinlich und auch kein Heiliger, aber das Betreiben von Bordellen und Nachtklubs gehörte nun nicht gerade zu den Geschäften, die er moralisch für unangreifbar hielt. Und was Elke davon halten würde ...?

Aber 3.000 Schleifen! Plus Honorar!

Er gab sich einen Ruck. »Sagen wir 3.500. Und Sie können nicht erwarten, dass ich mich an irgendwelchen krummen Geschäften beteilige.«

Dezcweratsky lächelte verstehend. »Keine Angst. Alles streng legal. Ich bin Geschäftsmann, kein Krimineller. Einverstanden. 3.500.«

Rainer seufzte tief. Wie weit wirtschaftliche Not unbescholtene Bürger doch treiben konnte. »Dann müssen wir uns nur noch über die genauen Vertragsmodalitäten einigen. Ich würde vorschlagen, dass wir ...«

Eine weitere Stunde später hinterließ der im Lustgewerbe tätige Marian Dezcweratsky in dem Büro an der Viktor-Reuter-Straße einen unterschriebenen Vertrag und einen Scheck über 3.500 Mark. Und einen Rainer Esch, der sich den Kopf darüber zerbrach, wie er die Geschichte seiner Freundin erklären sollte.

Im ersten Moment war sie eher verblüfft als verärgert. »Sag das noch einmal! Du hast einen Vertrag mit einem Bordellbetreiber unterschrieben?« Sie schüttelte ihr braunes, halblanges Haar. »Hast du sie nicht alle?«

»Mit dem Vertrag sind wir aus dem Gröbsten raus«, verteidigte er sich. »Die Miete für die Kanzlei, das Gehalt von Martina ...«

»Aber deshalb lässt man sich doch nicht mit einem Loddel ein!«

»Dezcweratsky ist kein Zuhälter. Er vermietet lediglich Zimmer.« Rainers Widerspruch war eher zaghaft.

»Aha. Vermietet lediglich Zimmer. Das kann doch wohl nicht wahr sein! Dir scheint wirklich jemand etwas in den Kaffee getan zu haben. Und die Nachtklubs? Wird da Canasta und Bridge gespielt?«

Elke kam langsam in Fahrt und Rainer entschied sich dafür, den Mund zu halten.

»Und worin sollst du ihn vertreten? In Zivilverfahren wegen Mietwucher vielleicht? Oder in Strafprozessen wegen Förderung der Prostitution? Sehr nett wären auch Anklagen wegen Menschenhandels. Was hältst du von schwerer Körperverletzung gegenüber minderjährigen Frauen aus der Ukraine? Oder wie wäre es mit Vergewaltigung? Ich habe gehört, dass die mit falschen Versprechungen ins Land gelockten Frauen nicht immer ganz freiwillig hier bleiben. Da würde sich Freiheitsberaubung gut machen.« Die letzten Sätze schrie sie Rainer ins Gesicht. »Wie würdest du dich in einem solchen Prozess entscheiden? Etwa auf Freispruch plädieren?«

»Wenn Dezcweratsky unschuldig ist, ja.«

»Wie kann jemand unschuldig sein, der mit der Ausbeutung von Frauen sein Geld verdient? Diese Typen behandeln Frauen als Ware«, wütete Elke. »Das ist entwürdigend!«

»Mag sein. Aber selbst wenn es so wäre, wie du unterstellst: Auch solche Leute haben das Recht auf einen fairen Prozess. Außerdem soll es auch Frauen geben, die sich freiwillig prostituieren.«

»Wenn du damit auf die so genannten Sexarbeiterinnen anspielst, vergiss es. Diese Art von Feminismus konnte ich noch nie nachvollziehen.«

»Versteh ich nicht.«

»Ich bezweifle, dass Frauen freiwillig ihren Körper verkaufen. Und wenn sie das tun, dann nur deswegen, weil wirtschaftliche Not oder meinetwegen auch der irrige

Glaube an die schnelle Mark sie antreibt. Aber auch wirtschaftliche Not kann Gewalt sein!«

»Das schon. Trotzdem haben aber auch Bordellbetreiber Anspruch auf rechtlich einwandfreie Verfahren.«

»Sicher.« Elke wirkte enttäuscht. »Aber musst ausgerechnet du sie vertreten?«, fragte sie leise.

»Unsere Vereinbarung ...«

»Unsere? Deine Vereinbarung!«

»Unser Vertrag. Wir sind 'ne Sozietät«, knurrte Rainer. »Die Abmachung mit Dezcweratsky sieht in erster Linie juristische Beratung vor: Mietrecht, Arbeitsrecht, allgemeines Vertragsrecht und so. Vorfälle, wie die von dir erwähnten, sind schlecht fürs Geschäft. Und deshalb möchte Dezcweratsky so etwas vermeiden.«

»Behauptet er. Ich glaube, der macht dir was vor. Und selbst wenn nicht: Mit solchen Geschäften, so legal sie auch sein mögen, will ich nichts zu tun haben. Auch dann nicht, wenn eine Million Kerle täglich für die schnelle sexuelle Befriedigung bezahlen.«

»Brauchst du auch nicht. Das ist mein Mandat. Und wenn sich Dezcweratsky nicht an die Abmachung hält, werfe ich ihm die Brocken vor die Füße. Aber«, Rainer wedelte mit dem Scheck, »für einen Monat bin ich sein Berater. Mindestens für diese Zeit. Vertrag ist Vertrag.«

»Leider.« Elke stand auf und sah ihrem Partner in die Augen. »Versprich mir, dass du dich nicht kaufen lässt.«

»Versprochen.«

»Hoffentlich.« Ohne weitere Worte verließ sie sein Büro. Und Rainer war sich wieder einmal nicht sicher, ob er nicht einen Fehler gemacht hatte.

2

Aus Süden, vom Festland her, versuchte schon seit Tagen eine Nebelwand die Insel zu verschlucken. Der

17

leichte Nordostwind, manchmal etwas auffrischend, kämpfte gegen die Nebelfront und schlug immer wieder neue Breschen in die Wolken. Da keiner der beiden Gegner entscheidende Vorteile erlangen konnte, blieb das Wetter, wie es war: diesig und feucht.

Die Fähren, die Juist mit Norddeich verbanden, pendelten planmäßig zwischen der Insel und dem Festland. Nur der Flugverkehr der zweimotorigen Propellermaschinen vom Typ *Britten Norman Islander* war eingestellt. Die Insulaner und die wenigen Urlauber, die sich über Weihnachten in den Hotels, Pensionen und Ferienwohnungen verkrochen hatten, nahmen von der fehlenden Flugverbindung nur deshalb Notiz, weil ihre Post und die Zeitungen später als gewöhnlich eintrafen. Die Druckerzeugnisse kamen erst mit der Fähre, die um kurz nach halb drei am Nachmittag im Hafen anlegte.

Die meisten Fahrgäste der *Frisia Neun* waren Einheimische. Der Dampfer war zu hören, bevor man ihn sah. Dumpf ertönte seine Sirene durch die Nebelschwaden. Erst als das Schiff die Containerverladung an der südlichen Spitze der Hafenanlagen passierte, waren vom Kai aus schemenhaft die Aufbauten der Fähre zu erkennen. Mit langsamer Fahrt näherte sie sich. Das Schiff drehte und schob sich mit dem Heck voran an die Anlegestelle. Die mahlenden Schrauben wühlten das graubraune Wasser im Hafenbecken auf. Gurgelnd schlug es an die Spundwände.

Mit einem sanften Ruck legte *Frisia Neun* endlich an. Taue wurden an den Pollern festgemacht, rasselnd öffnete sich die Heckklappe. Auf dem Sonnendeck der Fähre standen, in dicke Jacken gehüllt, einige Fahrgäste und hielten Ausschau nach Freunden oder Bekannten. Eine kleine Zugmaschine schleppte die Wagen, in denen das Gepäck der Besucher verstaut war, von der Fähre und stellte sie auf dem Kai ab. Erst dann konnten die Fahrgäste das Schiff verlassen, die Ticketkontrolle passieren und ihre Gepäckstücke einsammeln.

Die meisten Ankömmlinge packten ihre Taschen und Koffer auf die Fahrradanhänger der Abholer, andere nutzen die Pferdefuhrwerke, die auf Juist die Taxis ersetzten. Einige näherten sich zielstrebig einem kleinen Platz gut fünfzig Meter von der Anlegestelle entfernt, auf dem luftbereifte Karren auf autorisierte Nutzer warteten. Der Name ihrer Besitzer oder der der Hotels und Pensionen prangte unübersehbar auf den Seitenwänden.

Als alles umgeladen worden war und die wenigen neuen Fahrgäste das Schiff betreten hatten, nahm die Fähre wieder Kurs auf Norddeich. Bald darauf dämmerte es. Juist versank erneut in die beschauliche Ruhe der Vorweihnachtszeit.

Auf dem Weg ins Dorf, direkt neben dem Hafengebäude, passierten die Ankömmlinge einen ausgeklappten Tapeziertisch, hinter dem ein junger Mann mit Nickelbrille und Vollbart fröstelnd von einem Bein auf das andere stampfte. Er trug Jeans, einen selbst gestrickten Wollpullover und eine gelbe Regenjacke. Eine dunkelblaue Pudelmütze bändigte nur unzureichend seine zerzausten, halblangen Haare.

Vor dem Tisch hing ein Transparent, selbst gefertigt aus einem alten Bettlaken, bemalt mit einer kleinen, stilisierten gelben Sonne, die eine geballte Faust von sich streckte, und der Aufschrift: *Kein Golfplatz auf Juist. Erhaltet die Insel. Schützt die Natur.* Auf dem Tisch lagen, durch Steine vor dem Wegfliegen gesichert, einige Stapel Flugblätter und zwei Unterschriftenlisten, die jeweils nur wenige Namen enthielten.

»Unterstützen Sie unseren Kampf gegen die Bodenspekulation! Gegen den Ausverkauf unserer Insel! Kein Golfplatz auf Juist. Solidarisieren Sie sich mit Ihrer Unterschrift. Juist muss Töwerland bleiben. Wir brauchen kein zweites Sylt!«, rief der Mann mit verschnupfter

Stimme den Ankommenden zu, von denen die meisten jedoch achtlos vorbeigingen.

Eine starker Windstoß drohte, die Flugblätter ihrer wortwörtlichen Bestimmung zuzuführen. Hastig beugte sich der Mann vor und rückte den Sicherungsstein in eine bessere Position.

»Moin, Christian. Jetzt geht's gegen den Golfplatz?« Ein junger Mann war stehen geblieben.

Der Bärtige schreckte hoch. »Ach, du bist es. Moin, Hendrik. Willst du deinen Vater besuchen?«

Hendrik Altehuus nickte. »Und was machst du?« Er deutete mit dem Kopf auf die Listen.

»Siehst du doch. Ich sammle Unterschriften.« Der leicht trotzige Unterton war nicht zu überhören.

»Scheinbar aber nicht sehr erfolgreich, oder?«

»Kein Wunder, bei dem Wetter«, räumte Christian Hanssen ein. »Unterschreibst wenigstens du?«

»Was hast du gegen den Golfplatz?«, fragte Altehuus zurück.

»Lies das.« Hanssen drückte seinem früheren Schulkameraden ein Flugblatt in die Hand. Der gab es ihm jedoch postwendend zurück. »Erzähl es mir lieber.«

»Wann? Jetzt?«

»Warum nicht? Mein Vater sitzt ohnehin noch in seinem Büro.« Altehuus sah sich um. Mit Ausnahme der Hafenarbeiter, die die *Frisia Neun* zur Abfahrt vorbereitet hatten, war der Kai menschenleer. »Hier unterschreibt doch niemand mehr. Komm, lass uns etwas klönen. Wann haben wir uns das letzte Mal gesehen? Im Sommer?«

Christian Hanssen nickte bestätigend und begann wortlos, Flugblätter und Unterschriftenlisten in einer Tüte zu verstauen und den Stand abzubauen. Er packte die Sachen und die Reisetasche seines Schulfreundes in seinen Fahrradanhänger. »Wohin?«

»Wer hat auf?«, kam die Gegenfrage.

»*Kompass*?«

Von ihrem Platz im Schankraum sahen sie auf den kleinen Kurplatz. Der stärker gewordene Nordostwind zerrte an den wenigen Passanten, die im nahe gelegenen Supermarkt ihre Einkäufe erledigt hatten und bepackt mit Körben und Taschen nach Hause eilten. Es begann leicht zu schneien.

»Scheint noch kälter geworden zu sein«, bemerkte Hendrik Altehuus.

»Sieht so aus«, antwortete Christian und schlürfte seinen Eierpunsch. Hendrik wartete geduldig. Sein Freund setzte das Glas ab und schaute wieder aus dem Fenster. Dann begann er zu erzählen.

»Schon seit einigen Jahren beabsichtigt ein Konsortium schwerreicher Hamburger und Bremer Geschäftsleute, auf unserer Insel einen Golfplatz zu bauen.«

»Klingt doch nicht schlecht?«

»Zunächst nicht. Die Investitionen lohnen sich aber nur dann, wenn die potenziellen Golfer auch ihre Ferienhäuser hier bauen dürfen. Dafür brauchen sie Grundstücke. Und wie du weißt, ist der Platz auf Juist begrenzt. Deshalb dürfen Neubauten hier nur erstellt werden, wenn darin auch Unterkünfte für Urlauber vorhanden sind. Ich kann mir beim besten Willen nicht vorstellen, dass ein reicher Hamburger in seiner Villa auch noch Feriengäste einquartiert. Du?«

»Nee.«

»Eben. Der Gemeinderat hat bisher immer versucht, die Entstehung von Gettos für Reiche und die damit verbundene Bodenspekulation zu verhindern. Aber die Investorengruppe hat schon viel Knete in die Planungen gesteckt, diese Ausgaben müssen sich irgendwann auszahlen. Die Pläne liegen seit geraumer Zeit fertig in den

Schubladen. Die brauchen nur noch die Zustimmung der Gemeinde. Dann rollen die Bagger an.«

»Und? Wird der Gemeinderat nun zustimmen?« Altehuus steckte sich eine Zigarette an und bestellte noch ein Pils.

»Ich hoffe nicht. Hinter den Kulissen findet ein heftiges Tauziehen statt. Im Moment gibt es eine Art Patt unter den zwei, nein, eigentlich sind es drei Fraktionen. Ich meine nicht die politischen Parteien. Die Angelegenheit ist überparteilich. Da ist zum einen die Gruppe um Peter Ahrndt ...«

»Der Apotheker und Heimatforscher? Das ist doch der Enkel von Ehmine Ahrndt, oder?«

»Genau. Die sind strikt gegen den Golfplatz. Wie ich. Dann ist da Wilhelm Steiner.«

»Der die Kneipe im Loog hat? Den kenne ich nicht näher.«

»Hast du auch nichts versäumt. Kam mit seiner Familie nach dem Zweiten Weltkrieg als Vertriebener, ist hier hängen geblieben. Steiner leidet bis heute darunter, dass ihn die alteingesessenen Familien nicht als Juister akzeptieren.«

Hendrik Altehuus lachte. »Ist ja auch schwer. Es müssen mindestens drei oder vier Generationen an der Mittelstraße begraben liegen, bis man nicht mehr als Zugereister gilt.«

»Ich glaube nicht, dass Steiner bei dem Gerangel um den Golfplatzbau die treibende Kraft ist. Im Hintergrund zieht da ein Bremer Teehändler namens Hans Wübber die Fäden. Der hat im Loog ein luxuriöses Ferienhaus. Er ist gemeinsam mit Steiner in einer Bürgerversammlung aufgetreten und hat den Abbau von Investitionshemmnissen, wie er es nannte, gefordert. Steiner scheint der Strohmann von Wübber zu sein. Und schließlich gibt es im Rat noch einige Unentschlossene. Die schlagen sich mal auf die eine, mal auf die andere

Seite. Bis jetzt hat keine Fraktion eine eindeutige Mehrheit. Deshalb landet die Änderung der Bauvorschriften auch nicht auf der Tagesordnung einer Ratssitzung. Keine Seite kann sich sicher sein, die Abstimmung zu gewinnen. Sie suchen unter den Unentschiedenen nach weiteren Verbündeten. Das geht jetzt schon seit Monaten so.« Hanssen trank noch einen Schluck Eierpunsch. »Und weißt du, wo sie den Golfplatz bauen wollen?«, beendete er seinen Bericht.

»Keine Ahnung.«

»Am Deich zwischen Loog und Hammersee! Und direkt daneben die Villensiedlung. Nach den Planungen der Investoren soll lediglich der Weg zur Domäne Bill und der Strand für die Öffentlichkeit frei bleiben. Die Domäne Loog wird das Klubhaus.«

»Oh!« Hendrik war überrascht. Die gesamte Insel war Bestandteil des Nationalparks Wattenmeer und der Hammersee lag bereits in der Ruhezone, in der die Natur weitgehend sich selbst überlassen war. Es war gerade diese ungestörte Natur, die die meisten Urlauber auf die Insel zog.

»Verstehe. Ihr befürchtet nicht nur Beeinträchtigungen des Nationalparks, sondern auch Nachteile für den Tourismus.«

»Genau. Nur wenige Restaurants und Geschäfte würden vom Zuzug der Reichen profitieren. Andere würden Einbußen erleiden.«

»Und Steiner hat sein Restaurant im Loog, in der Nähe des Golfplatzes.«

»Eben. Und Wübber gehören dort Grundstücke.«

»Also daher weht der Wind!«

»Genau.« Christian drehte sich zur Theke. »Noch einen Eierpunsch, bitte.«

3

Frierend und ziemlich schlecht gelaunt stapfte Karl-Heinz Schwiebus durch das Schneetreiben. Auf seiner Visitenkarte stand: *Immobilienmakler.* Er besaß ein kleines Büro in Wanne-Eickel, in das sich nur selten Kunden verirrten, da er sich regelmäßige Zeitungsanzeigen nicht leisten konnte. Die letzte Mietwohnung hatte er im Oktober vermittelt, den einzigen Hausverkauf seiner Karriere vor mehr als zwei Jahren realisiert. Seinen Lebensunterhalt bestritt er im Wesentlichen durch den Verkauf von Hausratversicherungen und gelegentliche Serviceleistungen für einen der Großen im Immobiliengewerbe des Ruhrgebietes.

Diese Geschäftsbeziehung war auch der Grund dafür, dass er sich auf Juist herumtrieb.

Was hatten ihm seine Freunde nicht alles vorgeschwärmt vom Winter auf Juist: stundenlange Spaziergänge unter sonnigem, wolkenlosem Himmel am endlosen Sandstrand in eiskalter Luft; gemütliche Abende mit blonden, hochbeinigen Inselschönheiten in einer der zahlreichen Kneipen bei Grog, Glühwein und Eierpunsch; feuchtfröhliche Ausflüge in Pferdekutschen zu den Sehenswürdigkeiten der Insel; faszinierende Eisbarrieren im Wattenmeer – und was war?

Die meisten Kneipen und Restaurants nahmen ihren Betrieb erst am 1. oder 2. Weihnachtsfeiertag wieder auf; Touristen befanden sich kaum auf der Insel, und wenn, dann waren die wenigen Blondinen fest in der Hand ihrer Ehemänner und Freunde und auch noch so dick in Wattejacken verpackt, dass selbst sein ausgeprägtes Vorstellungsvermögen nicht ausreichte, das Darunter zu erahnen. Zwar hatte er schon ein paar jungen Damen das eine oder andere Getränk an der langen Theke der *Spelunke* ausgeben dürfen, aber es war trotz einiger viel versprechender Ansätze leider nur beim Bezahlen des Eierpunsches geblieben.

Die Wintersonne hatte er seit seiner Ankunft auch noch nicht gesehen, dafür aber schon mehrfach die Erfahrung gemacht, wie sich Schnee- und Graupelschauer, vom stürmischen Wind fast waagerecht über den Strand gepeitscht, auf der ungeschützten Gesichtshaut anfühlten.

Als er sich gestern Abend am Telefon darüber bei einem seiner Freunde beschwerte, hatte der nur eine Binsenweisheit zum Besten gegeben: »Charly, es gibt kein schlechtes Wetter, nur die falsche Kleidung.«

Und jetzt war auch noch das Sportgeschäft mit der richtigen Kleidung geschlossen. Einem kleinen Schild an der Eingangstür entnahm Schwiebus, dass er zwischen 17 und 18 Uhr eine gewisse Chance hatte, den Laden betreten zu dürfen.

Trotzdem hatte sein Aufenthalt auf der Insel auch etwas Gutes: Er kostete ihn nicht nur keinen Pfennig, sondern warf auch noch ein kleines Honorar ab. Schwiebus war sich allerdings nicht ganz sicher, ob sein Auftraggeber mit den bisherigen Ergebnissen seiner Arbeit zufrieden sein konnte.

Er schlug seinen Mantelkragen höher und machte sich auf den Weg zur *Spelunke*, eine der wenigen Kneipen, die geöffnet hatten.

Charly Schwiebus bestellte ein Bier und sah sich um. Wie immer um diese Zeit waren kaum Gäste im Lokal. Lediglich am hinteren Ende der Theke entdeckte er ein Paar, das in eine intensive Unterhaltung vertieft war. Die Reihe schmaler Tische gegenüber war bis auf einen einsamen Trinker leer. Schwiebus erinnerte die Sitzanordnung an die Bestuhlung im britischen Unterhaus.

Die Thekencrew spülte Gläser und bereitete sich auf den Abend vor. Ab zehn, elf Uhr ging nach Charlys Erfahrungen in der *Spelunke* die Post ab. Allerdings war das Gedränge dann so groß und der Lautstärkepegel so hoch, dass an ein gemütliches Tête-à-Tête nicht zu denken war.

Schwiebus orderte ein zweites Pils und blickte zur Uhr. Zeit für seinen täglichen Bericht. Er griff zum Handy und wählte die Nummer seines Geldgebers.

»Schwiebus hier.«

»Ja?«, kam die knappe Antwort.

»Leider bin ich immer noch nicht sehr viel weiter.«

»Wie soll ich das verstehen?«

»Na ja, ich habe Steiner noch nicht erreichen können. Er geht nicht ans Telefon.«

Die Stimme am anderen Ende der Verbindung schwieg. Dann sagte sie ungehalten: »Sie haben es nur über das Telefon versucht? Das kann ich auch von hier aus. Ich bezahle Sie nicht dafür, dass Sie auf Juist Urlaub machen!«

»Nein, natürlich nicht«, beeilte sich Schwiebus zu versichern. »Ich war jeden Tag bei seinem Haus. Nachbarn haben mir erzählt, dass er erst am 23. oder Heiligabend wieder zurückkommen wird. Er macht mit seiner Familie Urlaub bei Verwandten. Die Nachbarn wussten aber nicht ...«

»Also übermorgen.«

»Oder einen Tag später. Heiligabend.«

»Sie bleiben, bis Sie mit Steiner geredet haben. Was haben Sie sonst in Erfahrung bringen können?«

»Heute hat am Hafen ein Mann Unterschriften gegen den Bau des Golfplatzes gesammelt.«

»Und?«

»Ich dachte, das interessiert Sie.«

»Haben viele unterschrieben?«

»Soweit ich sehen konnte, nicht.«

»Gut. Bis morgen.«

»Äh, Herr ...«

»Was denn noch?«

»Meine Spesen ... Ich will damit sagen, hier haben Heiligabend nur die großen Hotels und das Kurhaus geöffnet. Da muss ich reservieren ... ich muss doch auch eine Mahlzeit ...«

»Sie reden mit Steiner, verstanden? Und, zum Teufel, gehen Sie Heiligabend, wohin Sie wollen.«

»Danke. Ich werde mein Möglichstes tun.«

»Das ist zu wenig.«

Die Verbindung war unterbrochen.

4

»Unser neuer Großkunde für dich«, teilte Martina Spremberg ihrem Chef mit, bevor sie das Telefonat durchstellte. »Ich mach dann übrigens Feierabend.«

»Wenigstens benutzt du den Plural«, knurrte Esch. Es knackte in der Leitung. »Was machst du?«, fragte er empört nach.

»Was sagten Sie gerade?«

»Oh, Herr Dezcweratsky.« Rainer hatte etwas geübt, um den Namen annähernd fehlerfrei aussprechen zu können. »Was kann ich für Sie tun?«

»Verreisen.«

»Wie bitte?«

»Fahren Sie für mich auf die Insel Juist.«

»Juist? Was soll ich da?«

»Grundstücke kaufen. Sie sollen in meinem Namen die Verhandlungen führen und die Verträge vorbereiten. Ich bin leider im Moment in Bochum unabkömmlich.«

»Was für Grundstücke?«

»Baugrundstücke, Felder, Wiesen, was auch immer. Wenn's sein muss, auch im Watt. Ich faxe Ihnen gleich die Vollmacht, einen Plan von der Insel und die Unterlagen des Katasteramtes zu. Die infrage kommenden Grundstücke sind dick umrahmt. Sie haben freie Hand bis 1.000 Mark pro Quadratmeter. Für jede Mark, die Sie den Verkäufer herunterhandeln, erhalten Sie 20 Prozent Provision. Alles klar?«

»Die Unterbringungskosten …«

»… übernehme ich. Spesen natürlich auch. Im *Hotel Achterdiek* ist ab morgen ein Zimmer für Sie reserviert.«

»Morgen? In zwei Tagen ist Weihnachten!«

»Weiß ich. Haben Sie etwa familiäre Verpflichtungen?«

»Familiäre nicht gerade, aber persönliche. Ich meine …«

»Nehmen Sie sich ein Doppelzimmer. Das dürfte kein Problem sein. Über Weihnachten ist nicht besonders viel los auf der Insel.«

»Sie meinen wirklich, ich soll auf die Insel fahren, unangemeldet bei den Leuten aufkreuzen und sie fragen, ob sie ihre Grundstücke verkaufen wollen?«

»Ja«, erwiderte Dezcweratsky in einem Tonfall, als ob er Rainer gebeten hätte, ihm vom Kiosk eine Schachtel Zigaretten mitzubringen.

Esch war skeptisch. »Und das soll funktionieren? Kurz vor Weihnachten?«

»Warum nicht? Sehen Sie, ich halte mich im Immobiliengeschäft an die gleichen Regeln, die an der Börse gelten: Verhalte dich antizyklisch. Tue nie das, was deine Konkurrenten zur selben Zeit auch tun. Wenn die Kurse fallen und alle Welt verkauft, kaufe ich. Und wenn die Kurse steigen, nehme ich die Gewinne mit. Wenn ich warte, steigt möglicherweise die Nachfrage. Und damit der Preis. Jetzt bekomme ich die Grundstücke vielleicht noch etwas billiger. So einfach ist das.«

»Wenn Sie meinen.« Dezcweratskys Geschäftsphilosophie überzeugte Rainer keineswegs, aber letztlich konnte ihm das auch egal sein. »Unser Vertrag …«

»Der wird erweitert. Dreihundert am Tag, einverstanden?«

Der Abakus in Rainers Kopf begann zu arbeiten. »Einverstanden.«

»Prima. Halten Sie mich bitte täglich auf dem Laufenden.«

»In Ordnung.«

»Ach ja, noch etwas. Einer meiner ... Mitarbeiter ist der falsche Ausdruck ... sagen wir Beauftragten, ist schon auf Juist, kommt da aber nicht weiter. Sein Name ist Schwiebus. Karl-Heinz Schwiebus. Sehen Sie doch bitte bei ihm nach dem Rechten, ja? Er wird sich mit Ihnen in Verbindung setzen. Alles klar?«

»Selbstverständlich.« Rainer rauchte der Schädel. »Nur ...«

»Ja?«

»Wenn Schwiebus in Ihrem Auftrag bereits auf Juist ist, was soll ich dann da?«

»Berechtigte Frage. Schwiebus hat bis heute keinen Kaufvertrag abschließen können, obwohl wir einige Erfolg versprechende Vorgespräche geführt hatten. Vielleicht liegt es an den Verkäufern, möglicherweise aber auch an ihm ... Er hat mich darüber informiert, dass manche der Grundstücke in einem Landschaftsschutzgebiet liegen. Wenn deshalb besondere Klauseln in den Kaufverträgen erforderlich sein sollten, kommt der Mann mit seinen Standardverträgen nicht weiter, verstehen Sie? Schwiebus ist kein Jurist, sondern Makler. Da haben die Leute zu einem Rechtsanwalt doch mehr Vertrauen, oder?« Dezcweratsky lachte kurz auf. »Ich brauche einen Fachmann vor Ort. Ich möchte kein Risiko eingehen. Dafür ist das Geschäft zu wichtig.«

»Und die Verkäufer ...?«

»Ich sagte doch schon: Ein Großteil von ihnen weiß nichts. Deshalb benötige ich Sie. Überzeugen Sie die Eigentümer. Schwiebus scheint das nicht zu können. Ich brauche die Grundstücke. Schnellstens.«

»Und wenn die nicht verkaufen wollen?«

»Ach was!« Der Anwalt konnte die abwertende Handbewegung förmlich durch das Telefon sehen. »Alles eine Frage des Preises. Und der Fähigkeit, Menschen von ihrem Glück zu überzeugen. Wie Sie das machen, ist mir egal. Aber bringen Sie mir unterschriebene Vorverträge. Viel Erfolg.«

Esch war wie betäubt. Jetzt hätte er einen Brandy vertragen können. Leider hatte er seine ohnehin dürftigen Vorräte vor einer Woche während der Arbeit an einem längeren Schriftsatz vernichtet. Als er dann am nächsten Morgen seine Schöpfung des Vorabends wieder zur Hand genommen hatte, war ihm klar geworden, dass er zukünftig besser ohne Alkoholunterstützung seinen anwaltlichen Aufgaben nachkommen sollte. Die leere Brandyflasche war im Altglascontainer gelandet und der Schriftsatz im Papierkorb.

Jetzt musste er Elke überzeugen. Er benötigte einen Plan, einen guten Plan sogar. Es fiel ihm nur keiner ein. Dann eben nicht. Er klaubte Dezcweratskys Unterlagen vom Faxgerät, klopfte an Elkes Tür und steckte den Kopf durch die Öffnung.

»Störe ich?«

»Meistens. Jetzt nicht.«

Rainer stiefelte in ihr Büro und ließ sich auf einen Stuhl vor ihrem Schreibtisch fallen.

»Alles erledigt?«

»Weitgehend. Nur noch ein paar Kleinigkeiten. Die können aber auch liegen bleiben. Warum fragst du?«

»Nur so.«

»Aha. Also, was ist los?«

»Nichts Besonderes.« Wie sollte er ihr das nur beibringen. »Martina ist schon nach Hause gegangen. Ich finde, wir sollten ihr morgen freigeben.«

»Weshalb?«, wollte seine Freundin wissen.

»Sie könnte dann in Ruhe ihre Weihnachtsvorbereitungen erledigen.« Er fühlte sich unbehaglich. Elke sah ihn misstrauisch an.

»Außerdem könnten auch wir ...«

»Rainer!«

Da! Schon wieder! Rainer seufzte. Dann platzte er heraus: »Was würdest du davon halten, ein paar Tage auf Juist zu verbringen?«

»Im Winter?«

»Es ist sehr schön auf der Insel. Weißer Strand, blauer Himmel, Sonne ...«

»Woher weißt du das? Warst du schon einmal da?«

»Ja«, log er. »Früher.«

Sie dachte nach. »Warum nicht. Wann sollen wir fahren? Am zweiten Weihnachtsfeiertag?«

Esch schluckte. »Ich dachte mehr an morgen früh.«

»Bist du verrückt? Schon morgen? Warum die Eile?«

Rainer rutschte unter ihrem prüfenden Blick auf seinem Stuhl herum. »Na ja, du erinnerst dich doch an Marian Dezcweratsky?«

»Wie kannst du annehmen, dass ich den Loddel, den du Mandant nennst, vergessen könnte?«

»Er ist kein Zuhälter.«

»Sagst du. Also, was ist mit ihm?«

Esch holte tief Luft. »Ich fahre morgen in seinem Auftrag nach Juist und möchte, dass du mitkommst.«

Elke machte den Anschein, als ob sie etwas sagen wollte, schwieg jedoch. Aber ihr Mienenspiel verriet äußerste Empörung. Sie sah Rainer aus wütend blitzenden Augen an und meinte schließlich gedehnt: »Was soll ich?«

»Mit mir nach Juist fahren.«

»Soll ich dein Bett wärmen, während du einen Puff einweihst?«, rief Elke empört.

»Quatsch. Dezcweratsky möchte, dass ich dort für ihn Verhandlungen über den Kauf von Grundstücken führe.«

»Damit er dort bauen und später einen Puff einweihen kann, oder was?«

Rainer entschloss sich für eine ehrliche Antwort. »Ich weiß es nicht. Dezcweratsky bezahlt die Spesen, ein Fixum von dreihundert Mark täglich und zuzüglich eine Provision.« Er versuchte einen Frontalangriff: »Elke, wir sind selbstständige Anwälte, keine Wohlfahrtsveranstaltung. Wir leben davon, als Dienstleister den Wünschen unserer Mandanten nachzukommen.«

»Was ist mit deinem Freund Cengiz? Du wolltest ihn doch Weihnachten einladen?«

»Er hat sich nicht wieder gemeldet. Vermutlich ist er noch nicht von der Beerdigung seines Onkels aus der Türkei zurück. Außerdem wollte er sich auf seine Abschlussprüfung Anfang Januar vorbereiten. Diese seltsame Umschulung zum Computerfachmann. Ich muss ohnehin noch seine Blumen gießen. Ich schreibe ihm eine Nachricht und deponiere sie in seiner Wohnung. Er wird es verstehen.«

»Vermutlich.« Elke drehte sich weg. Das war ihre Art, ihm zu zeigen, dass sie in Ruhe nachdenken wollte. Esch betrachtete seine Freundin: Vor zwei Wochen hatte sie ihre Haarfarbe gewechselt, das Ergebnis war zwar nicht schlecht, aber ihm sagte das Original mehr zu. Seine vorsichtig vorgetragene Skepsis hatte sie mit der knappen Bemerkung »Mir gefällt's« beiseite gewischt. Die neue Haarfarbe harmonierte mit ihren schon fast klassischen Gesichtszügen. Auch heute noch würde er sich vom Fleck weg in sie verlieben.

Einige Minuten lang fiel kein Wort. Dann fragte sie: »Dreihundert, sagst du? Und Provision?«

Rainer nickte.

»Zeig her.« Sie wandte sich ihm wieder zu und griff nach den Unterlagen.U

Und nach einem überraschend kurzen Disput stimmte Elke zu. Sie würden gemeinsam zur Insel Juist reisen. Am nächsten Morgen.

5

Im Sommer 1999 hatten die Innenminister von Niedersachsen und Hamburg verkündet, dass Polizisten aller Dienstgrade künftig für maximal sechs Monate zu den Polizeibehörden des jeweils anderen Landes versetzt werden konnten, damit sie sich fortbildeten. Die Polizeiführung versprach sich davon eine Effektivitätssteigerung der länderübergreifenden Zusammenarbeit in der Verbrechensprävention und -verfolgung und lobte das Modell über den grünen Klee. Die betroffenen Beamten waren nicht so begeistert.

Die Kriminalkommissare Dieter Buhlen und Günter Müller von der Kripo Hamburg waren Anfang Oktober Opfer der Anstrengungen zur Verbesserung der Kriminalstatistik geworden. Seitdem hockten sie sich in der Kleinstadt Norden im Kreis Aurich in einem Hinterzimmer, welches vor ihrem Einzug als Abstellraum gedient hatte, die Hintern platt und zählten die Tage bis zum Ende ihrer Abordnung.

Besonders den 32-jährigen Buhlen traf die als Fortbildung getarnte Vernichtung von Steuergeldern hart. Für ihn endete die bewohnbare Welt an den Grenzen der Großstädte. Osnabrück wäre ja schon schlimm gewesen, aber Norden ... Außerdem hatte er im Sommerurlaub auf Kreta eine feurige Brünette aus seiner Heimatstadt kennen und lieben gelernt, war sich allerdings ihrer Treueschwüre nicht so ganz sicher. Daran änderten auch die abendlichen Telefonate mit seiner Liebsten nur wenig, da er sich unablässig das Hirn mit der Frage zermarterte, was seine neue Freundin an den einsamen Abenden anstellte.

»Wann geht morgen unser Zug?«, erkundigte er sich bei seinem Kollegen Müller, der sich über seinen Laptop beugte.

»Zehn vor elf«, brummte der, ohne aufzusehen.

Seit zwei Stunden war Günter Müller nun schon damit beschäftigt, das Schachprogramm *Fritz 4.0* auf dem Computer zu installieren. Aber immer, wenn er die Software starten wollte, meldete das größte Virus der Welt, genannt *Windows 98*, einen ›schweren Ausnahmefehler‹ und nach zwei weiteren Startversuchen verabschiedete sich die Benutzeroberfläche endgültig von der Entgegennahme jeglicher Befehle und Tastatureingaben, so dass Müller das System immer wieder neu hochfahren und die Installationsprozedur wiederholen musste.

»Man sollte diesen Bill Gates verklagen«, grummelte Müller. »Jeder Hersteller sollte, um Schadenersatzforderungen zu vermeiden, fehlerlose Produkte auf den Markt bringen. Nur *Microsoft* kann es sich leisten, erforderliche Nachbesserungen als Updates vom Kunden auch noch bezahlen zu lassen.«

Buhlen legte den *Spiegel* zur Seite. »Vielleicht machst du was falsch?«

»Spinnst du? Ich habe schon mit Computern gearbeitet, als wir in unserer Dienststelle noch darauf hofften, mit elektrischen Schreibmaschinen ausgestattet zu werden.«

Sein Kollege stand auf, umkurvte den Schreibtisch und sah interessiert auf den LCD-Bildschirm. »Hast du schon mal hier draufgeklickt?« Er berührte mit seinem Zeigefinger die Schaltfläche ›Details‹. Sein Fingerabdruck war deutlich auf dem Bildschirm sichtbar.

»Pfoten weg«, knurrte Müller, griff zu einem Papiertaschentuch und wischte vorsichtig über die Sichtfläche.

»Hast du?«

Müller führte den Zeiger der Maus auf den Button, klickte ihn an und *Windows* verblüffte sie mit der Information, dass eine Datei namens rsfunc.dll eine ›schwere Schutzverletzung an der Adresse AD 23 – EF 15‹ verursacht habe.

»Aha. Und was heißt das?«, fragte Buhlen interessiert.

»Woher soll ich das wissen?«, schnaubte Müller.

»Sagtest du nicht gerade, du hättest dich seit Jahren mit Computern ...«

Das Klingeln des Telefons unterbrach ihre Unterhaltung. Die Polizisten sahen sich überrascht an. Anrufe gehörten in ihrem Domizil nicht gerade zur Regel. Buhlen zuckte fragend mit den Schultern.

Müller griff zum Hörer und meldete sich. Während des Gesprächs machte er mehrmals den Mund auf und zu, so als wolle er etwas sagen. Dann presste er »Bis Heiligabend?« und kurz darauf die Frage »Warum wir?« heraus. Endlich legte er auf.

»Was war denn?«, wollte Buhlen wissen.

»Scheiße war.« Müller griff zur vor ihm liegenden Zigarettenpackung und steckte sich einen Glimmstängel in den Mund. »Das war Aurich. Genau genommen die Kripo in Aurich. Unsere derzeit vorgesetzte Behörde. Den Weihnachtsurlaub können wir erst Heiligabend antreten. Die Heimfahrt morgen früh kannst du vergessen.« Er zog an der Zigarette.

»Aber ich muss doch noch für Bärbel ein Geschenk besorgen.«

»Was meinst du, was ich alles noch erledigen wollte.« Müller war erregt. Er griff zum Telefonhörer und reichte ihn seinem Kollegen. Dann blaffte er: »Hier, ruf in Aurich an. Sag, du könntest nicht, weil du deinem neuen Liebling noch etwas kaufen musst.«

Buhlen nahm den Hörer und legte ihn zurück. »Was ist los?«

»Eine Leiche. Auf Juist haben sie in den Dünen eine tote Frau gefunden.«

»Angeschwemmt?«, hoffte Buhlen.

»Eben nicht. Halb vergraben. Mit einem großen, schönen Schnitt im Hals. Eindeutig Fremdverschulden. Ein Spaziergänger hat die Leiche entdeckt.«

»Und warum müssen ausgerechnet wir dahin?«

»Weil, so hat sich der Kriminalrat ausgedrückt, wir aus Hamburg doch einschlägige Erfahrungen mitbrächten, die wir nun endlich nutzbringend einsetzen könnten. Und ich füge hinzu: Weil die anderen Kollegen, ob in Aurich oder hier in Norden, auch keine Lust haben, zwei Tage vor Weihnachten auf dieser gottverlassenen Insel rumzukriechen.« Wütend drückte Müller seine Zigarette im Aschenbecher aus. »Wenn wir den Fall nicht bis Heiligabend aufgeklärt haben, muss einer von uns auf der Insel bleiben. Als Notbesatzung gewissermaßen.«

Jetzt klappte Buhlens Unterkiefer nach unten. »Notbesatzung? Gibt es auf Juist denn keine Bullen?«

»Doch, natürlich. Eine Ein-Mann-Polizeistation. Nur im Sommer tun da mehrere Kollegen Dienst. Und jetzt ist Winter. Wir sind die Verstärkung.« Müller griff zur Streichholzschachtel, fingerte zwei Hölzchen heraus und brach eines davon ab. Er drehte sich um und streckte seinem Kollegen die beiden Streichhölzer mit dem Kopf nach oben hin. »Kurz verliert.«

Buhlen zögerte einige Sekunden, atmete tief durch und griff dann zum linken. Es war lang.

»Schöne Weihnachten«, sagte er fröhlich. »Soll ich deine Familie von dir grüßen?«

Müller murmelte etwas Unverständliches. Er schnappte seinen Laptop. »Erst ins Hotel, Zahnbürste einpacken. Und dann zum Flugplatz. Die Spurensicherung kommt direkt aus Aurich.«

»Flugplatz?«, wunderte sich Buhlen.

»Natürlich. Flugplatz Norddeich. Die Fähre ist weg. Ein Hubschrauber holt uns ab.«

Buhlens Gesichtsfarbe wechselte vom gesunden Rosa zu einem fahlen Weiß. »Ich steige nicht in einen Hubschrauber. Da wird mir schlecht. Mir wird beim Fliegen immer schlecht.«

»Das sind doch nur ein paar Minuten. Stell dich nicht so an. Und jetzt komm endlich.« Müller stand in der Tür und wartete auf seinen Kollegen.

»Ich kann nicht!«

»Erklär das dem Kriminalrat. Los, komm!«

Buhlen schüttelte den Kopf, folgte aber schließlich doch widerstrebend seinem Kollegen. »Hast du auch nur die geringste Ahnung, was ich gestern alles zu mir genommen habe?«

»Nein.«

»Macht nichts, du wirst es sehen.«

Buhlen sollte Recht behalten. Und da Brechreiz bekanntermaßen ansteckend ist, nahm auch Günter Müller mit kreidebleicher Gesichtsfarbe auf dem Flugplatz Juist seine Reisetasche entgegen, die ihm ein grinsender Kopilot aus dem Helikopter reichte.

Die Polizisten sahen sich um. Westlich von ihnen, am Rande der Landebahn, stand leicht erhöht ein flaches Gebäude. Im Norden und Osten begrenzten Sanddünen das Gelände. Südlich lag das Watt. Ein scharfer, eisiger Wind ließ sie erschauern. Das war kein Wetter für Sightseeing. Sie beeilten sich, das Flugplatzgebäude zu erreichen.

»Herzlich willkommen am Rande der Zivilisation«, murmelte Buhlen.

»Was hat du gesagt?«, fragte sein Kollege.

»Ach, nichts. Was machen wir jetzt?«

»Jetzt rufen wir uns ein Taxi und fahren zur Wache. Vorher brauche ich aber einen Schnaps.«

Das Restaurant war menschenleer. Rechts hinter der langen Selbstbedienungstheke schaute ihnen eine ältere Frau erwartungsvoll entgegen.

»Sind Sie die Herren von der Kriminalpolizei?«, fragte sie, als sich Müller und Buhlen ein Tablett griffen. Buhlen bejahte. »Sie möchten bitte hier warten. Ich rufe Enno an. Sie werden abgeholt.«

»Wen rufen Sie an?«, fragte Müller.

»Enno. Enno Altehuus. Unseren Polizisten. Was wünschen Sie?«

Dieter Buhlen bestellte einen Grog, sein Kollege ein Pils und einen Korn. Nachdem die Wirtin ihnen die Getränke auf das Tablett gestellt und kassiert hatte, verschwand sie im Hinterzimmer. Die beiden Beamten suchten sich einen Tisch im hinteren Bereich des Raumes, durch dessen großflächige Fenster sie einen beeindruckenden Blick auf das Wattenmeer und das Rollfeld hatten.

Wenig später betrat eine Gestalt in Grün das Restaurant, die so aussah, wie sich Günter Müller als Kind Rübezahl vorgestellt hatte: Vollbart, etwa eins neunzig groß, beeindruckender Bauchumfang. Eine Haut wie aus Leder, von Wind und Wetter gegerbt. Müller fragte sich, in welcher Kleiderkammer ihr Kollege die passende Uniform aufgetrieben haben mochte.

»Moin«, dröhnte der Polizist mit basstiefer Stimme, als er sich ihrem Tisch genähert hatte. »Mein Name ist Altehuus.« Dabei streckte er ihnen eine Rechte entgegen, mit der man Straßengräben hätte ausheben können. »Die Kollegen aus Aurich sind schon am Fundort der Leiche. Sie haben damit begonnen, die Spuren zu sichern. Können wir?« Er blickte fragend auf die beiden Hamburger.

Müller kippte das halbe Bier im Sturztrunk. »Was machen wir mit unserem Gepäck?«

Rübezahl machte eine Kopfbewegung nach rechts. »Draußen steht mein Wagen. Ich bringe Sie später in Ihr Hotel.«

Mittlerweile hatte auch Buhlen durch heftiges Blasen den Grog so weit abgekühlt, dass er ihn halbwegs gefahrlos trinken konnte. Dann griff er zu seiner Reisetasche und folgte den anderen beiden nach draußen.

Der Wind trieb winzig kleine Eispartikel durch die Luft, die sich auf der Gesichtshaut wie feine Nadelstiche anfühlten.

»Kommen Sie mit«, brummte Altehuus. »Mein Wagen steht am Taxistand.«

Sie wandten sich am Ausgang des Restaurants nach rechts und kamen nach einigen Metern über den mit roten Ziegelsteinen befestigten Weg zu einem größeren Platz, auf dem neben einem Pferdefuhrwerk der Streifenwagen stand. Altehuus griff zu den Taschen. »Ich erledige das. Steigen Sie schon ein.«

Die beiden groß gewachsenen Kripobeamten falteten sich in den Golf. Als auch Altehuus eingestiegen war und den Motor anließ, erkundigte sich Müller: »Wo sind denn hier die Taxen?«

»Direkt vor Ihnen«, antwortete der Juister. Als Altehuus den fragenden Gesichtsausdruck seiner Fahrgäste bemerkte, ergänzte er: »Auf der Insel gibt es nur wenige Autos. Eins hat der Notarzt, eins die Feuerwehr und eins hab natürlich ich. Meins habe ich auch erst seit einem Jahr. Das war ein langer Kampf mit meinen Vorgesetzten. Vorher habe ich alle Wege mit dem Fahrrad gemacht. Ich tue das heute noch oft. Die Autos werden nur in Ausnahmefällen benutzt.«

»Und alles andere wird mit Kutschen abgewickelt?« Müller erinnerte sich dunkel an einen Werbeprospekt der Insel, den er in ihrem Nordener Hotel durchgeblättert hatte.

»Ja. Aber die Dinger heißen Fuhrwerke. Kutschen sind was anderes.«

»Auch Umzüge und so was?« Müller ignorierte die Belehrung.

»Natürlich.« Altehuus steuerte das Fahrzeug über einen schmalen Weg am Rande des Flugplatzgeländes nach Osten. Inzwischen schneite es heftig. Nach einigen hundert Metern stoppte der Polizist den Wagen. »Weiter geht's leider nicht. Von hier aus müssen wir zu Fuß weitergehen.«

Müller schlug seinen Kragen höher und Buhlen vergrub seine Hände tief in den Taschen seiner Jacke. »Dass es auch so verdammt kalt geworden ist«, fluchte er. »Und dann der Wind!«

»Ja, stimmt.« Altehuus hob prüfend den Kopf. »Hat gedreht. 'ne Schlechtwetterfront aus Norden. Der Nordatlantik schickt uns seine Winterstürme. Geht aber noch. Nur 'ne steife Brise.« Er machte sich auf den Weg in die Dünen. »Passen Sie auf, wo Sie hintreten.« Er zeigte nach vorne. »Nicht immer können Sie das Wasser so gut erkennen wie da. Ich möchte nicht, dass Sie sich nasse Füße holen.« Mit einer Behändigkeit, die Müller dem massigen Berg Mensch gar nicht zugetraut hätte, übersprang Altehuus das etwa ein Meter breite Wasserhindernis und stampfte zügig die erste Sanddüne hoch, die keuchenden Kripobeamten im Schlepptau.

Während ihres etwa zehnminütigen Fußmarsches durch das Naturschutzgebiet warnte sie Altehuus mehrmals vor Wasserpfützen, die mit einer leichten Eisschicht und verwehtem Sand überzogen waren.

Die Spurensicherer in ihren weißen Overalls waren schon von weitem in einer Senke zwischen den Dünen zu erkennen. Das Betreten des Naturschutzgebietes war außerhalb der dafür vorgesehenen Wege untersagt. Da die Polizisten deshalb nicht mit zufällig vorbeikommenden Schaulustigen rechnen mussten, hatten sie darauf verzichtet, das Gelände um den Fundort der Leiche mit Absperrband zu sichern.

Müller und Buhlen begrüßten die Beamten aus Aurich.

»Können wir?«, fragte Buhlen und deutete auf die zehn Meter entfernt unter einer Folie liegende Gestalt.

»Klar. Wir sind fast fertig.« Der Leiter der Spurensicherung steckte sich eine Zigarette an. »Hier ist sie nicht ermordet worden«, sagte er, während sie zu der Toten gingen. »Sie ist nur mit Jeans und einem dünnen Shirt bekleidet. So geht im Winter keiner vor die Tür. Außerdem sind hier kaum Blutspuren. Und das bei dem Schnitt.« Er zog die Folie weg.

Müller holte pfeifend Luft: angstvoll aufgerissene Augen, mittellanges, dunkelbraunes Haar. Starre, verdrehte Arme. Und ein klaffender Spalt im Hals, der fast von Ohr zu Ohr ging. Er wandte sich ab. »Womit?«, fragte er.

»Ein sehr scharfes Messer. Vielleicht ein Skalpell. Auf jeden Fall etwas in dieser Art. Der Schnitt ist sehr sauber ausgeführt. Wie bei einem chirurgischen Eingriff.«

»Also jemand mit Erfahrung?« Buhlen schaltete sich ein.

»Nicht unbedingt. Es muss sich auch nicht um ein Skalpell handeln. Ein Rasiermesser wäre auch denkbar. Oder so ein Teil, das Bauzeichner oder Architekten benutzen, um ihre Zeichnungen durch Abkratzen der Tusche zu korrigieren. Irgendein sehr scharfes Schneidwerkzeug eben.«

»Wann?«

»Etwa vor zwei Tagen, meint der Arzt. Plus, minus zwölf Stunden. Genaueres im Obduktionsbericht.«

»Irgendwelche Spuren?«

»Absolut nichts. Wenn da was war, bei dem Wind hier ... alles verweht. Die Kleidung müssen wir noch genau im Labor untersuchen. Vielleicht finden wir dabei etwas Brauchbares.« Der Kollege zeigte auf eine weitere Kunststofffolie, die der ähnelte, mit der die Leiche abgedeckt war. »Die hat der Täter benutzt. Vermutlich hat er das Opfer darin eingewickelt und transportiert. So etwas wird zum Abdecken bei Malerarbeiten benutzt.«

»Wer ist sie?«

»Wissen wir nicht. Keine Papiere, kein anderer Anhaltspunkt.«

»Haben Sie eine Idee, wie der Täter das Opfer hierhergeschafft hat?« Müller machte sich Notizen.

»Sie wog etwa fünfzig, höchstens sechzig Kilo. Vielleicht mit dem Fahrrad, vielleicht mit dem Handkarren, vielleicht hat der Täter die Tote geschultert.« Der Spurensicherer zuckte mit den Schultern. »Keine Ahnung.«

»Und wie schaffen Sie die Leiche hier weg?«

»Mit der Trage da vorne. Bis zum Flugplatz. Dann in unserem Hubschrauber nach Aurich in die Gerichtsmedizin.«

Buhlen dachte an das ziemlich anstrengende Auf und Ab durch den tiefen Dünensand. »Na, viel Vergnügen.«

»Hält die Träger warm«, erwiderte der Beamte aus Aurich ungerührt und erinnerte Dieter Buhlen daran, dass sich seine Füße in Eisklumpen zu verwandeln drohten.

»Wie wahr. Wer hat die Tote gefunden?«

»Spaziergänger«, schaltete sich Altehuus ein. »Eine Gruppe, die die Entfernung vom Nordstrand außen am Kalfamer vorbei zum Watt überschätzt hat und abkürzen wollte. Ist zwar nicht gestattet, aber manchmal ... Zwei haben bei der Toten gewartet, einer ist zum Flugplatz und hat mich verständigt. Die Leiche war fast vollständig zugeweht, als ich hier eintraf. Nur ihr rechter Arm ragte aus dem Sand heraus. Als ob sie uns durch Winken auf sich aufmerksam machen wollte. Wirklich gespenstisch.«

Müller stellte sich die Szenerie vor und ihm wurde noch kälter, als ihm ohnehin schon war. »Wann kriegen wir die Fotos?«

»Heute Abend vorab per Fax und morgen per Boten«, antwortete der Spurensicherer. »Reicht das? Ich glaube nicht, dass wir den Hubschrauber extra dafür …«

Buhlen schüttelte den Kopf. Er kannte die Auseinandersetzungen mit knauserigen Vorgesetzten zur Genüge.

Dann sprach er Altehuus an. »Würden Sie uns jetzt bitte in unser Hotel bringen? Sonst kann ich mich morgen gleich neben die Bedauernswerte legen. Oder willst du noch etwas wissen?« Er sah seinen frierenden Kollegen an und wusste, dass seine letzte Frage überflüssig gewesen war.

6

Elke und Rainer verließen die Fähre und sahen sich suchend um. Ein Mann mit einer Schirmmütze, auf der unübersehbar der Schriftzug *Hotel Achterdiek* prangte, näherte sich.

»Herr Esch und Begleitung?«, sprach er die beiden an. Als Rainer bejahte, fragte der Hotelangestellte weiter: »Haben Sie sich die Nummer des Wagens gemerkt, in dem Ihr Gepäck verstaut ist?«

Der Anwalt hatte nicht. So mussten sie an der Reihe der Transportwagen vorbeilaufen, bis Rainer ihre Koffer fand. Der Träger schnappte sich die Teile und verstaute sie in einem Fahrradkarren, mit dem er zügig Richtung Deich fuhr. Die beiden Juristen folgten ihm.

»Ich habe eine Nachricht für Sie«, sagte die junge Dame an der Hotelrezeption, nachdem sie die üblichen Formalitäten erledigt hatten, und drückte Rainer einen Briefumschlag in die Hand.

Esch riss ihn auf und las. Dann erklärte er Elke: »Karl-Heinz Schwiebus will sich um sechs mit uns hier in der Hotelhalle treffen. Das ist der Beauftragte von Dezcweratsky.« Er schaute auf die Uhr und flüsterte seiner Freundin ins Ohr: »Wir haben noch fast drei Stunden. Vielleicht sollten wir ein heißes Bad nehmen, den Roomservice bemühen und uns dann schön ins Bett ...«

Aus Elkes Gesichtsausdruck sprach die schiere Begeisterung. Rainer seufzte. »Gut. Was dann?«

»Lass uns an den Strand gehen. Ich möchte das Meer sehen.«

Rainer warf einen Blick durch die großen Fenster auf die Straße. Erste Schneeverwehungen bildeten sich. »Bei dem Wetter?«, warf er ein.

»Wenn du nicht willst ... Ich gehe auch alleine.«

»Nein, so war das nicht gemeint«, beeilte er sich zu versichern. »Ich komme mit.«

Ein Hotelpage blieb mit ihrem Gepäck wartend in der geöffneten Lifttür stehen.

»Hast du Kleingeld?«, raunte Elke Rainer zu, während sie zum Aufzug gingen. Verstohlen fingerte er sein Portemonnaie heraus und inspizierte dessen Inhalt. Er förderte ein Einmarkstück zutage und verstaute es in seiner Tasche. Der Livrierte blickte derweil bewusst desinteressiert an ihnen vorbei ins Leere.

Fast unmerklich stoppte der Fahrstuhl in der ersten Etage. Die Tür glitt auf und der Kofferträger steuerte das Zimmer Nummer 15 an, öffnete und wartete, bis Elke und Rainer das Zimmer betreten hatten. Er stellte ihr Gepäck ab: »Bitte sehr.«

»Danke schön«, antwortete Esch und ging zum Fenster, um sich auf das Unwetter, dem er gleich gegenübertreten musste, seelisch einzustellen.

»Rainer«, zischte Elke.

»Was ist?«

Sie machte ein Kopfbewegung zu dem jungen Mann.

»Ach so.« Rainer kramte verlegen das Geldstück aus der Tasche und drückte es dem Pagen unbeholfen in die Hand.

Der verbeugte sich und schloss die Tür hinter sich.

Esch war die ganze Prozedur mehr als peinlich. Er verkehrte eben nicht oft genug in Hotels dieser Preislage.

»Wie viel hast du ihm gegeben?«, erkundigte sich seine Freundin.

»Eine Mark.«

Elke schüttelte den Kopf. »Geizkragen.«

»Wieso Geizkragen?«, ereiferte sich Rainer. »Mehr Kleingeld hatte ich nicht«, fügte er entschuldigend hinzu. »Nur noch einen Heiermann.«

»Warum hast du nicht den rausgerückt?«

»Fünf Mark? Für das bisschen Koffertragen? Als ich noch Taxi gefahren bin, da …«

»Das war aber kein Taxifahrer. Und wir sind hier auch nicht in Recklinghausen-Suderwich.«

Rainer entschied sich dafür, das Thema zu wechseln. »Wir könnten uns auch eine gemütliche Kneipe suchen und einen Wein trinken«, schlug er vor.

»Hör zu.« Elke las laut aus einer Broschüre, die auf dem Tisch lag. *»Juist – das ist: Herausforderung und Stille. Temperament und Sanftmut. Töwerland. Zauberland. Dünen. Strand und Meer. Keine Autos, sondern Pferde. Keine Hektik, sondern Stille. Klare, gesunde Seeluft, Sand, Strand und Sonne. Eben genau das Richtige für die Weihnachtszeit.«*

»O Mann! Sagtest du eben Sonne?«, bemerkte Rainer. »Wir sollten im Hotel bleiben.«

»Ich gehe zum Strand.« Ihre Bestimmtheit ließ keinen Widerspruch zu. Rainer hatte verloren. Wie meistens.

»Gut«, sagte er resignierend, »zum Strand. Wir werden uns den Tod holen. Mindestens.«

Zwanzig Minuten später standen sie dick eingepackt neben dem ehrwürdigen, imposanten Kurhaus auf den Dünen und blickten auf den Sandstrand hinab. Die Gischtkronen auf den Wellen der aufgewühlten See im Norden waren gerade noch zu erkennen. Im Westen und

Osten jedoch blieben ihre Blicke in einer wirbelnden Barriere aus Schneeflocken stecken. So konnten sie die Länge des Strandes nur erahnen.

Esch stellte sich dieses Panorama bei strahlendem Sonnenschein vor und war beeindruckt. Dieser Strand war schöner als die Strände der griechischen Inseln, auf denen er bisher Urlaub gemacht hatte. Wenn nur dieses Wetter nicht wäre ...

»Komm, wir gehen zum Wasser«, sagte Elke und lief durch den Einschnitt in den Dünen den Hang hinab. Folgsam stampfte Rainer durch den tiefen Sand. Knirschend zerbrachen Muschelreste unter seinen schweren Stiefeln. Elke, die einen Vorsprung von etwa zwanzig Metern hatte, drehte sich um und rief ihm etwas zu, das er aber nicht verstehen konnte. Der heulende Wind verschluckte jedes Wort. Rainer beschleunigte seine Schritte, um zu seiner Freundin aufzuschließen. Als er den Windschatten der Dünen verlassen hatte, packte ihn der Sturm mit aller Kraft. Er musste sich nach vorne beugen, um nicht das Gleichgewicht zu verlieren. Eine solche ungebändigte Gewalt der Elemente hatte er bisher noch nicht erlebt. Langsam begann ihm dieser Spaziergang Spaß zu machen.

Er erreichte Elke, die stehen geblieben war, um auf ihn zu warten. »Los, wir lassen uns noch etwas den Wind um die Nase wehen und gehen dann zurück zum Hotel. Einverstanden?« Ohne seine Antwort abzuwarten, drehte sie sich um und lief weiter.

»Scheinbar interessiert meine Meinung hier niemanden«, schloss Rainer messerscharf und folgte Elke durch das Schneegestöber.

Gegen halb sechs saßen sie in der großzügigen Hotelhalle in schweren Polstermöbeln vor dem offenen Kamin, wärmten sich mit einem Grog und warteten auf Schwiebus.

Kurz vor dem verabredeten Termin näherte sich ihnen ein hoch gewachsener, schlanker Mann, der eine förmliche Verbeugung andeutete. In der linken Hand trug er eine Aktentasche.

»Frau und Herr Esch, nehme ich an? Mein Name ist Schwiebus.« Er gab Elke quasi im Vorbeigehen die Hand und widmete Rainer seine ganze Aufmerksamkeit. »Herr Esch ...«

»Schlüter«, stellte sich Elke vor.

»Oh, Entschuldigung ...«

»Macht nichts.« Elke lächelte den Mann demonstrativ freundlich an. »Konnten Sie ja nicht ahnen.«

Schlange, dachte Rainer. Er wusste, wie sehr es seine Freundin hasste, lediglich als die Frau an seiner Seite klassifiziert zu werden. Dieser Schwiebus würde bei ihr keinen Blumentopf mehr gewinnen können. Er hatte seine Chance gehabt und vertan.

Insofern überraschte Esch das Kommende nicht. Elke legte ihr strahlendstes Lächeln auf und betonte spitz: »Bei dieser wichtigen geschäftlichen Unterredung möchte ich dann doch nicht weiter stören.« Ehe einer der Männer reagieren konnte, hatte sie sich eine auf dem Tisch liegende Tageszeitung geschnappt und war in Richtung eines anderen freien Tisches davongerauscht.

»Sind Sie schon lange auf der Insel?«, begann Rainer die Konversation.

»Seit drei Tagen«, antwortete der Makler.

»Wollen Sie sich nicht setzen?« Der Anwalt zeigte auf den freien Sessel.

Charly Schwiebus nahm Platz. »Herr Dezcweratsky hat mich gebeten, Ihnen in allen Angelegenheiten behilflich zu sein«, formulierte er steif. »Was kann ich für Sie tun?«

Esch sah Schwiebus erstaunt an. So hatte er sich das nicht vorgestellt. Eigentlich hatte er erwartet, dass ihm Schwiebus eine Liste von Interessenten übergeben würde, mit denen er die Verkaufsverhandlungen führen sollte. Er schluckte vernehmlich und stammelte: »Wie viele, äh, Eigentümer wollen ihre Grundstücke denn verkaufen?«

Jetzt war es an Schwiebus, verwundert zu gucken. »Soweit mir bekannt ist, keiner. Das heißt, es hat zwar einige unverbindliche Gespräche gegeben, aber konkrete Verkaufsverhandlungen waren das nicht. Ich dachte, dass Sie ...« Schwiebus ließ sein Gegenüber an seinen weiteren Überlegungen nicht teilhaben.

»Na gut.« Rainer zündete sich eine Reval an. »Worin besteht Ihre Aufgabe?«

»Herr Dezcweratsky hat mich gebeten, Kontakt zu einem Herrn Steiner aufzunehmen, um ihn zur Zusammenarbeit mit ihm zu bewegen. Herr Steiner arbeitet bisher noch mit einer anderen Investorengruppe zusammen. Er ist für diese Gruppe, sagen wir, eine Art Repräsentant. Dezcweratsky beabsichtigt, auf Juist eine Immobiliengesellschaft zu gründen, und will Herrn Steiner eine angemessene Beteiligung an dieser Gesellschaft anbieten.«

»Was für eine Immobiliengesellschaft?«

»Das wissen Sie nicht?« Schwiebus sah den Anwalt skeptisch an.

»Nicht im Detail«, log der.

»Ich weiß nicht, ob ich befugt bin ...«

»Rufen Sie Dezcweratsky an.« Rainer kramte nach seinem Handy und reichte es dem Makler. »Die Nummer haben Sie ja sicher?«

»Nein, ja. Ich glaube nicht, dass das nötig ist.« Er sah bittend auf Rainers Zigarettenschachtel. »Könnte ich vielleicht ... Ich habe meine vergessen.«

»Wenn Sie Filterlose mögen, bedienen Sie sich.« Esch verstaute sein Telefon wieder in der Jackentasche.

»Eigentlich nicht.« Schwiebus griff zu den Kippen. »Trotzdem danke.« Er zündete sich die Reval an und nahm einen Zug. »Also: Auf Juist ist der Bau eines Golfplatzes von etwa zwanzig bis dreißig Hektar Größe geplant. Es gibt einen anderen Interessenten an diesem Geschäft, mit dem Herr Steiner zusammenarbeitet. Da dieser aktiv in der hiesigen Lokalpolitik tätig ist, möchte Herr Dezcweratsky ihn nun über ein lukratives Angebot an sich binden.«

Und die anderen Investoren ausbooten. Der Anwalt verstand. »Wie lukrativ?«

»Er bietet ihm fünfundzwanzig Prozent an der zu gründenden Immobiliengesellschaft.«

»Nicht schlecht.«

»Herr Dezcweratsky beabsichtigt, die von Ihnen zu erwerbenden Grundstücke in diese Gesellschaft einzubringen. Und je mehr Eigentümer Sie zum Verkauf bewegen können, umso stärker ist seine Verhandlungsposition.«

»Verstehe. Haben Sie mit diesem Steiner schon gesprochen?«

»Nein, bis jetzt noch nicht. Ich wollte später …«

Rainer drückte seine Zigarette aus und legte Schwiebus die Unterlagen Dezcweratskys über die infrage kommenden Grundstücke und deren Besitzer vor. »Mit welchen dieser Leute haben Sie bereits gesprochen?«

Schwiebus markierte mit seinem Kugelschreiber einige Namen. »Mit diesen.«

»Aha. Dann sollten wir bei genau denen noch einmal nachfassen. Ich schlage vor, wir treffen uns morgen früh hier im Hotel und beginnen mit den Kaufgesprächen.«

»Das dürfte nicht so einfach werden.« Schwiebus erhob sich. Er sah nicht besonders zuversichtlich aus.

»Das wird schon«, versicherte Rainer.

»Wenn Sie meinen …«

Elke wartete, bis der Makler die Hotelhalle verlassen hatte, kam dann an Rainers Tisch zurück und bemerkte spöttisch: »Der ist so ölig, der hinterlässt auf den Polstern Fettflecken. Tolles Mandat hast du da an Land gezogen.«

7

In dem Einfamilienhaus aus rotem Ziegel direkt an der Ecke Warmbad- und Carl-Stegmann-Straße war die Juister Polizeiwache untergebracht. Nur das blaue Schild *Polizei* und die Notrufsäule an der Hauswand deuteten darauf hin, dass hier die Hüter des Staates residierten. Direkt neben dem kleinen Flur lag der kaum zehn Quadratmeter große Wachraum, möbliert mit einem Schreibtisch, mehreren Holzstühlen und einem kleinen Regal. An der Wand links neben dem Fenster befand sich das Funkgerät, mit dem Obermeister Altehuus im Sommer Kontakt zu seiner dann anwesenden Verstärkung auf der Insel halten konnte.

Altehuus steuerte durch eine zweite Glastür auf das Faxgerät im Nebenraum zu, das sich vor einigen Sekunden mit einem kurzen Klingeln bemerkbar gemacht hatte. Der Polizist griff in den Ablagekorb, fischte das Blatt heraus und kehrte in die Wache zurück. »Das Bild der Toten.«

Günter Müller trat an den Schreibtisch. »Machen Sie doch bitte einige Kopien«, regte der Hamburger an.

Wenig später nahm er einen der Abzüge zur Hand, die Altehuus auf den Tresen legte. »Gut zu erkennen. Die Qualität Ihrer Geräte ... beachtlich. Sieh mal.« Er wandte sich an seinen Hamburger Kollegen, der in Gedanken versunken auf der Bank am hinteren Ende des Raumes saß.

»Was ...?« Buhlen schreckte hoch. Er hatte noch immer nicht den Schock überwunden, dass sie angesichts der Übernachtungspreise der wenigen geöffneten Hotels und der Reisekostenregelung für Beamte des mittleren

Dienstes entweder den Differenzbetrag aus eigener Tasche drauflegen oder einen Erstattungsantrag nebst umfangreicher Begründung an ihren Dienstvorgesetzten stellen mussten. »Ja, stimmt. Gut getroffen.«

Dann lehnte er sich wieder zurück und schloss demonstrativ die Augen. Was, zum Teufel, ging ihn diese Tote an? In weniger als achtundvierzig Stunden würde er in seiner Hamburger Wohnung das Weihnachtsmenü für zwei vorbereiten, ein Dinner bei Kerzenlicht, dazu einen schweren Rotwein, sanfte Musik zum Träumen, gedämpftes Licht und anschließend ...

Das Telefon schrillte. Altehuus nahm ab. »Moin«, sagte er. Und mehrmals: »Hm.« Zum Schluss wieder: »Moin.« Der Beamte legte auf. »Aurich. Es liegt keine Vermisstenmeldung vor, die auf die Tote passt. Ihr Bild wird am Samstag im *Ostfriesischen Anzeiger*, im *Kurier* und den *Ostfriesischen Nachrichten* veröffentlicht.«

»Das ist erst übermorgen!«, maulte Müller. »Am Heiligabend.«

»Da weißt du ja, was du über die Feiertage zu tun hast«, meldete sich der sichtlich zufriedene Dieter Buhlen von der Bank. »Ich jedenfalls habe da keine Zweifel.« Er wandte sich an Altehuus. »Wann, sagten Sie, geht die Fähre zum Festland?«

»Ich sagte gar nichts. Wenn Sie Glück haben, um elf Uhr.«

»Glück? Wie meinen Sie das?«, wunderte sich der Kripobeamte.

»Na ja«, Altehuus wiegte schätzend seinen Kopf. »Der Wetterdienst Hamburg hat für heute Nacht einen Kälteeinbruch von bis zu 15 Grad vorhergesagt, der die nächsten Tagen anhalten soll.«

»Und?« Buhlen konnte sich nicht vorstellen, worauf der Juister hinauswollte.

»Packeis. Bei solchen Temperaturen bilden sich bei Ebbe binnen ein, zwei Tagen Eisschollen. Die Flut schiebt die Schollen übereinander, der Wind tut das Übrige und in kurzer Zeit ist die Fahrrinne dicht.«

»Was dann?« Buhlen ahnte Übles.

»Dann stellt die Fähre ihren Verkehr ein.« Altehuus' Rechte verschwand in seiner Jackentasche und förderte ein Fläschchen Schnupftabak zutage. Sorgfältig platzierte er ein kleines Häufchen auf seinem Handrücken, schob ihn sich erst unter das linke, dann das rechte Nasenloch und zog den schwarzen Stoff geräuschvoll hoch. »Auch 'ne Prise?« Er hielt den beiden Zwangsversetzten das Gefäß hin.

»Nee, danke«, erwiderte Müller. »Ich …«

»Was heißt das: Stellt den Verkehr ein? Wollen Sie damit etwa sagen …?« Buhlen sprach federnd hoch. »Keine Fährverbindung?«

»Genau.« Altehuus war die Ruhe selbst.

»Sie wollen damit sagen, ich muss hier unter Umständen auf dieser gottverlassenen Insel …« Er sah den uniformierten Beamten entsetzt an. »Das ist nicht Ihr Ernst!«

»Es muss ja nicht so kommen.« Der Polizist begann mit großer Gelassenheit, Eintragungen in das Wachbuch vorzunehmen.

Buhlen schoss durch den Durchgang und baute sich vor Altehuus' Schreibtisch auf. »Was ist mit dem Flugplatz? Ich meine …«

Altehuus schüttelte den Kopf. »Vergessen Sie's. Über dem Festland liegt Nebel. Und selbst wenn der sich auflösen sollte … Das Rollfeld kann vereisen. Außerdem ich glaube nicht, dass Sie Heiligabend einen Piloten finden, der Sie rüberfliegt.«

»Dann fahre ich schon morgen!«

»Einen Scheiß wirst du«, schaltete sich sein Kollege ein. »Die Anweisungen aus Aurich waren eindeutig. Du bleibst bis Heiligabend.«

Dieter Buhlen sah erst auf Müller, dann auf Altehuus. »Irgendwelche Alternativen?« Resignation sprang aus seinem Gesicht.

»Keine«, brummte Letzterer.

»Tut mir echt Leid«, begann Müller, konnte sich aber nicht länger zurückhalten und fing an zu lachen. »Herzlich willkommen auf Juist. Und frohe Weihnachten.«

Buhlen fand das nicht im Geringsten komisch. Er lief hektisch auf und ab und stöhnte vernehmlich: »Das darf doch wohl alles nicht wahr sein. Wie halten Sie das bloß hier aus?«

Der Juister Beamte wollte gerade antworten, als ihn ein übermächtiges Verlangen daran hinderte. Er öffnete halb seinen Mund, schloss die Augen und neigte den Kopf etwas nach hinten. Dann ertönte eine Fanfare wie einst vor den Mauern von Jericho. Der Schnupftabak bewies seine Wirksamkeit.

»Aah«, ließ sich Altehuus genießerisch vernehmen. »Das tat gut.« Er wandte seine Aufmerksamkeit wieder Buhlen zu. »Was sagten Sie gerade?«

»Ich habe mich gefragt, wie Sie das hier nur aushalten können?«

»Och«, antwortete der andere gedehnt und griente breit. »Ich bin hier geboren. Wenn Sie so wollen, habe ich mich daran gewöhnt. Und wenn ich Ihnen einen Rat geben darf: Sie sollten das auch tun. Ihr Aufenthalt könnte ja schließlich noch etwas andauern, oder?« Damit war für ihn das Thema erledigt.

Altehuus stand auf. »Wissen Sie was? Wir gehen jetzt auf einen lütten Begrüßungsschluck, ich zeige Ihnen unser Dorf und bei der Gelegenheit können wir gleich Lars und Sven fragen, ob sie unsere Leiche gesehen haben, als sie noch lebendig war.«

Günter Müller griff zu seinem Mantel. »Gute Idee. Wer sind Lars und Sven?«

»Stehen hinter der Theke in der *Spelunke*. Wenn sich um diese Zeit eine junge Frau auf Juist aufhält, die keine Klosterschwester ist, dann landet sie über kurz oder lang in der *Spelunke*. Da über Weihnachten nicht sehr viele Gäste auf der Insel sind, ist es mehr als wahrscheinlich, dass sich die Jungs an das Mädchen erinnern. Besonders wenn sie so hübsch war wie die arme Deern hier.«

»Sie glauben also nicht, dass sie eine Einheimische ist?«, fragte Müller.

Altehuus sah den Kripobeamten mit erkennbarer Verblüffung an. »Einheimische? Hören Sie, ich lebe seit meiner Geburt hier auf Töwerland. Ich kann Ihnen sagen, wie es dem Rücken der alten Störkieper im Loog geht, ob der Gaul von Pöskens Hans wieder fressen tut und wann sich Piet Müller das erste Mal rasiert hat. Ob das eine Einheimische ist ...« Er schüttelte verwundert seinen Kopf. »Festländer ...«, murmelte er leise.

8

Wütend über sich selbst kickte Charly Schwiebus eine leere Coladose, die jemand auf dem Janusplatz hatte liegen lassen, über den gefrorenen Weg. Warum nur zerplatzte sein mühsam aufgebautes Selbstbewusstsein in kleinste Teile, sobald ihm jemand nur selbstsicher genug gegenübertrat? So wie eben dieser Esch.

Charly war sich sicher, dass der Anwalt keine Ahnung gehabt hatte, worum es hier eigentlich ging. Bis er diesem Schnösel alles erklärt hatte. Na ja, nicht alles. Das beruhigte Schwiebus jedoch kaum. Er hätte sich nicht bluffen lassen dürfen und Dezcweratsky anrufen müssen. Aber das Auftreten dieses Kerls ...

Und dann die Freundin! Eiskaltes, überhebliches Weib. Die Coladose musste erneut als Ventil herhalten. Scheppernd landete sie unter einem Busch, unerreichbar für einen weiteren Versuch, seine Aggressionen abzubauen. Den Makler fröstelte trotz des neu erworbenen dicken Wollschals und der gefütterten Lederhandschuhe. Er vergrub seine Hände im Mantel. Das leise Knistern der Zellophanpäckchen in der rechten Tasche beruhigte ihn etwas. Gleich würde es ihm besser gehen. Gleich ...

Schwiebus beschleunigte seinen Schritt und erwog einen Moment, im *Lütje Teehuus* einzukehren, entschied sich dann aber doch für die *Spelunke*. Mehr los da am Abend. Lautere Musik, bessere Chance auf eine Anmache. Wenn er Erfolg hatte, war immer noch Zeit für ein romantisches Treffen zu zweit am offenen Kamin im *Lütje Teehuus*. Vielleicht würde er wieder auf die junge Schönheit mit den braunen Haaren treffen, die ihm ihren Namen verschwiegen hatte, aber einem kleinen Flirt nicht abgeneigt schien. Sie hatten sich vor zwei Abenden lange an der Theke unterhalten und Charly hatte den Eindruck gewonnen, dass aus dem Flirt auch mehr werden könnte, wenn ihn nur seine verdammte Unsicherheit nicht so hemmen würde. Er tastete wieder nach den Beutelchen. Aber damit war gleich Schluss, bestimmt.

Charly zwang sich zur Ruhe und ging wieder etwas langsamer. Es war ja nicht mehr weit. Nur noch um diese Ecke.

Die wenigen Stufe in die Kneipe sprang er fast hinunter. Die *Spelunke* war noch halb leer. Ihm war es recht. Dann war die Gefahr einer Störung geringer. Er suchte sich in Türnähe einen Platz an der Theke, bestellte ein Bier, legte seinen Mantel auf einen freien Barhocker, nahm das Tütchen aus der Manteltasche und ging, ohne auf sein Getränk zu warten, zur Toilette.

Unmittelbar nachdem Schwiebus im Toilettenbereich verschwunden war, betraten Enno Altehuus, Günter Müller und Dieter Buhlen das Lokal.

»Moin«, murmelte Altehuus und nickte der Theken-crew zu, während er mit den beiden Kripobeamten im Gefolge das hintere Ende des Lokals ansteuerte.

»Moin, Enno«, antwortete ein schlanker, hoch gewach-sener Mann in einem weißen Hemd, auf dem am Kragen unübersehbar der Name der Kneipe und einer bekann-ten Biersorte prangte. »Wie immer?«

Altehuus nickte und blickte fragend zu seinen Beglei-tern, die sich neben ihn platzierten.

»Für mich ein Bier«, antwortete Buhlen.

Müller schloss sich der Bestellung seines Kollegen an und schaute sich um. »Nett hier.«

Der Obermeister brummte Zustimmung und erklärte, mit dem Kopf auf die Bedienung deutend: »Das war üb-rigens Sven.« Er zauberte seine Schnupftabakflasche aus einer Uniformtasche hervor und bot sie den ande-ren an, die dankend ablehnten. Altehuus zuckte mit den Schultern und nahm eine weitere Prise.

Sven baute drei Pils vor ihnen auf. »Prost.«

»Ihr habt ja immer noch kein Jever«, maulte der Insel-polizist.

Die beiden anderen Kollegen sahen ihn erstaunt an.

»Da haben wir in Ostfriesland so ein leckeres Bier und was gibt es hier auf der Insel? Warsteiner, Dortmunder und so was. Selten Jever.« Der Uniformierte schüttelte den Kopf. »Eine Konzession an die Touristen. Wenn ich im Winter ein vernünftiges Bier will, muss ich ins Loog. Oder in den Gastrobereich des Erlebnisbades. Wird Zeit, dass es Sommer wird. Dann bekommt ihr wieder Kon-kurrenz«, rief er halblaut. »Von Kneipen mit richtigem Bier.«

Sven grinste. Solche gespielten Ausbrüche gehörten seit Jahren zum Ritual.

Altehuus griff zum Glas und hob es grüßend in Rich-tung seiner Kollegen.

Müller trank wie die anderen in großen Schlucken. Nachdem er sich mit dem Handrücken den Schaum vom Mund gewischt hatte, fragte er Altehuus: »Wie lange sind Sie schon bei unserem Verein?«

»Im Januar sind es fünfunddreißig Jahre.«

»Immer hier auf Juist?«

»Fast immer.«

»Wird es Ihnen denn hier nicht langweilig?«, wollte Buhlen wissen.

»Wieso?« Der Juister sah den Hamburger an, als käme er von einem anderen Stern.

»Na ja.« Buhlen machte ein kreisende Handbewegung. »Sehr viel los ist hier ja nicht gerade.«

»Täuscht. Zum einen ist es noch früh am Abend, zum anderen absolute Nebensaison, jetzt, kurz vor Weihnachten. Warten Sie mal den zweiten Weihnachtstag ab, da füllt es sich wieder und im Sommer …«

»Hatte ich eigentlich nicht vor.« Buhlen wollte nicht erinnert werden an das, was ihm möglicherweise bevorstand. Wenn er sich vorstellte, was Bärbel ohne ihn tat … »Kann ich noch ein Pils haben?«

Sven griff zum Zapfhahn.

Mit zitternden Händen verschloss Charly Schwiebus die Toilettentür. Er klappte den Klodeckel herunter, setzte sich darauf und griff nach dem kleinen Taschenspiegel, den er immer bei sich trug. Dann rollte er ein Blatt seines Notizbuches zu einem Röhrchen zusammen, legte den Spiegel auf seinen Oberschenkel und faltete das Zellophanpäckchen vorsichtig auseinander. Mit der linken Hand sicherte er den Spiegel, mit dem rechten Zeigefinger klopfte er behutsam auf das Papier, bis weißes Puder herausfiel. Sorgfältig streute er es in einer Linie aus, hob den Spiegel an und schniefte den Stoff durch das Papierröhrchen tief in die Nase, bis kein Krümel mehr übrig war. Den Finger leckte er ab.

Schwiebus atmete tief ein und stöhnte erleichtert. Er lehnte sich zurück und wartete auf den Kick, der nur wenig später ein Feuerwerk in seinem Kopf auslöste. Der Makler lächelte zufrieden. Er fühlte sich großartig.

Charly verstaute den Spiegel wieder in seiner Jackentasche, warf das leere Zellophan und das Papierröllchen in das Becken, spülte und vergewisserte sich, dass auch wirklich alles in den Tiefen der Kanalisation verschwunden war. Dann verließ er den Waschraum.

Sein Bier war schon verschalt, als er zu seinem Platz an der Theke zurückkehrte. Aber das war ihm egal. Der Abend konnte beginnen.

Er musterte neugierig die neu eingetroffenen Gäste. Vielleicht konnte er bei der blonden Schönheit hinten rechts landen? Nein, die war mit einem Begleiter ... Seine Blicke wanderten weiter durch das Lokal.

Plötzlich zuckte er zusammen. Am anderen Ende der Theke stand ein Polizist mit der Figur eines Preiscatchers. Was machte der Bulle hier? Sah der nicht gerade zu ihm herüber? Charly wurde heiß. Quatsch, das bildete er sich ein. Warum sollte nicht auch ein Polizist hier in der Kneipe ein Bier trinken. Doch Zweifel blieben. Warum war der hier?

Da, schon wieder. Nun war er sich sicher: Der Bulle musterte ihn. Eindeutig. Jetzt flüsterte der Kerl auch noch mit seinem Nebenmann.

Schwiebus tastete nach seinem Mantel. In der Tasche bunkerte er noch jede Menge Koks, genügend für seine Zeit auf Juist und für mindestens ein Jahr Knast. Feine Schweißtropfen bildeten sich auf seiner Stirn. Wenn der Bulle den Schnee bei ihm finden würde ... Er musste das Zeug loswerden. Aber wie?

Dann schoss ein weiterer Flash durch sein Gehirn. Alles Einbildung. Sein Hochgefühl kehrte zurück. Du wirst doch wohl nicht Koks für fast einen Riesen ins Klo schmeißen wollen, dachte er sich. Für nichts und wieder nichts. Der Bulle da hinten trank in Ruhe sein Bier. Der hatte Feierabend und nahm lediglich einen Absacker, ganz sicher.

Wieder beruhigt, griff der Makler zu seinem Glas.

»Kennen Sie diese Frau?« Müller legte die Fotokopie vor den Barkeeper auf die Theke. Sven sah erst lange auf das Bild, dann zu Altehuus hinüber. Der nickte fast unmerklich.

»Wurde ihr die Kehle durchgeschnitten? Ich meine, das hier kann doch nur ...« Sven fuhr mit dem Finger sachte über das Papier und sprach nicht weiter.

»Haben Sie sie schon einmal gesehen?«, hakte der Kripomann barsch nach.

Sven zuckte zusammen. »Ich bin mir nicht sicher. Vielleicht weiß Lars ...«

Sein Kollege blickte nur kurz auf das Bild. »Ja, das Mädchen war in den letzten Tagen häufiger da. Ich habe mich manchmal ein wenig mit ihr unterhalten. Was ist mit ihr passiert? Wurde sie ermordet?«

»Sehen Sie doch.« Buhlen wedelte mit der Kopie. »Was meinen Sie, was das ist? Aktionskunst?«

Müller warf Buhlen einen vorwurfsvollen Blick zu. »Wann war sie zuletzt hier?«

Lars dachte nach. »Vor zwei Tagen, glaube ich.«

»Glauben oder wissen Sie?«

Der Barmann zögerte. »Ja, ich bin mir sicher. Vor zwei Tagen. Abends gegen acht. Sie hat auf dem Hocker dort gesessen.« Lars zeigte auf einen Stuhl, der nicht weit entfernt von ihnen stand.

»Kennen Sie ihren Namen?«

»Nein.«

»Sie vermutlich auch nicht?«

Sven schüttelte den Kopf.

»War sie alleine? Oder hatte sie Begleitung?«

»Ja, sicher.« Lars lächelte. »Jemand, der so aussieht, bleibt bei uns nicht lange solo. Sie hat sich intensiv mit einem anderen Gast unterhalten. Es schien so, als ob die beiden sich gut kannten.«

»Wissen Sie, wer der Gast war?«

»Nein. Aber warum fragen Sie ihn nicht selbst?«

Die Beamten blickten sich verwundert an.

Lars grinste breit und zeigte an das andere Ende der Theke. »Da hinten, der Schwarzhaarige, der gerade zu uns herübersieht.«

Charly Schwiebus erstarrte. Für Sekunden konnte er sich nicht bewegen. Einer der Barleute zeigte auf ihn. Und die Männer fixierten ihn aufmerksam. Sein Gehirn arbeitete fieberhaft. Hatte ihn jemand auf der Toilette beobachtet? Ja, so musste es gewesen sein. Der Drang nach dem Stoff hatte ihn die notwendige Vorsicht vergessen lassen. Sein Herz schlug ihm bis zum Hals. Der Stoff! Er musste das Koks verschwinden lassen. Die Toilette. Runterspülen. Und dann vielleicht ... O Gott, zu spät.

Ein Mann, vermutlich ein Zivilpolizist, stand auf, schaute zu ihm her. Der Bulle wechselte einige Worte mit seinem Nachbarn. Jetzt kam der Kerl auf ihn zu. Er musste ...

Schwiebus starrte noch einen Moment mit angstverzerrtem Gesicht auf Buhlen, der sich näherte, schnappte sich seinen Mantel und rannte zur Tür. Hinter sich hörte er eine Stimme, die rief: »Warten Sie bitte.«

Und als er der Aufforderung nicht nachkam: »Bleiben Sie stehen! Polizei.«

Charly sprang die Stufen zum Ausgang hoch und drängte sich durch eine Gruppe von Urlaubern, die gerade die *Spelunke* betreten wollten. Planlos rannte er links die Straße hinunter, bis er neben der evangelischen Inselkirche stand. Einem ersten Impuls folgend, wollte er sich auf dem kleinen Friedhof hinter einer Natursteinmauer verstecken, spurtete aber dann doch noch die wenigen Meter bis zum Janusplatz und kroch ins kahle Unterholz gegenüber dem *Lütje Teehuus*.

»Scheiße.« Hechelnd stand Dieter Buhlen in der eisigen Kälte vor der Kirche und japste nach Luft. Er lauschte in die Dunkelheit. Nichts. Von hinten kamen eilige Schritte.

»Was war das denn?«, keuchte Günter Müller.

»Woher soll ich das wissen? Ich wollte den Kerl nur nach der Frau fragen, da springt der wie von der Tarantel gestochen auf und rast aus der Kneipe. Wenn nicht genau in dem Moment die Tourihorde in das Lokal eingefallen wäre, hätte ich eine Chance gehabt. Aber so? Mist, verdammter! Warum, frage ich mich, ist der Typ abgehauen, was meinst du?«

»Weil er etwas zu verbergen hatte.« Gemessenen Schrittes näherte sich Altehuus, die Mäntel der Kripobeamten über dem Arm. »Hier, ziehen Sie sie an, bevor Sie sich erkälten.«

»Was machen wir jetzt?«, wollte Müller wissen und suchte erfolglos nach seinen Zigaretten.

»Nichts.« Altehuus hielt Müller die Packung hin. »Lagen auf der Theke«, erklärte er. »Wir können jetzt hier in der Dunkelheit nach dem Flüchtigen suchen. Das dürfte wenig erfolgversprechend sein. Von der Insel kommt er vor morgen Mittag ohnehin nicht. Im Moment ist Ebbe. Da geht keine Fähre und kein anderes Schiff. Der Flugverkehr ist nachts sowieso eingestellt.«

»Und durch das Watt?«

»Er müsste durch die Priele schwimmen. Und das nachts im Winter und ohne Führer? Der reine Selbstmord. Nein, wenn der Kerl nicht völlig verrückt ist, bleibt er auf Juist. Ich verständige die Hafenmeisterei. Die werden ab morgen jeden auslaufenden Kutter überprüfen. Außerdem wird sich das Ereignis von heute Abend auf der Insel herumsprechen wie ein Lauffeuer. Dafür werden Lars und Sven sorgen. Das ist schließlich die Sensation. Ein Mord und ein flüchtiger Mann! Wenn die Fähre kommt, überwachen wir die Einsteigenden. Nach menschlichem Ermessen kann der nicht unbemerkt von der Insel. Wir kriegen den, ganz sicher.« Altehuus nahm die beiden Polizisten am Arm. »Kommen Sie, es hat keinen Zweck, wenn wir hier frieren. Lassen Sie uns noch etwas trinken gehen.«

Die drei Polizisten machten sich erneut auf den Weg in die *Spelunke.*

9

Einen Tag nach ihrer Ankunft wartete Rainer Esch vergeblich im Hotelfoyer auf den Makler. Dieser Schwiebus hatte ihn versetzt. Also ging er zunächst zurück aufs Zimmer, um mit Elke sein weiteres Vorgehen zu beraten und sie dazu zu bewegen, ihn bei seinen Gesprächen mit den potenziellen Verkäufern zu begleiten.

Die Unterhaltung verlief nicht ganz so, wie er es sich erhofft hatte. Seine Freundin machte ihm sehr lieb, aber unmissverständlich klar, dass sie sich erstens im Urlaub befände und sie zweitens die Geschäfte dieses Bochumer Immobilienloddels – sie sagte wirklich: Immobilienloddels – ungefähr so viel interessierten wie derberühmte Sack Reis, der in China umzufallen drohte. Außerdem habe sie bereits einen Termin in der Bio-Sauna des Hotels vereinbart, den sie selbstverständlich wahrzunehmen gedächte. Rainers vorsichtigen Hinweis auf das Vertragswerk, das schließlich Marian Dezcweratsky und die Anwaltssozietät *Schlüter und Esch* in gewisser Weise aneinander binden würde, konterte sie mit der Frage, wer denn diesen dämlichen Vertrag eigentlich unterschrieben hätte. Und den letzten Versuch ihres Freundes, sie mit einem schönen Spaziergang in frischer Luft mit anschließendem Mittagessen zu ködern, beantwortete sie mit ihrem schallenden Lachen, das Rainer so liebte.

»Nee, mein Schatz. Du hast mich mit dem Verweis auf ein paar erholsame Tage auf diese schöne Insel gelockt, jetzt darfst du auch nicht sauer sein, wenn ich tatsächlich ausspannen möchte.« Sie drückte ihm einen Kuss auf die Backe und verschwand im Badezimmer. »Ruf mich an, wenn du fertig bist«, hörte er noch, bevor die Tür ins Schloss fiel.

Vier Stunden später stand er frierend im Eingangsbereich des Rathauses und leckte seine Wunden.

Dezcweratsky hatte ihm Namen und Adressen von vierzehn Eigentümern zukommen lassen, an deren Grundstücken er interessiert war. Vier von ihnen wohnten im Loog, die hatte Rainer zuerst aufgesucht.

Auf dem Weg dorthin passierte das erste Missgeschick: Esch hatte sich mittlerweile daran gewöhnt, dass es auf Juist keinen Autoverkehr gab, und er verließ sich darauf, dass ihn das Klappern der Pferdehufe auf den Ziegelstraßen rechtzeitig warnen würde, wenn sich ein Fuhrwerk näherte. Also überquerte er die Straße ohne den sonst üblichen sichernden Blick. Das schrille Kreischen einer Fahrradklingel, ein Stechen in seiner rechten Seite und ein Schlag, der ihn zu Boden warf, erinnerte ihn unvermittelt und schmerzhaft daran, dass es noch andere Fortbewegungsmöglichkeiten gab.

Der Fahrradfahrer stammte aus dem südlichsten Bundesland und überschüttete ihn mit Vorwürfen, die, in ausgeprägtem ober- oder niederbayerischen Dialekt vorgetragen, für Rainer unverständlich blieben. Er stammelte eine Entschuldigung und half dem Mann, den Inhalt der Einkaufstüte, der sich auf dem Pflaster verteilt hatte, wieder einzusammeln. Die Brötchen allerdings, die sich unter die Hinterlassenschaften eines Kaltblüterhinterns gemischt hatten, musste Rainer dem immer lauter schimpfenden Mann wohl oder übel ersetzen.

Zu allem Überfluss fing es wieder an zu schneien. Der Anwalt kämpfte sich am Deich entlang gegen den immer stärker werdenden Wind die fast drei Kilometer zum Loog vorwärts, nur um dann festzustellen, dass von den vier Eigentümern keiner zu Hause war.

Nachdem er in einem Fall den Klingelknopf einige Minuten malträtiert hatte, teilte ihm eine zufällig vorbeikommende Nachbarin mit, dass sich die Familie im Ruhrgebiet befände und erst nach dem Jahreswechsel zurückkäme. Esch war begeistert. Er stapfte im hohen Norden durch Schnee und Wind und diese Leute machten Urlaub in seiner Heimat. Einfach großartig.

Sein fünfter Verkaufskandidat hieß Schneider, wohnte in der Nähe des Kurhauses und war tatsächlich daheim. Das Gespräch verlief bis kurz nach der gegenseitigen Begrüßung recht zufriedenstellend, wenn Esch davon absah, dass er im Schneetreiben vor der Tür, der potenzielle Verkäufer im Flur im Trockenen stand und nicht daran dachte, ihn hineinzubitten. Die Unterhaltung wurde etwas frostiger, nachdem der Jurist auf Grundstücke im Allgemeinen und Schneiders Flurstück im Besonderen zu sprechen kam. Der Smalltalk endete abrupt, als der Herner Anwalt zum ersten Mal das Wort Verkauf in den Mund nahm und er nur noch vor eine zugeschlagene Tür guckte.

Esch hatte die Nase gestrichen voll. Wütend und frustriert blätterte er in Dezcweratskys Papieren. Er überlegte, seinem Auftraggeber die Brocken vor die Füße zu schmeißen. Dann aber entschloss er sich, noch einen Versuch zu unternehmen. Er verglich die Adressenliste mit dem Stadtplan von Juist und entschied sich für Peter Hanssen, der nur wenige Schritte vom Rathaus entfernt wohnte.

Im Erdgeschoss des roten Ziegelgebäudes in der Friesenstraße ging die *Buchhandlung Koch* ihren Geschäften nach. Rainer blieb einen Moment vor dem auffällig-geformten, fast dreieckigen Schaufenster stehen und musterte die Auslage, ohne die Buchtitel wirklich wahrzunehmen. Seine Gedanken kreisten um das zurückliegende Verkaufsgespräch mit Schneider. Irgendwie hatte er das Gefühl, dass Schwiebus' Ahnungen wohl auf Erfahrungen beruhten.

Peter Hanssen hatte seine Wohnung im ersten Stock des Gebäudes. Auch hier reagierte zunächst niemand auf sein Klingeln. Rainer wollte schon frustriert das Weite suchen, als er Schritte hörte. Wenig später öffnete ein bärtiger junger Mann.

»Ja?«

»Mein Name ist Esch, ich möchte Herrn Peter Hanssen sprechen.«

»Mein Onkel ist nicht da. Kann ich ihm etwas ausrichten?«

Der Anwalt überlegte einen Moment. »Es geht um sein Grundstück im Loog. Wenn Ihr Onkel einen Verkauf erwägen würde ...« Esch fahndete erfolgreich in seinen Taschen nach einer Visitenkarte. »Ich wohne im *Hotel Achterdiek*. Hier meine Karte.«

Der Vollbärtige nahm die Pappe in Empfang. »Ein Anwalt aus Herne? Arbeiten Sie für Steiner?«

»Mein Auftraggeber ist ein Makler aus dem Ruhrgebiet.«

Hanssen lächelte verstehend. »Dann hat Steiner also Konkurrenz bekommen. Die Hyänen haben Witterung aufgenommen und balgen sich jetzt um die Beute. Was wären Sie denn bereit, zu zahlen?«

»Ich weiß nicht, ob ich befugt bin ...«

»Ach, kommen Sie. Steiner hat meinem Onkel fast hunderttausend für das Grundstück geboten. Und Sie?«

Rainer schluckte. Wenn er sich recht erinnerte, verfügte Hanssen über 750 Quadratmeter, das wären ... etwas über 130 Mark pro Quadratmeter. Und Dezcweratsky war bereit, bis zu 1.000 DM zu zahlen.

Hanssen deutete sein Schweigen falsch. »Anscheinend will Ihr Auftraggeber nicht so tief in die Tasche greifen.« Er lachte bitter auf. »Sie sollten wieder nach Hause fahren und Ihrem Boss mitteilen, dass wir den Marktwert unseres Grund und Bodens ziemlich genau kennen. Vor allem unter Berücksichtigung dessen, dass auf den Grundstücken am Naturschutzgebiet Villen für reiche Pfeffersäcke entstehen sollen. Ich werde meinem Onkel sagen, dass Sie hier waren. Ich glaube aber nicht, dass er Ihre Dienste in Anspruch nehmen wird. Wiedersehen, Herr Esch.«

Christian Hanssen schloss die Tür, ohne Rainers Entgegnung abzuwarten. Der blieb noch einen Moment perplex davor stehen, bis er sich nachdenklich auf den Weg zurück ins Hotel machte.

10

Das Telefon klingelte. Enno Altehuus nahm ab und meldete sich.

»Für Sie«, sagte er kurz darauf und reichte den Hörer an Müller weiter, der ihm gegenübersaß.

»Ja?«, bellte der Kripobeamte. Dann war zunächst Ruhe. »Verstehe. Das wird ihn nicht besonders freuen. – Aha? – Ist ja interessant! – Wann? – Selbstverständlich. – Ja, Ihnen auch.«

Er wandte sich an Altehuus. »Wann kommt mein Kollege vom Hafen zurück?«

»Haben Sie den Signalton eben gehört?«

»Natürlich.«

»Das war die Fähre. Sie legt gleich ab. In etwa zehn Minuten ist Ihr Freund wieder hier.« Altehuus widmete sich seinem Schreibkram.

Müller zuckte die Schultern und versuchte zum hundertsten Mal erfolglos, über das erste Level des Jump-and-Run-Spieles hinauszukommen, das er auf seinem Laptop geladen hatte. Er verstand die Welt nicht mehr. Sein neunjähriger Neffe hatte nach nur wenigen Stunden das höchste Level 25 erreicht und er krebste nach Wochen immer noch bei Stufe eins herum. Scheißspiel. Entnervt legte er die Maus beiseite.

Der Juister sollte Recht behalten. Es dauerte keine fünfzehn Minuten, dann stiefelte Dieter Buhlen in das Büro. »Brr. Ist das kalt.« Er schälte sich aus seinem Mantel und klatschte mehrmals in die Hände, um seine Durchblutung anzuregen. »Ich habe eine gute und eine schlechte Nachricht. Welche wollt ihr zuerst hören?«

»Die schlechte«, sagte Altehuus.

»Die gute«, meinte Müller.

»Also erst die schlechte: Unser Freund aus der *Spelunke* hat nicht versucht, auf die Fähre zu gelangen. Und jetzt die gute: Die Fährverbindung wird nicht eingestellt. Mit Packeis ist in den nächsten zwei, drei Tagen nicht zu rechnen, sagt der Hafenmeister. Ich kann also morgen fahren.« Er wandte sich triumphierend an seinen Kollegen. »Ist das was?«

»Wie man's nimmt. Ich habe auch Nachrichten. Die gute: Die Gerichtsmedizin hat sich selbst übertroffen und die Obduktion bereits gestern Abend durchgeführt.«

»Die wollten die Leiche sicher vor Weihnachten aus dem Keller haben«, bemerkte Altehuus trocken.

Für einen Moment war Günter Müller irritiert, dann schmunzelte er. »Mag sein.« Er wurde wieder ernst. »Der Todeszeitpunkt wird auf den Abend des 20. Dezember geschätzt. Plus, minus sechs Stunden. Sonst haben sie leider nichts Besonderes gefunden, wenn man ...«

»... von dem Schnitt durch die Kehle absieht«, ergänzte Buhlen.

»Genau. Und von der Tatsache, dass die Frau etwa im dritten Monat schwanger war.«

»Scheiße.«

»Die schlechte Nachricht: Es gibt keine fremden Gewebespuren. Auch keine Faserreste oder so etwas. Ein Kampf hat anscheinend nicht stattgefunden. Sie hat sich wohl nicht wehren können. Die Spurensicherung vermutet, dass der Täter ihr von hinten und mit großer Kraft die Kehle zügig durchschnitten hat.«

»Tut man so etwas im Affekt oder war es ein kaltblütiger Mord?« Buhlen kaute auf einem Bleistift herum.

»Schwer zu sagen. Die Kollegen vom Erkennungsdienst hoffen, am Fundort der Toten noch Anhaltspunkte zu entdecken. Deswegen schicken sie uns weitere Beamte zur Verstärkung. Es kommt auch ein Experte für das Anfertigen von Phantombildern. Wenn wir ein Bild unseres Freundes haben, der aus der Kneipe getürmt ist, sehen wir weiter.«

»Dann werdet ihr ja über die Feiertage keine Langeweile haben.« Buhlen drehte sich ab. »Sonst noch was? Ich würde gerne ins Hotel, um ...«

»Sie schicken *uns* Verstärkung. Genau.« Sein Kollege betonte seltsam akzentuiert das Wort ›uns‹.

Etwas zu akzentuiert, fand Buhlen. »Wie meinst du das?«

»Das ist die nächste schlechte Nachricht. Dein Urlaub wurde gestrichen. Packeis hin oder her, du bleibst auf der Insel.«

Der Unterkiefer Dieter Buhlens klappte herunter. Mit offen stehendem Mund und aufgerissenen Augen machte er nicht unbedingt den Eindruck eines intelligenten und hochmotivierten Polizisten. »Was? ... Äh? ... Nee, nicht?«

Müller klopfte ihm beschwichtigend auf die Schulter. »Mach dir nichts draus. Deine Bärbel wird sich auch ohne dich nicht langweilen.«

»Das ist genau das, was ich befürchte«, stöhnte Buhlen. »Mist! Warum bin ich nur Bulle geworden und habe nicht etwas Ordentliches gelernt?« Er ließ sich auf einen der Bürostühle fallen. »Haben Sie einen Schnaps?«, fragte er Altehuus.

»Immer.« Der Obermeister beugte sich nach unten, öffnete die rechte Tür seines Schreibtisches und schnaufte: »Zwei oder drei Gläser?«

»Drei«, antwortete Müller.

Altehuus tauchte wieder auf, eine Flasche Friesengeist in der linken und drei Pinnchen in der rechten Hand, die er auf die Schreibtischplatte stellte. Er goss die Gläser randvoll und riss ein Streichholz an, mit dem er den Schnaps entzündete. Dann schob er die Gläser mit dem brennenden Schnaps vorsichtig zu den anderen beiden Polizisten hin. »Prost.«

Günter Müller schüttelte sich. »Der reinste Schlüpferstürmer. Aber lecker.«

Altehuus winkte mit der Pulle. »Noch einen?«

»Nee, danke. Wir müssen noch arbeiten.«

Dreißig Minuten später begannen sie mit dem Klinkenputzen. Altehuus hatte die beiden Hamburger mit Straßenplänen der Insel versorgt und sie hatten Juist unter sich aufgeteilt: Buhlen sollte die Anwohner und Feriengäste im Loogbad nach der Toten befragen, Müller sein Glück im Westbad versuchen und Altehuus bearbeitete das Ostbad der Insel. Die ganz abseits liegenden Höfe und Pensionen wollte der Juister später mit seinem Dienstwagen abfahren. Irgendwo musste sich das Opfer ja schließlich aufgehalten haben. Für sechs Uhr am frühen Abend hatten sich die Beamten wieder in der kleinen Dienststelle verabredet.

Als Dieter Buhlen in der Wache eintraf, drückte sich sein Kollege fröstelnd an den Heizkörper und sah ihn erwartungsvoll an. »Na?«

»Was, na?«

»Weitergekommen?«

Buhlen hängte seinen Mantel an die Garderobe, griff nach einem Stuhl und schob ihn neben Müllers an die Heizung. »Kein Stück. So wie es aussieht, sind die Hälfte der Gebäude auf dieser Insel Ferienhäuser. Deren Eigentümer ziehen es anscheinend vor, die Feiertage nicht hier zu verbringen. Oder sie kommen erst morgen. In den Pensionen, die geöffnet haben, hat sich die Tote nicht einquartiert. Und von den Einheimischen scheint der größte Teil in Urlaub zu sein. Die wenigen Bewohner, die ich angetroffen habe, kannten die Tote jedenfalls nicht. Und? Hattest du Glück?«

Buhlen schüttelte nur den Kopf.

»Mist. Hoffentlich hat Altehuus mehr Erfolg ...«

Die Tür ging auf und der Insulaner stampfte wie bestellt in den Wachraum. »Moin.« Der Obermeister deutete die Mimik der Kripobeamten richtig. »Also Fehlanzeige. Wie bei mir. Wäre ja zu schön gewesen. Da müssen wir wohl morgen noch einmal los. Vielleicht meldet sich ja auch jemand, der die Tote anhand des Fotos in den Zeitungen wieder erkennt, nicht? Ich war noch am Flugplatz und am Hafen. Seit dem Polizeihubschrauber gestern ist keine Maschine mehr gestartet oder gelandet. Und auf den Booten, die heute ausgelaufen sind, waren nur Einheimische. Unser Freund muss sich noch auf Juist befinden. Es ist nur eine Frage der Zeit, bis wir ihn finden. Wir brauchen eben etwas Geduld ... Wollen Sie jetzt vielleicht noch einen Friesengeist?«

11

Der Kellner im Restaurant *Gabeljürge* hatte die Reste ihrer Mahlzeit abgeräumt und Espresso und Brandy serviert, als Rainer seine Freundin mit der Frage traktierte, die ihm seit dem Nachmittag im Kopf herumspukte.

»Warum ist Dezcweratsky bereit, so viel mehr für den Quadratmeter zu bezahlen als seine Konkurrenten? Der Kerl ist mit allen Wassern gewaschen. Er kennt doch mit absoluter Sicherheit die hier üblichen Grundstückspreise.« Esch nippte am Brandy. »Der Veterano ist besser als der 103.«

»Vielleicht weiß er mehr als die anderen?«

»Möglich.« Rainer dachte nach. »Es geht um einen Golfplatz. Das hat Schwiebus erzählt. Neben Dezcweratsky gibt es noch eine andere Investorengruppe um diesen Steiner, den unser Mandant auf seine Seite ziehen will.«

»Das hast du schön formuliert. Aber es ist dein Mandant. Und wenn ich das richtig verstehe, will der den Steiner kaufen. Mit 25 Prozent Anteil an der zu gründenden Gesellschaft, wenn ich mich recht erinnere.«

»Nenn es, wie du willst. Lässt sich denn mit einem Golfplatz so viel Geld verdienen? Was meinst du?«

»Keine Ahnung. Wie groß ist so ein Ding eigentlich?«

»Was weiß ich. Schwiebus sprach von zwanzig, dreißig Hektar.«

»Und wie groß ist ein Hektar?«

Eine nahe liegende, aber unangenehme Frage. Rainer wühlte in seinem Gedächtnis. »Ich glaube, 100 mal 100 Meter.«

»Ein Hektar wären dann, einen Moment, 10.000 Quadratmeter. Multipliziert mit, sagen wir, 1.000 Mark, das wären dann ...« Elke sah Rainer skeptisch an. »Nie im Leben will Dezcweratsky einen Golfplatz bauen. Das kostet doch Millionen. Der braucht die Grundstücke für etwas anderes. Du solltest dich mit vierzehn Eigentümern in Verbindung setzen, richtig?«

Der Anwalt hatte gerade einen Schluck wunderbar süffigen Riesling im Mund und nickte bloß.

»Unterstellen wir, jedes der Grundstücke hätte so um die 1.000 Quadratmeter. Das dürfte dann wohl eher für 'nen Minigolfplatz reichen, würde ich sagen.«

Esch verschluckte sich fast. Daran hatte er bisher nicht gedacht. Natürlich, das war es. »Dieser Mann, der Neffe von dem Dings, wie hieß der gleich ...«

»Ist doch egal.«

»Warte, gleich hab ich's.« Er zögerte. »Genau. Der Neffe von dem Hanssen erzählte etwas von Villengrundstücken.« Er schlug sich mit der flachen Hand vor die Stirn. »Das ist es! Dezcweratsky will keinen Golfplatz bauen, sondern Villen. Direkt am Naturschutzgebiet. Mit dem Golfplatz vor der Haustür.«

»Bekommt man denn hier Baugrundstücke für – was hat die Konkurrenz deines Mandanten geboten?«

»Rund 130 Mark für den Quadratmeter.«

»Also: Bekommt man für die Knete hier Bauland?«

Einen Moment lang war Rainer enttäuscht. Seine schöne Erklärung war im Eimer. »Kann ich mir nicht vorstellen. Das wäre ja billiger als in Herne.«

Elke stellte die Espressotasse beiseite. »Eben. Bauland dürfte auf Juist deutlich teurer sein. Entweder pokern die Investoren um Steiner sehr hoch und setzen auf die Unwissenheit der Juister ...«

»Das dürften sie sich abschminken können!«

»... oder die Grundstücke sind wirklich kein Bauland.« Sie trank einen Schluck Wein. »Das rechnet sich doch alles nicht. Es sei denn ...«

»Was?« Rainer sah seine Freundin gespannt an.

»Es wird später Bauland.« Sie spekulierte weiter. »Wenn der Gemeinderat die Umwandlung beschließt ...«

»Aber 1.000 Mark für den Quadratmeter?«

»Dezcweratsky hat dir doch nicht gesagt, du musst so viel ausgeben. Der Betrag war doch nur die Obergrenze, oder?«

»Stimmt.«

»Und du solltest eine Provision bekommen, wenn du billiger kaufen würdest, nicht?«

»20 Prozent für alles, was unter eintausend liegt.«

»Wenn er die Grundstücke hat, braucht er nur noch eine Mehrheit im Gemeinderat für die Ausweisung des fraglichen Geländes als Bauland. Folge: Die Preise steigen. Ist dann der Golfplatz fertig, gehen die Grundstückspreise noch weiter nach oben.«

»Und sein Gewinn ist umso höher, je billiger er einkauft.«

»Wobei du ihm ja kräftig helfen wirst.«

»So funktioniert Marktwirtschaft nun einmal«, verteidigte sich Rainer.

Elke lachte laut auf. »Das aus deinem Mund, ich fasse es nicht. Ein übrig gebliebener Altlinker, der die 68er selbst nur vom Hörensagen kennt, mir aber trotzdem bei jeder passenden und unpassenden Gelegenheit Vorträge über Orgasmusschwierigkeiten, repressive Sexualpolitik und den tendenziellen Fall der Profitrate hält, quatscht von Marktwirtschaft.«

»Ich meine ja nur. Dezcweratsky will eben mit dem Bau von Villen viel Geld verdienen.«

»Oder noch mehr mit Bordellen«, ergänzte Elke trocken.

Als sie ins *Achterdiek* zurückgekehrt waren, drückte ihnen der Portier eine Nachricht in die Hand.

Rainer nahm den Zettel entgegen und las ihn im Fahrstuhl. Er sah auf seine Uhr. Halb zwölf. »Schwiebus will mich sprechen.«

»Wann? Jetzt?« Elke schloss die Zimmertür auf. »Das ist nicht dein Ernst.«

»Per Telefon.«

»Ach so.« Sie war beruhigt.

»Er hat ausrichten lassen, es sei dringend. Es müsse heute sein. Egal wann. Ich möchte wissen, was der Kerl von mir will.« Esch riss die Schubladen seines Nachttisches auf und knallte sie wieder zu, kramte im Koffer zwischen seiner Unterwäsche und den Einzelsocken – ein ewiges Mysterium –, unterzog schließlich den Kleiderschrank einer hektischen Inspektion.

Elke, die seinem Treiben mit spöttischer Belustigung zusah, fragte schließlich: »Suchst du das hier?« Dabei winkte sie mit dem Handy ihres Freundes.

»Ja, sicher. Aber wo war ...?«

»In meiner Handtasche. Du hast es mir gegeben, bevor wir zum Essen gegangen sind.«

Rainer unterließ eine Bemerkung, schnappte sich das Teil und tippte die Nummer ein, die Schwiebus an der Rezeption hinterlassen hatte.

Nach nur zwei Ruftönen meldete sich der Makler mit einem knappen »Ja?«

»Esch hier. Worum geht es?«

»Können Sie reden?« Schwiebus sprach so leise, dass ihn Rainer kaum verstand.

»Ja, sicher.«

»Sind Sie allein?«

»Nein, Frau Schlüter ist bei mir.«

Eine Weile kam keine Antwort. Dann flüsterte Schwiebus: »Kann ich Ihnen vertrauen? Ihnen beiden?«

Rainer gab seiner Freundin mit einem Handzeichen zu verstehen, dass sie mithören sollte. Elke lehnte ihren Kopf an seinen.

»Wie meinen Sie das?«, fragte Rainer zurück.

»Sie als Anwälte sind doch verpflichtet, die Interessen Ihres Mandanten zu wahren?«

»Sicher. Aber ich verstehe nicht ...«

»Würden Sie ein Mandat von mir annehmen?«

74

»Von Ihnen? Natürlich. Aber was ...«

»Sie haben das Mandat.«

»Schön. Um was geht es?«

»Kennen Sie die Tennisplätze auf Juist?«

»Nein.«

»Ist nicht weit von Ihnen. Wenn Sie aus Ihrem Hotel kommen, halten Sie sich rechts und biegen dann in die Karl-Wagner-Straße ein. An deren Ende liegt die Tennisanlage. Sie können in fünfzehn Minuten da sein. Ich erwarte Sie. Allein.« Es knackte. Schwiebus hatte die Verbindung unterbrochen.

Rainer sah Elke entgeistert an. »Spinnt der?«

»Das hörte sich nicht so an. Ich hatte den Eindruck, dass er Angst hat. Seine Stimme klang so gehetzt.«

»Ach Quatsch.« Rainer steckte sich mechanisch eine Reval an, was ihm einen vorwurfsvollen Blick von Elke einbrachte. Sie hatten vereinbart, dass er im Hotelzimmer nicht rauchen würde. Sofort drückte er die Kippe wieder aus. »Der war besoffen.«

»Hörte sich aber wirklich nicht danach an.«

»Du meinst also, ich soll da hingehen. Um diese Zeit?«

»Ich meine gar nichts. Das ist dein Mandant.«

Der Anwalt dachte einen Moment nach. »Gut. Ich gehe. Du hast es so gewollt.« Er griff zum Mantel. »Halt das Bett warm. Ich bin gleich wieder zurück.«

Je näher Esch den Tennisplätzen kam, desto dunkler wurde es. In kaum einem der Häuser brannte Licht. Lediglich der durch die immer wieder aufreißende Wolkendecke scheinende Vollmond ließ Rainer erahnen, wo er hintrat. Ganz wohl war ihm nicht in seiner Haut. Er irrte an einem Glascontainer vorbei auf ein dunkles Loch zu, das sich vor ihm ausbreitete: die Tennisplätze. Ratlos blieb Rainer stehen und steckte sich eine Zigarette an. Der Schein der Feuerzeugflamme blendete ihn für Sekunden. Er nahm einen tiefen Zug und lauschte in die Dunkelheit. Außer der Brandung der aufkommenden Flut war nichts zu hören. Als ihn jemand aus unmittelbarer Nähe ansprach, stockte ihm fast das Herz.

»Mensch, Schwiebus, haben Sie mich erschreckt.«

Die schlaksige Gestalt löste sich aus der Deckung der Müllcontainer. »Sind Sie alleine?«

»Sehen Sie das nicht?« Rainer ergänzte begütigend: »Vermutlich nicht. Man erkennt ja kaum die Hand vor Augen. Warum so geheimnisvoll, Herr Schwiebus?«

Der Makler kam näher. »Die Bullen sind hinter mir her!«

»Polizei? Warum?«

»Übernehmen Sie das Mandat?«, kam die Gegenfrage.

»Ja, klar. Zigarette?«

»Nein, danke. Ich habe meine eigene Marke.«

»Also, was ist los?«, wollte der Anwalt wissen.

Schwiebus zögerte. »Ich bin gestern Abend in der *Spelunke* gewesen. Dort habe ich ... wie soll ich sagen ... Kokain ...«

»Sie haben Koks geschnupft?«

»Ja.« Schwiebus erzählte ihm in hastigen Worten die Geschichte. »Ich habe mich dann versteckt und bin erst in mein Apartment zurückgekehrt, als ich sicher war, dass dort keine Bullen rumschnüffelten.«

»Und die Polizisten haben ganz sicher Sie gemeint?«

»Wen denn sonst?«

»Was weiß ich. Und Sie nehmen an, die vermuteten Rauschgift bei Ihnen?«

»Haben Sie eine bessere Erklärung? Ich zermartere mir schon den ganzen Tag erfolglos den Kopf, welchen Fehler ich gemacht haben könnte.« Schwiebus machte einen etwas hysterischen Eindruck. »Vielleicht haben die da Überwachungsanlagen.«

Esch zerdrückte die Kippe mit seinem Stiefel. »Auf dem Klo? Na, ich weiß nicht. 1984 ist doch schon ein paar Tage vorbei. Und das mit der Volkszählung ...«

Schwiebus verstand die Anspielung nicht. »Egal. An Ihrer Stelle würde ich zur Polizei gehen. Möglicherweise klärt sich ja alles auf.«

»Und wenn nicht?«

»Das wäre Pech. Haben Sie noch mehr von dem Stoff?«

»Etwas.«

»Lassen Sie es verschwinden. Und dann gehen Sie zur Polizei.«

»Das Verschwindenlassen ist schwierig.«

»Verstehe ich nicht.«

»Was ist mit meiner Wohnung in Eickel? Wenn die eine Hausdurchsuchung machen ...«

Jetzt dämmerte Rainer etwas. »Sagen Sie bloß, Sie haben auch zu Hause im Ruhrgebiet Kokainvorräte.«

»Natürlich.«

So natürlich fand Rainer das nun gerade nicht. »Viel?«

»Es geht. 150, 160 Gramm.«

»Das ist viel. Zumindest für den Staatsanwalt. ›Keine geringe Menge‹ steht im Gesetz. Das dürfte wahrscheinlich auch der Richter so sehen.«

»Was soll ich nur machen?«, jammerte Schwiebus weinerlich. »Eine Geldstrafe kann ich nicht bezahlen. Dann muss ich in den Knast. Können Sie nicht mit den Bullen sprechen? Wenn ich gestehe, vielleicht habe ich dann ja die Chance, den Stoff in Wanne ...«

Rainer seufzte. Ein Kokser als Mandant. Ohne Knete. Ade, Anwaltshonorar. Und Geldstrafe? Wenn der unter ein, zwei Jahren wegkam ...

»Gut. Ich kläre das. Aber jetzt lassen Sie uns hier verschwinden. Mir ist kalt.« Und außerdem will ich zu Elke ins Bettchen, dachte er. Esch wandte sich zum Gehen. »Wo kann ich Sie erreichen?«

»Mein Apartment ist ganz in der Nähe, das letzte Haus in der Cirksenastraße. Nein, rufen Sie mich an, wenn Sie etwas erreicht haben. Wir machen dann einen Treffpunkt aus.«

»Lassen Sie sich nicht erwischen.«

Schwiebus lachte bitter. »Das passiert mir nicht. Das nicht.« Dann verschluckte ihn die Dunkelheit.

12

Dieter Buhlen schob sich vorsichtig das letzte Stück seines dick mit Rührei belegten Brötchens in den Mund, als Enno Altehuus den Frühstücksraum des Hotels betrat.

»Kann man denn noch nicht einmal in Ruhe essen«, maulte Buhlen mit vollem Mund, als er den Juister näher kommen sah.

Günter Müller legte den *Ostfriesischen Anzeiger* mit dem etwas zu reißerischen Artikel über die unbekannte Tote beiseite. Ohne seine Brille hatte er Schwierigkeiten gehabt, das Geschriebene zu entziffern. Hastig griff er zum letzten noch verbliebenen Rollmops auf seinem Teller.

»Moin«, begrüßte sie der Obermeister.

Buhlen nickte kauend und Müller quetschte ein Geräusch hervor, das ein Zuhörer mit etwas gutem Willen für eine Erwiderung des Grußes halten konnte.

»Ich habe mich gewundert, wo Sie bleiben.«

Müller grunzte vernehmlich. »Hast du das gehört? Er hat sich gewundert. Erst füllt er uns mit diesem süßen Gift ab, nötigt uns in der *Spelunke* noch zu was weiß ich wie vielen Bieren, schleppt uns in seine Wohnung und dann ...«

»Erinnere mich nicht daran«, stöhnte Buhlen. »Wie spät war es eigentlich?«

»Halb drei« griente Altehuus seine Kollegen an.

»Und wie spät ist es jetzt?« Der Kommissar griff zum Mineralwasser.

»Elf.«

»O Gott!«

Altehuus setzte sich zu den Opfern des vorabendlichen Alkoholexzesses des Vorabends und griff zur Kaffeekanne. »Darf ich?« Er wertete das Schweigen seiner Kollegen als Zustimmung und goss sich eine Tasse ein. »Ich habe heute Morgen einen Anruf aus Aurich erhalten. Die Leiche konnte identifiziert werden.«

Wenn die beiden anderen überrascht waren, konnten sie das gut verbergen. Der Insulaner vermutete allerdings, dass die geistige Aufnahmefähigkeit der Hamburger noch etwas eingeschränkt war und es daher etwas länger dauern würde, bis sie das Gehörte verarbeitet hatten.

Wie zur Bestätigung seiner Theorie antwortete Buhlen nach fünfzehn Sekunden mit einem erstaunten »Oh«, während Müller nur den Mund aufsperrte und einen Zischlaut von sich gab.

Altehuus wich vor der herüberwehenden Alkoholfahne unwillkürlich etwas zurück.

»Ein gewisser Hans Wübber, Teehändler aus Bremen, hat das Bild in der Zeitung gesehen. Er hat seine Tochter sofort erkannt und war bereits in der Gerichtsmedizin, um sie zu identifizieren. Die junge Frau hieß Marlies, war neunzehn Jahre alt und sollte sich eigentlich in ihrem Internat in der Schweiz aufhalten.«

»Und was macht Marlies Wübber dann auf Juist? Das Bergklima wäre für sie vermutlich gesünder gewesen.« Buhlens Lebensgeister kehrten zurück.

»Keine Ahnung. Die Familie hat hier ein Ferienhaus. Im Loog.«

»Das sollten wir uns ansehen.« Müller erhob sich etwas zu schnell, schwankte und sicherte sich mit der Rechten an der Tischkante. Dann setzte er sich wieder. »Vielleicht sollten wir doch noch etwas warten. Zumindest so lange, bis die Doppeldröhnung Aspirin wirkt«, fügte er hinzu.

»Wübber ist auf dem Weg hierher. Sein Flieger müsste in einigen Minuten landen.«

»Kein Nebel mehr?«

»Hat sich verzogen. Wir haben strahlenden Sonnenschein. Auch auf dem Festland. Sehr kalt, aber blauer Himmel. Ich wollte den Mann am Flugplatz abholen. Möchten Sie mich begleiten oder in der Wache auf uns warten?«

Vorsichtshalber fragte Müller: »In Ihrem Dienstwagen?«

»Natürlich.«

»Dann kommen wir mit. Ist doch selbstverständlich.« Buhlens aufkeimenden Widerspruch wischte er mit einer Handbewegung beiseite.

Diesmal klappte das Aufstehen.

Auf der Fahrt zum Flugplatz erkundigte sich Altehuus nach den Plänen seiner Begleiter für den Heiligabend. Die Antwort war schnell gegeben: Sie hatten keine. Der Obermeister regte daraufhin an, dass sie ihn und seinen Sohn zum Weihnachtsdinner in das Kurhaus begleiten sollten, da ansonsten alle Lokale mit Ausnahme der Hotelrestaurants geschlossen hätten. Es bestünde dort zwar Reservierungszwang, aber da er den Hoteldirektor persönlich kennt, sei das nicht mehr als eine Formsache. Allerdings dürfte der Abend den finanziellen Rahmen ihres Spesenkontos deutlich übersteigen und eine dienstliche Veranlassung käme ja wohl nicht in Betracht. Nach einem kurzen Disput entschieden sich die beiden Hamburger für das Galaessen und gegen Sparsamkeit.

Hans Wübber war eine gepflegte Erscheinung von etwa fünfzig Jahren, nicht größer als 1,70 Meter. Er schleppte eindeutig zu viel Körperfett mit sich herum, anscheinend angefuttert bei häufigen Geschäftsessen und

Empfängen. Der Teehändler war mit einem dunkelbraunen Anzug, einem Kamelhaarmantel und einem farblich passenden Hut bekleidet. An seiner Schulter hing ein praller Kleidersack aus Wildleder, für dessen Kaufpreis ein Kriminalkommissar sehr viele bezahlte Überstunden machen musste. Der Bremer näherte sich den Beamten mit energischen, schnellen Schritten.

Mit in Stein gemeißelter Miene nahm Wübber die Beileidsbekundungen entgegen und fragte dann mit befehlsgewohnter Stimme: »Haben Sie schon eine Spur?«

Kommissar Müller informierte den Vater der Toten kurz über die bisherigen Ermittlungsergebnisse und den Unbekannten, der sich der Befragung durch Flucht entzogen hatte und ihr Hauptverdächtiger sei.

»Und der Kerl kann nicht von der Insel entkommen sein?«, wollte Wübber wissen.

»Nein. Er ist noch hier«, erwiderte Müller. »Wir überwachen die Fähre, auslaufende Kutter und den Flugplatz.«

»Gut. Das ist gut.« Der Bremer Geschäftsmann schien befriedigt.

Auf dem Weg zum Haus der Familie erkundigte sich Buhlen danach, ob Wübber eine Erklärung dafür habe, warum seine Tochter auf Juist und nicht in dem Schweizer Internat gewesen und weshalb ihre Abwesenheit erst jetzt aufgefallen sei.

Der Bremer sah den neben ihm sitzenden Polizisten lange an. »Das Internat ist eine Privatschule. Die unterrichtsfreie Zeit vor Weihnachten beginnt dort bereits am 12. Dezember, das war am letzten Freitag. Meine Tochter wollte die Feiertage mit einer Freundin gemeinsam bei deren Familie verbringen und ...«

Buhlen zückte sein Notizbuch. »Wie heißt die Familie?«

Wübber wirkte ungehalten. »Der Name der Familie? Keine Ahnung.«

»Hat Ihnen Ihre Tochter das nicht gesagt?«, wunderte sich Müller. »Wenn sie schon nicht die Feiertage mit ihren Eltern verbringt, möchte man doch wissen …«

»Marlies ist volljährig«, unterbrach ihn der Teehändler barsch. »Sie musste mich nicht um Erlaubnis fragen.«

»Mein Kollege hat das so nicht gemeint«, besänftigte ihn Buhlen. »Sie wussten also nicht, dass Marlies nach Juist fahren wollte?«

»Nein. Ich sagte Ihnen doch bereits, sie hatte sich mit einer Freundin verabredet.«

»Wann haben Sie Ihre Tochter zuletzt gesehen?«

»Ich glaube, im Juni. Könnte auch Juli gewesen sein. Irgendwann im Sommer. Sie war für zwei, drei Tage in meiner Wohnung in Bremen.«

Müllers Verwunderung wuchs. Er hatte zwar keine Kinder, aber wenn er welche gehabt hätte, so vermutete er, würde er sich an deren letzten Besuch genauer erinnern können.

»In Ihrer Wohnung?«, hakte Buhlen nach.

»Was ist das hier? Eine Vernehmung?«, blaffte Wübber. »Sie sollten sich lieber darum kümmern, den Mörder meiner Tochter zu finden, als mir dumme Fragen zu stellen.«

»Bitte, Herr Wübber. Wir tun nur unsere Pflicht.«

Die Augen des Geschäftsmannes funkelten böse. Für einen Moment glaubte Buhlen, Wübber würde die Beherrschung verlieren. Dann hatte der Bremer sich wieder in der Gewalt.

»Meine Frau und ich leben getrennt. Sie ist die meiste Zeit des Jahres in den Staaten. Ihre Wohnungen in Berlin und Zürich besucht sie nur selten. Ich bin sehr viel unterwegs, lebe fast nur aus Koffern. In Bremen betreibe ich meine Firma und da habe ich auch eine Wohnung. Genügt das?«

»Selbstverständlich. Hatte Ihre Tochter einen Freund?«

»Nicht dass ich wüsste. Warum fragen Sie?«

»Sie war im dritten Monat schwanger.«

Der Teehändler wurde bleich. Er schluckte schwer. Sein Adamsapfel bewegte sich heftig auf und ab. Dann drehte er seinen Kopf zur Seite. Ein leises, gequältes Stöhnen war zu hören. »Schwanger? Aber ... von wem?«

»Das hoffte ich, von Ihnen zu erfahren.«

Wübber wandte sich wieder Buhlen zu. »Schwanger! Nein, ich hatte keine Ahnung ...«

»Hatte Ihre Tochter einen Schlüssel zu Ihrem Haus?«

Wübbers Selbstsicherheit war dahin. »Einen Schlüssel? Nein, sie hatte keinen ... Warten Sie ... Natürlich. Der Verwalter. Er muss ihr den Schlüssel gegeben haben.«

»Wenn sie überhaupt in Ihrem Haus war«, meldete sich Müller erneut.

»Wo soll sie denn sonst gewesen sein?«, fragte der Geschäftsmann entgeistert.

»Wie heißt der Verwalter?«, fragte Buhlen nach. »Wir sollten uns bei ihm erkundigen.«

»Langkamp. Heinrich Langkamp.«

»Der Langkamp aus der Billstraße?«, warf Altehuus ein.

Wübber bejahte.

»Das könnt ihr vergessen. Der ist in Urlaub. Zum Skifahren in Oberbayern.«

Der Obermeister bog in die Hammersee-Straße ein und hielt vor dem Ferienhaus der Familie Wübber. Ferienhaus ist etwas untertrieben, dachte Müller angesichts des Prachtbaues. Die fast vollständig von Efeu bewachsene *Villa Sturmflut* war das vorletzte Haus in der Straße. Die Rollos auf der Straßenseite waren herabgelassen. Das Grundstück grenzte direkt an die Sanddünen. Soweit es Müller abschätzen konnte, war es mindestens tausend Quadratmeter groß.

Der Teehändler öffnete das Straßentor und ging zur Haustür, gefolgt von den Beamten. Er suchte umständlich in einer Seitentasche des Kleidersackes nach dem Schlüssel und drehte ihn im Schloss.

»Seltsam. Nicht abgeschlossen.« Mit einem leichten Quietschen schwang die Tür auf. Der Deckel des Briefkastens klapperte dabei leicht. Wübber tastete nach dem Lichtschalter.

»Die Flurbeleuchtung scheint defekt zu sein«, sagte er und betrat das Haus. Buhlen folgte ihm über die Schwelle. Der Beamte nahm den eigentümlichen Geruch sofort wahr und warf seinen Kollegen einen Blick zu. Dem Teehändler schien nichts aufzufallen. Er stellte seinen Kleidersack ab und wandte sich nach rechts in die Küche. Dort zog er den Rollladen hoch und durch die halb offen stehende Küchentür fiel Licht in den dunklen Flur.

Die Beamten erstarrten.

Altehuus fasste sich am schnellsten. »Herr Wübber«, rief er mit seiner tiefen Stimme und ging in die Küche. »Sie sollten besser hier bleiben.«

Der Bremer Geschäftsmann dachte nicht im Geringsten daran, der Empfehlung des Inselpolizisten zu folgen. Er drängte sich an Altehuus vorbei in den Flur.

»Herr Wübber ...« Buhlen versuchte, sich dem Mann zu nähern, der mit weit aufgerissenen Augen mitten im Flur stand, den Blick nach vorne gerichtet. Mit fahrigen Handbewegungen wehrte er Buhlen ab. Der Teehändler zitterte am ganzen Körper. Wübber hob wie in Zeitlupe die rechte Hand und zeigte nach oben.

»Nein!«, stöhnte er. Und dann schrie er auf wie ein Tier, das entsetzliche Qualen aushalten muss: »Neeiiin!«

13

Elke und Rainer frühstückten ausgiebig. Rainer hatte sich am Büfett den Teller mit den Köstlichkeiten beladen, die sein Magen nicht vertrug, und wollte sich für den Rest des gemeinsamen Mahles hinter der Morgenzeitung verstecken, als ihm Elke in der ihr eigenen liebenswürdigen Art klarmachte, dass für sie ein gemeinsames Urlaubsfrühstück nicht bedeutete, dass sich einer der Teilnehmer in das Studium der Sportnachrichten vertiefte. Rainer legte seufzend das Blatt beiseite.

Sie verständigten sich darauf, dass er den Verkaufskandidaten und natürlich damit auch sich selbst zunächst ein geruhsames Weihnachtsfest gönnen würde. Grundstücke ließen sich – so ihre einhellige Meinung – viel besser nach den Feiertagen erwerben.

Allerdings wollte der Anwalt versuchen, Kontakt mit der örtlichen Polizeibehörde aufzunehmen, um Schwiebus zu beruhigen und ihm so ebenfalls ein möglichst ungestörtes Fest zu ermöglichen.

Die Wache war, als die beiden gegen halb zwölf bei strahlendem Sonnenschein Einlass begehrten, verschlossen. Es öffnete auch niemand, als Rainers Zeigefinger sich auf dem Klingelknopf ausruhte.

Esch erwog, dem Hinweisschild zu folgen und die seitlich angebrachte rote Notrufsäule in Anspruch zu nehmen, ließ es aber doch, nachdem seine Freundin auf die unabsehbaren Folgen hingewiesen hatte: Möglicherweise fingen alle Sirenen an zu kreischen oder irgendwo auf dem Festland würde eine Horde hochgerüsteter GSG-Neun-Beamter in bereitstehende Hubschrauber springen und die Insel heimsuchen. Nein, ein solches Risiko wollten sie nicht eingehen. Lachend spazierten sie zum Strand.

Es war Flut. Sie hatten siebzehn Kilometer unberührte Natur für sich alleine. Der kräftige Wind pustete ihnen die Köpfe klar. Elke wollte unbedingt an der Wasserkante entlanglaufen, da dort, hinter der Aerosolgrenze, der Anteil von Salz, Jod und Brom in der Luft amhöchsten sei – behauptete zumindest eine Werbebroschüre der Kurverwaltung, die sie gelesen hatte. Rainer hatte zwar so seine Zweifel, da er der Werbung grundsätzlich nichts glaubte, behielt sie aber für sich und tat seiner Freundin den Gefallen.

Sie gingen in Richtung Osten, dem Kalfamer entgegen. Die weißen Hochhäuser der Nachbarinsel Norderney grüßten in der Ferne. Elke zitierte einen Spruch, den sie im Hotel aufgeschnappt hatte: »Wo liegt der schönste Punkt Norderneys? Im äußersten Westen, da, wo Juist zu sehen ist.«

Rainer verstand, was sie meinte. Und wenn er ehrlich war, begeisterte ihn dieser Strandspaziergang ebenso wie Elke. Diese Erkenntnis behielt er aber für sich. Schließlich war er nicht zum Vergnügen hier.

Auf dem Rückweg versuchten sie erneut ihr Glück bei der Polizeiwache. Zwar war die Tür immer noch verschlossen, aber auf Rainers energisches Klingeln hin öffnete sich im ersten Stock ein Fenster und eine Stimme rief: »Moin. Mein Vater ist nicht da.«

Die beiden Recklinghäuser traten zwei, drei Schritte zurück und blickten nach oben.

Ein etwa Dreißigjähriger mit Bart und blonden, kurz geschorenen Haaren schaute freundlich nach unten. »Im Notfall ist er über sein Handy zu erreichen.«

Der Anwalt schüttelte den Kopf.

»Kann ich ihm etwas ausrichten?«

Esch überlegte. »Nein, danke. Ich komme später noch mal wieder.«

»Heute werden Sie aber vermutlich kein Glück mehr haben. Und in den nächsten Tagen ...« Er beendete den Satz nicht.

Rainer wusste auch so, was er meinte. Über die Feiertage spielte sich in Sachen Polizeiarbeit auf der Insel vermutlich nicht sehr viel ab. Deshalb würden sich die Grünen bei ihrer Fahndung nach Schwiebus – wenn es denn überhaupt so etwas gab, was diese Bezeichnung verdient hätte – auch nicht gerade ein Bein ausreißen. Wenn sein Mandant etwas in Deckung blieb und sich nicht auf dem Präsentierteller offerierte, dürfte er ein geruhsames Weihnachtsfest auf der Insel verbringen.

»Hat Ihr Vater keinen ... äh ... Stellvertreter?«, erkundigte sich der Anwalt sicherheitshalber. Das war er Schwiebus schuldig.

»Nee, hat er nicht. Aber das ist nicht das Problem. Seit im Kalfamer die ermordete Frau gefunden wurde, ist er ständig mit den Kripoleuten aus Norden auf Achse.«

Esch spürte den festen Griff seiner Freundin am Arm. »Ein Mord? Hier auf Juist? Das ist ja entsetzlich!« Elke war erschüttert.

»Ja. Stand heute in der Zeitung. Das erste Mordopfer auf Töwerland seit fast zwanzig Jahren. Damals hat ein Saisonarbeiter eine Touristin ... Ist ja auch egal. Eine junge Frau mit durchschnittener Kehle. Haben Sie es nicht gelesen?«

Dank Elke war Rainer bei seiner Morgenlektüre nicht über die Sportseiten hinausgekommen. »Nein.«

»Sie lag halb vergraben in den Dünen. Die Kripo sucht nach Zeugen und nach Hinweisen auf die Identität der Toten. Schreiben jedenfalls die Journalisten.«

»Und Ihr Vater ...?«

»Redet mit mir nicht über seine Arbeit, wenn Sie das wissen wollten.«

»Entschuldigung. Geht mich ja auch nichts an. Vielen Dank. Und schöne Feiertage.«

Die beiden drehten sich um und wollten gehen, als sie Hendrik Altehuus noch einmal anrief. »Sagen Sie, sind Sie nicht der Rechtsanwalt, der im großen Stil Grundstücke kaufen will?«

Überrascht blieb Rainer stehen. »Ja. Aber woher ...«

Altehuus lachte. »Sie sind hier in einem Dorf. Hier bleibt nur wenig lange verborgen. Das hat sich wie ein Lauffeuer herumgesprochen, dass ein Anwalt aus dem

Ruhrgebiet mit viel Geld groß in das Immobiliengeschäft einsteigen will. Und? Erfolg gehabt?« Als Rainer nicht sofort antwortete, winkte der Polizistensohn ab. »Lassen Sie. Ich weiß auch so Bescheid. Die Leute hier auf Juist hängen an ihrem Boden. Dürfte nicht leicht werden. Vor allem, wenn Sie genau die Flurstücke interessieren, die in der Nähe des geplanten Golfplatzes liegen.«

Rainer war baff. »Woher wissen Sie …?«, stotterte er erneut.

»Ich sagte doch eben: Juist ist ein Dorf. Freunde machen Sie sich im Übrigen nicht gerade mit Ihren Kaufabsichten. Und ich an Ihrer Stelle wäre ich mir nicht so sicher, ob dieser Golfplatz wirklich gebaut wird. Möglicherweise wird Ihr Investment notleidend.« Der junge Mann griente breit. »Aber das kann mir ja egal sein. Ihnen auch frohe Weihnachten.« Altehuus machte Anstalten, das Fenster zu schließen.

»Einen Moment bitte noch«, rief der Anwalt hastig. »Wie meinen Sie das?«

»Wie meine ich was?«

»Dass ich mir keine Freunde machen würde.«

»Am Tag nach Weihnachten ist im Haus des Kurgastes eine Bürgerversammlung. Ich glaube um fünf. Kommen Sie und Sie werden verstehen, was ich meine.« Altehuus verschwand.

»Gehst du hin?«, fragte Elke, als der Polizistensohn nicht mehr zu sehen war.

»Zu der Versammlung?«

»Wohin sonst?«

»Mal sehen«, knurrte Rainer, obwohl er die Entscheidung bereits getroffen hatte.

14

Fassungslos blickten die vier Männer in den Flur. Eine dunkelrote, getrocknete Blutlache bedeckte fast ein Viertel des Bodens. Die weißen Wände waren übersät mit Spritzern, ebenso wie der Spiegel und die Kommode. Und von der Wand sprang ihnen in großen blutroten Buchstaben das Wort ›Hure‹ entgegen.

»Ich, ich kann nicht ...« Wübber schwankte. Buhlen griff geistesgegenwärtig unter seine Arme und verhinderte so, dass der Teehändler zusammenklappte.

»Mein Gott, was ist hier passiert?«, stammelte Wübber. »Wer macht denn ...?«

»Wir bringen Sie zum Wagen.« Buhlen nickte Altehuus zu, der sofort verstand und Wübber stützend nach draußen führte. »Geh mit«, raunte der Kommissar seinem Kollegen Müller zu. »Für ihn brauchen wir einen Arzt. Und wir benötigen die Bereitschaft der Spurensicherung. Ach ja, frag Altehuus nach Handschuhen und Schuhschützern.«

Als er allein war, sah sich Dieter Buhlen prüfend um. Die Buchstaben an der Wand wirkten seltsam verschmiert, sie erinnerten ihn an Kindergartenfeste, wenn die Kleinen Farbe mit den Fingern ... Er musterte den Schriftzug genauer. Tatsächlich. Der Kommissar schüttelte sich angewidert. Der Mörder hatte das Schmähwort mit blutigen Fingern an die Wand gemalt.

Buhlen wartete geduldig auf die Rückkehr Müllers. Schon häufiger hatten voreilige Beamte wertvolle Spuren zerstört. Das würde ihm nicht passieren. Ohne die Schuhpariser und Handschuhe würde er nichts unternehmen.

Wenig später erschien sein Kollege in der offenen Tür. »Schuhüberzieher sind nur für einen da, Handschuhe genug.«

Buhlen griff nach den Kunststoffhüllen und streifte sie sich über seine Fußbekleidung. Dann zog er die Handschuhe über. Vorsichtig und ohne auf die Blutlache zu treten, ging er weiter in die Wohnung hinein. Er warf einen Blick nach links ins Wohnzimmer und versuchte erfolglos, dort das Licht einzuschalten. »Wo ist der Sicherungskasten?«, fragte er in Richtung Eingangstür, wo Müller wartete, ging aber nicht davon aus, eine Antwort zu erhalten.

»Soll ich Wübber fragen?«

Buhlen winkte ab. Sein Blick schweifte über die Wand und blieb dann an dem Spiegel kleben. Vorsichtig zog er diesen etwas ab, lugte dahinter und entdeckte eine graue Metallklappe – der Sicherungskasten. Er hob den Spiegel vom Haken, öffnete den Kasten, orientierte sich kurz und drückte die Hauptsicherung ein.

Mehrere Halogenstrahler in der abgehängten Decke tauchten den Flur in weißes Licht. Jetzt waren auch die blutigen Fuß- und Schleifspuren zu sehen, die vom Flur ins Wohnzimmer führten und, wie Buhlen kurz darauf feststellte, an der Terrassentür endeten.

»Mann, das sieht ja hier aus wie in einem Schlachthof«, ließ sich Müller vernehmen. Buhlen war zwar noch nie dort gewesen, gab ihm aber Recht. »Was ist mit der Spurensicherung?«

»Ich habe Aurich verständigt, aber das kann dauern. Wir haben Heiligabend und es ist kurz nach eins. Bis die Bereitschaft zusammengetrommelt und der Hubschrauber eingetroffen ist ...« Er sprach nicht weiter.

Buhlen wusste auch so, was er meinte. Ihre Auricher Kollegen würden sich vor Begeisterung geradezu überschlagen. Vor dem frühen Abend konnten sie nicht mit deren Eintreffen rechnen. Also würden sie zunächst selbst die Terrasse in Augenschein nehmen.

Eiskalter Wind schlug ihnen entgegen, als sie um die Hausecke bogen. Nach dem Geruch von getrocknetem

Blut geradezu eine Wohltat. Müller blieb stehen. Das Grundstück war tatsächlich groß. Links und rechts wurde der Garten von einer stattlichen, fast zwei Meter hohen Hainbuchenhecke eingerahmt, zu den Dünen hin grenzten hoch gewachsene Büsche das Terrain ab. Hinter den Sträuchern war ein Gartenzaun aus Draht, darin eingelassen ein Tor, soweit Müller das aus der Entfernung erkennen konnte. Die große Rasenfläche wurde durch zwei Hochbeete und einen großzügig angelegten Teich aufgelockert. In der hinteren rechten Ecke befand sich ein kleiner Schuppen, vermutlich für Gartengeräte.

»Sieh dir das an«, rief Buhlen, der mittlerweile die mit Waschbeton belegte Terrasse erreicht hatte. Müller trat zu seinem Kollegen.

»Hier.« Buhlen zeigte auf eine kleine, schon fast vom Regen und Schnee verwaschene Blutlache vor der Tür, die ins Wohnzimmer führte. Im Gegensatz dazu waren die Schleifspuren auf den zwei Treppenstufen, die den Höhenunterschied zwischen Wohnraum und Garten überbrückten, deutlich sichtbar. Hier hatte die herunter gezogene Dachhaut den Einfluss der Witterung verhindert.

»Der Mörder hat die Leiche bis hierhin gezogen.«

»Und dann weggetragen oder verladen. Was meinst du?«

»Verladen.«

Obermeister Altehuus gesellte sich zu ihnen. »Der Arzt ist da, er hat Wübber ein kreislaufstabilisierendes Mittel gegeben.«

»Ist er ansprechbar?«, erkundigte sich Buhlen.

»Einigermaßen.«

»Fragen Sie ihn doch bitte, ob sich hier auf dem Grundstück ein Handkarren, ein Bollerwagen oder so etwas Ähnliches befindet.«

»Ist damit die Leiche abtransportiert worden?«

»Vermutlich.«

Altehuus machte sich auf den Weg. Die beiden Kommissare waren einige Zeit mit ihren Gedanken allein.

Müller sprach als Erster das aus, was auch Buhlen beschäftigte. »Warum, Dieter, schafft der Mörder die Leiche vom Tatort fort und vergräbt sie in den Dünen, hinterlässt aber gleichzeitig eine solche Sauerei? Wenn er den Mord vertuschen wollte, dann hätte er sich doch bemühen müssen, die Spuren der Tat zu verwischen. Im Haus waren die Rollos heruntergezogen, hier auf der Terrasse verhindert die Hecke fast jeden Einblick. Er konnte davon ausgehen, ausreichend Zeit zur Verfügung zu haben. Aber nichts da. Er schreibt sogar mit dem Blut der Toten das Wort ›Hure‹ an die Wand. Weshalb?«

»Das frage ich mich auch.«

Ihr Juister Kollege, der die letzten Sätze beim Näherkommen gehört hatte, schaltete sich in ihre Überlegungen ein: »Vielleicht hatte er ein schlechtes Gewissen?«

»Was?«, antworteten die Hamburger gleichzeitig. Ihr Tonfall ließ erraten, was sie von der Idee ihres Kollegen hielten.

»Na ja, natürlich haben Sie viel mehr Erfahrung.« Altehuus wiegte bedächtig den Kopf. »Aber es spricht doch einiges dafür, dass der Täter sein Opfer kannte, sonst hätte er die Frau doch wohl kaum als Hure bezeichnet.«

»Muss nicht sein. Psychisch kranke Täter haben manchmal ein ziemlich verkorkstes Frauenbild«, blockte Müller den Deutungsversuch ab.

»Das gilt nicht nur für Kranke«, bemerkte Buhlen trocken. »Reden Sie bitte weiter, Herr Altehuus.«

»Wenn er mit ihr bekannt war, sie vielleicht sogar geliebt hat …«

»Der Vater des Ungeborenen? Klar, das wäre denkbar.« Buhlen sah den Obermeister gespannt an.

»… dann könnte es doch so gewesen sein, dass er Marlies Wübber ermordet hat, sie aber nicht einfach im Haus in ihrem Blut liegen lassen wollte. Er wusste ja nicht, wie lange die Leiche unentdeckt bleibt. Vielleicht wollte er sie, wenn er ihr schon das Leben genommen hatte, wenigstens beerdigen? Ein Grab gönnen? Als letzten Dienst sozusagen.«

»Das wäre wirklich krank.« Müller schnaubte. »Andererseits: Wer einen Menschen so abschlachtet, muss in der Tat irgendwo einen Defekt haben. Einen ziemlich großen.«

»Vielleicht war es so, wie Sie sagen. Wenn wir den Mörder gefunden haben, werden wir ihn fragen. Was ist mit dem Karren? Hat Wübber Ihnen ...«

»Im Gartenhaus dahinten. Es ist nicht abgeschlossen.«

Die Polizisten umrundeten den Teich und Müller öffnete die knarrende Tür des Holzhauses. Sorgfältig nahm der Beamte das Innere in Augenschein. Dann trat er beiseite. »Wenn es in diesem Haushalt eine solche Karre gegeben hat, ist sie irgendwo. Aber nicht in diesem Schuppen.«

15

Mehrere Scheinwerfer erleuchteten das Kurhaus auf den Dünen hell, es erstrahlte in einem blendenden Weiß. Elke und Rainer stiegen die imposante Freitreppe zum ›Weißen Schloss am Meer‹ hoch und betraten das Gebäude durch das große Portal. Der Empfangschef nahm ihnen die Mäntel ab und führte sie in den historischen Saal. Dezente Klaviermusik war zu hören.

Sie gehörten zu den ersten Gästen. In der Nähe des Büfetts hatte eine Gesellschaft Platz genommen, die sich auf Englisch mit amerikanischem Akzent und Deutsch unterhielt und Abendkleidung trug. Ein junger Mann war sogar in einem Frack erschienen.

»Nobel geht die Welt zugrunde«, raunte Rainer unbeeindruckt Elke zu, als sie die Gruppe passierten.

Sie erreichten ihren Tisch vor den großen Fenstern. Der Maître rückte ihre Stühle zurecht und ließ sie allein. Rainer warf einen Blick auf die Fliesenmosaiken an den Wänden und den schweren Leuchter aus Goldkristall. »Ich hoffe nur, dass wir uns für das Abendessen hier nicht auf Jahre verschulden müssen.«

»Der Karte nach zu urteilen schon«, antwortete Elke ungerührt und studierte die Menüfolge des Büfetts. »Allein die Vorspeisen! Toll! Hör zu: Hummercocktail in der Papaya, Variationen von geräucherten Edelfischen, Austern auf Eis, Lammschinken an Melone, Seezungenröllchen in Rieslingaspik, Hirschterrine mit hausgemachter …«

»Hör auf. Steht da was von den Preisen?«

»Ja. Ein trockener Riesling kostet fünfzig Mark.«

»Das Fass?«

»Blödsinn.«

»Und das Essen?«

»Keine Ahnung.«

»Ich hole den Kellner.« Er sah sich suchend um.

»Rainer, spinnst du? Du kannst doch in einem solchen Laden nicht nach dem Preis fragen.«

»Nein?«

»Nein! Deine Spesen werden schon reichen.«

»Sagst du. Das Essen hier, die Hotelkosten und bis jetzt keine Provision – wir werden als arme Leute nach Herne zurückkehren. Aber wie du meinst.« Rainer zerrte an seiner Krawatte. Der Anzug, den er nur aufgrund einer massiven Intervention Elkes trug, war seine Arbeitskleidung. So verkleidet trat er sonst nur vor Gericht auf. Jeans und Sakko hätten eigentlich auch gereicht. Verstohlen lugte er zu dem Tisch mit den Deutschamerikanern hinüber. Die Damen in Lang, die Herren in Schwarz und dann der Befrackte – ohne Anzug wäre er sich leicht underdressed vorgekommen, da musste er Elke Recht geben.

Einer der Kellner trat an ihren Tisch. Sie orderten zwei trockene Martini und zum Essen den 97er-Riesling Kabinett, einen Württemberger, *Weingut Grantschen.*

Das Büfett war eine Wucht. Sie arbeiteten sich über die Vorspeisen zu den warmen Gerichten vor und verzehrten eine Consommé von Tauben und ein auf den Punkt gebratenes Filet Wellington mit Burgundersoße und Ofenkartoffeln. Nach der Eisbombe mit heißen Beeren bestellte Rainer zu der friesischen Käseauswahl eine weitere Flasche Riesling.

»Kannst du noch mehr essen?«, wunderte sich seine Freundin.

»Kostet eh nicht mehr«, meinte ihr Gegenüber, verdrängte den Gedanken an die Folgen seiner Völlerei und schob sich genussvoll ein Stück Käse in den Mund.

Sie beendeten ihr Weihnachtsessen mit Espresso und Veccia Romagna und warteten auf die Rechnung. Rainer unterzog derweil den Inhalt seiner Brieftasche einer kritischen Inspektion und stellte beruhigt fest, dass er seine Kreditkarte nicht – wie so oft – vergessen hatte.

Das Menü schlug mit knapp zwei Blauen zu Buche und inklusive der Getränke ergab sich eine Rechnung von knapp dreihundertfünfzig Mark. Kein preiswerter Spaß, aber dem Anlass mehr als angemessen, fand Rainer. Außerdem war im Preis eine Feuerzangenbowle enthalten, die jetzt im Kaminzimmer auf sie und die anderen Gäste wartete.

Als sie den Raum betraten, war bereits eine lautstarke Diskussion unter den Deutschamerikanern über die korrekte Zubereitung einer Feuerzangenbowle ausgebrochen. Die älteren von ihnen verwiesen auf den Film mit Heinz Rühmann und bestanden darauf, dass der Zuckerhut waagerecht über dem Wein liegen müsse, die jüngeren, angeführt von dem Befrackten, insistierten, dass das geschulte Hotelpersonal im Kurhaus schon wisse, was es tue, und deshalb der senkrecht stehende Zucker ebenso brennen würde.

Rainer schlug sich gedanklich auf die Seite der Rühmannfraktion, vor allem nachdem er neidisch festgestellt hatte, dass der Frackträger unter seiner Jacke Bluejeans trug.

Sie setzten sich an einen Ecktisch und lauschten amüsiert dem immer heftiger geführten Disput, der zudem dadurch angeheizt wurde, dass es einem der Hotelangestellten tatsächlich nicht gelang, den senkrecht stehenden Zucker zu entzünden, obwohl dieser vor Rum nur so triefte.

»Ihr müsst auch den richtigen nehmen«, dröhnte es von der Tür. Enno Altehuus, der mit seinem Sohn und den beiden Kripobeamten das Kaminzimmer betreten hatte, nahm dem Kellner die Pulle aus der Hand und musterte das Etikett. »Nur zweiunddreißig Prozent! Kinderkram! Hol was Anständiges und das Ding brennt.«

Der Ober verschwand hinter der Theke und die vier nahmen den Tisch neben den Anwälten in Beschlag.

Elke knuffte Rainer in die Seite. »Ist der eine nicht der Sohn des Inselpolizisten?«, fragte sie leise. »Dann ist der große Bärtige vermutlich sein Vater? Er sieht ihm ähnlich.«

»Ich glaube schon. Vielleicht sollte ich den Dorfsheriff wegen Schwiebus ansprechen?«

»Hier? Am späten Heiligabend? Ich weiß nicht ...«

»Was sage ich, wenn mich der Bulle fragt?«

»Wenn er das tut. Dann wird dir schon etwas einfallen.«

»Na gut. Vertagen wir Schwiebus' Problem. Die werden ja nun nicht gerade heute oder morgen wegen einem kleinen Kokser die ganze Insel auf den Kopf stellen. Haben die Kellner die Feuerzangenbowle jetzt im Griff?«

Mit einer Verpuffung, die freudige »Ahs« unter den Anwesenden auslöste, zündete der Hochprozentige und beendete den Streit am Nebentisch.

Drei Glas später, die Stimmung unter den Gästen war proportional zu der getrunkenen Bowlemenge gestiegen, bat Hendrik Altehuus Elke und Rainer zu den Polizisten an den Tisch. Rainer zögerte, gab dann aber dem Drängen nach, um nicht unhöflich zu erscheinen. Sie stellten einander vor.

»Vater, das ist der Anwalt, von dem ich dir erzählt habe.«

Enno Altehuus streckte den beiden seine Rechte hin. »Moin. Sie wollten mich heute Morgen sprechen?«

Rainer schluckte. Dann fiel ihm tatsächlich eine Ausrede ein. »Ach, das war wegen nichts Besonderem. Ich ... äh ... benötige nur einige Anschriften. Und da das Rathaus bereits geschlossen hatte ...«

Altehuus warf seinem Sohn einen schnellen Blick zu. »Welche Anschriften?«

»Von Grundstücksbesitzern.«

»Verstehe. Kaufverhandlungen. Ich hoffe, Sie werden keinen Erfolg haben. Entschuldigen Sie, das ist nicht persönlich gemeint, aber ...«

Rainer hob beide Hände. »Kein Problem.«

»Lassen Sie mal.«

Der Kellner brachte eine weitere Runde Punsch. Elke lehnte dankend ab und bat stattdessen um ein Mineralwasser. Rainer und die anderen blieben bei Bowle. In der nächsten Stunde drehte sich ihr Gespräch um das Wetter, die Schönheit der Insel und um heiße Alkoholika. Die Männer kämpften hart um die Vernichtung der Bowle.

»Arbeiten Sie bei Ihren Kaufofferten auf eigene Rechnung?«, erkundigte sich Hendrik Altehuus unverblümt. »Oder ist die Frage zu indiskret?«

Rainer war leicht angeschlagen. Wein, Brandy und Bowle zeigten Wirkung. Ohne nachzudenken antwortete er: »Ja, das heißt: Nein ... Also, die Frage ist etwas ... Warum wollen Sie ... Indiskret, aber ... Ist ja kein Geheimnis ... Ich vertrete eine Investorengruppe aus dem Ruhrgebiet.«

Elke warf ihrem Freund einen besorgten Blick zu. Manchmal war es nach ihrer Auffassung besser, den Mund zu halten.

»Also nicht diesen Wübber?«, hakte Hendrik nach.

»Welchen Wübber?«, fragte Rainer irritiert zurück.

»Ja, welchen Wübber?«, fragte nun auch der alte Altehuus seinen Sohn.

»Der mit dem Haus im Loog.«

Die Polizisten sahen sich überrascht an. »Woher weißt du von Wübber?«, wollte Altehuus wissen.

»Christian hat mir von ihm erzählt. Er soll ebenfalls an den Grundstücken für den Golfplatz interessiert sein. Aber warum fragst du? Du weißt doch sonst immer alles, was auf der Insel passiert.«

»Aber das wusste ich nicht«, raunzte Altehuus seinen Sohn an.

»Jetzt weißt du es«, erwiderte dieser beleidigt.

»Du hättest mir das auch eher erzählen können«, beschwerte sich der Alte.

»Woher soll ich wissen, dass dich das interessiert?«, erwiderte Hendrik.

»Wer ist Christian?«, erkundigte sich Rainer mit schwerer Zunge.

»Um welche Grundstücke geht es bei Wübber?«, schaltete sich nun Günter Müller mit undeutlicher Stimme in das Gespräch ein. »Hat das etwas mit dem Mord an seiner Tochter zu tun?«

»Die Tochter von Wübber ist die Tote?«, fragte Hendrik erstaunt.

»Ja. Aber das gehört nicht hierher«, wehrte sein Vater ab.

»Wer ist Christian? Wer ist Wübber? Und warum ist seine Tochter tot?«, wollte nun Rainer endgültig erfahren und schaute irritiert von einem zum anderen. Unter dem Tisch trat ihn seine Freundin vor das Schienbein.

»Würde ich auch gerne wissen«, nuschelte Müller.

»Das geht Sie nichts an«, herrschte Buhlen den Anwalt an.

»Dann eben nicht«, maulte Rainer beleidigt. Er würde ihnen auch nichts von Schwiebus erzählen. So! Er nahm einen großen Schluck von der Feuerzangenbowle. Ein zweiter Tritt traf sein Bein.

Die Deutschamerikaner schauten belustigt zu ihnen herüber.

Enno Altehuus stand auf. »Wir verabschieden uns. Bleiben Sie länger auf der Insel?«, fragte er, zu Elke gewandt.

»Nur einige Tage.«

»Wir sollten uns noch einmal unterhalten, finde ich. Was denken Sie?« Er sah seine Kollegen an.

Müller stierte in seinen Bowlebecher, aber Buhlen nickte zustimmend. »Herr Esch?«

Rainer nickte auch, griff zum Glas und kassierte dafür den dritten Fußtritt in zehn Minuten.

Esch wachte in den frühen Morgenstunden auf. Stechende Magenschmerzen machten ihm zu schaffen. In seinem Inneren schienen sich glühende Messer zu drehen. Ihm war speiübel. Er schleppte sich zur Toilette, würgte, erbrach aber außer etwas Magenflüssigkeit nichts. Gott sei Dank kein Blut. Wahrscheinlich doch nur eine Gastritis.

Er ging zurück ins Bett, suchte die körperliche Nähe seiner Freundin und fiel wieder in einen unruhigen Schlaf.

16

Das Anwaltspaar hatte den ersten Weihnachtstag mit einem langen Strandspaziergang zu den Haakdünen an der äußersten Westspitze der Insel begonnen. Rainers Kater wurde in der eiskalten und klaren Luft vom Nordwestwind förmlich weggeblasen.

In der *Domäne Bill*, der letzten bewohnten Bastion im Westen vor dem Billriff, wollten sie einkehren, mussten aber feststellen, dass das Restaurant dort noch geschlossen hatte. Ihr Rückweg führte sie auf dem befestigten Weg am Watt vorbei wieder nach Osten, Richtung Loog. Kurz vor der Siedlung entdeckte Elke links am Straßenrand ein hölzernes Hinweisschild, das den Weg zum Hammersee zeigte.

»Lass uns hier abbiegen und uns den See anschauen«, forderte sie.

»Mir tun aber die Füße schon weh«, maulte Rainer. »Ich will mich endlich ausruhen.«

»Schlappschwanz. Los, komm!« Ohne seinen gemurmelten Protest zur Kenntnis zu nehmen, stapfte sie den sandigen Dünenweg entlang nach Norden.

Widerstrebend folgte ihr Rainer. Nach kurzem Fußweg durch die Dünen lag der Süßwassersee vor ihnen. Seine Ufer waren gesäumt von Schilf, das sich im Wind bog. Enten arbeiteten daran, Teile der Wasseroberfläche eisfrei zu halten. Der Trampelpfad führte die Spaziergänger am nördlichen Rand des Sees durch knorriges Unterholz von Haselnusssträuchern und Sanddorn.

In der Nähe der *Domäne Loog* sagte Elke unvermittelt: »Und hier will dein Dezcweratsky einen Golfplatz bauen? Schau dir mal diese tolle Landschaft an. Was meinst du, wie sie in ein paar Jahren aussieht?«

»Er nicht. Er baut die Häuser, nicht den Golfplatz. Das weißt du doch. Außerdem ist das nicht mein Dezcweratsky.« Rainer war etwas verärgert.

»Häuser, meinst du? Villen! Er will Villen für stinkreiche Typen hier im Naturschutzgebiet errichten lassen. Nur damit die kleine, harte Bälle mehr oder weniger direkt von ihren Gärten aus in irgendwelche Löcher schlagen können, ohne bei dieser seltsamen Freizeitgestaltung vom Pöbel wie uns belästigt zu werden.«

»Am Rand des Naturschutzgebietes baut er«, korrigierte sie Rainer eine Spur zu heftig.

»Meinetwegen am Rand. Ich finde die Sache mit dem Golfplatz trotzdem ziemlich daneben. Und du hilfst diesem Loddel auch noch dabei.« Elkes Tonfall ließ ahnen, dass ihre Kompromissfähigkeit heute ebenfalls an ihre Grenzen stieß.

»Jetzt habe ich aber die Schnauze voll!«, brauste Rainer auf. »Du tust geradezu so, als ob ich die Idee zu diesem Golfplatz gehabt hätte. Wenn dir mein Job hier so gegen den Strich geht, warum bist du überhaupt mitgekommen und verbringst auf Kosten dieses Loddels, wie du ihn nennst, ein paar Urlaubstage? Würdest du mir das bitte erklären? Oder bin es nur ich, der sich rechtfertigen muss?«

»Wer hat mich denn zu diesem Trip überredet? Das warst doch wohl du!«, blaffte Elke zurück.

Ihre Auseinandersetzung drohte aus dem Ruder zu laufen. Rainer entschloss sich zu einem taktischen Rückzug: »Lass uns nicht streiten. Ich finde den Gedanken an einen Golfplatz hier nun auch nicht gerade berauschend. Vielleicht war es ein Fehler, das Mandat anzunehmen. Aber was soll ich deiner Meinung nach denn jetzt machen? Dezcweratsky die Brocken vor die Füße schmeißen?«

»Warum nicht?«

»Weil es erstens Geld kostet. Weil ich zweitens laut unseren Standesregeln einen guten Grund haben muss, ein Mandat niederzulegen. Und drittens ...«

»Hast du keinen Grund?«, unterbrach sie ihn.

101

»Welchen? Ökologische Bedenken?«

»Zum Beispiel.«

»Elke, da wiehert die Anwaltskammer vor Lachen.«

»Na und? Lass sie lachen. Und wie lautet dein dritter Einwand?«

»Dezcweratsky beauftragt einen anderen Juristen, der den Job hier erledigt.«

»Der natürlich weniger zartfühlend mit den Belangen des Umweltschutzes umgeht als du und die Juister hinsichtlich des Verkaufspreises erbarmungslos knebelt, meinst du so etwas in diese Richtung?«

»Nicht ganz, aber ...«

»Schwachsinn! Mit diesem Argument beruhigst du nur dein schlechtes Gewissen.«

Rainer musste sich eingestehen, dass sie Recht hatte. »Touché. Okay, ich mache Folgendes: Ich gehe zu dieser Bürgerversammlung und dann entscheide ich, ob ich weiter für Dezcweratsky Grundstücke zu kaufen versuche.«

»*Wir* gehen zu dieser Versammlung. Und *wir* entscheiden, ob wir hier bleiben.«

»Einverstanden.«

»Was ist mit dieser Justiziarsache?«

»Hat nichts mit den Grundstücken zu tun.«

»Das sehe ich anders.«

Rainer seufzte. »Gut. Auch darüber reden wir noch. Einverstanden?«

Elke nickte und griff nach seiner Hand. Sie standen vor einem Holzschild: *Domäne Loog, vorletzte Tankstelle vor Borkum.*

Sie grinste ihn an: »Wie wäre es mit Matjes, Röstkartoffeln und einem Bier?«

17

Die *Islander*, um kurz nach drei vom Flugplatz Norddeich gestartet, hatte nur zwei Passagiere: Erna Schultendiel, die wegen ihres Rheumas bei ihrem Arzt in Norden zur Bestrahlung gewesen war, und einen jungen Mann, François Favre, der elegant gekleidet mit leichtem Gepäck und ohne Reservierung auf dem Flugplatz aufgetaucht und mit herrischer, keinen Aufschub duldender Stimme einen Platz in der nächsten Maschine verlangt hatte. Die Angestellte der *Frisia Luftverkehr GmbH* in Norddeich, in langen Jahren Schalterdienst gestählt, kannte solche Passagiere zur Genüge und ließ den unruhigen Kunden zunächst einige Minuten zappeln, bis sie, die Gelassenheit selbst, einige Daten in den Reservierungscomputer eingab und, den Monitor angestrengt fixierend, einige »Hms« und »Ahas« von sich gab und den nervösen Kunden aufmerksam musterte.

»Was ist nun?«, blaffte Favre die junge Frau an. Sein Schweizer Akzent war unüberhörbar.

»Ja.«

»Was, ja?«

»Ja. Da können wir noch etwas machen.«

»Dann tun Sie das.«

»Nicht einfach.«

»Wenn es am Preis liegen sollte …« Favre zückte ungeduldig seine Geldbörse.

»Nicht direkt.«

»Wie soll ich das verstehen?«

»Wir haben eine Warteliste. Fast alle Passagiere buchen vor und Sie …«

»Verstehe. Wie viel?«

»Nein, ich meine, um einen Platz in der nächsten Maschine …«

»Reichen hundert?« Favre schob langsam einen blauen Schein vor.

Die Angestellte machte ein erstauntes Gesicht. »Ich glaube, Sie haben mich falsch verstanden. Ich ...«

Wortlos schob der Schweizer einen zweiten Hunderter hinterher. Die Frau schüttelte verwundert den Kopf, griff zu den Scheinen, schlug unschuldig die Augen nieder und sagte: »Ich denke schon.« Sie tippte etwas in den Rechner. »Ein Platz in der nächsten Maschine. Sie zahlen bitte bei Ankunft.«

Als der eilige Fluggast das kleine Buchungsterminal verlassen hatte, lachte sie laut und rief zu ihrem Kollegen am Funk: »Sag dem Piloten, er soll unserem Gast etwas bieten. Eine zusätzliche Schleife über dem Platz. Oder Durchstarten. Etwas in der Art. Er hat dafür schon seinen Obolus in unsere Kaffeekasse bezahlt.« Und halblaut sagte sie zu sich selbst: »Was für ein Idiot! Zahlt zweihundert für einen Platz, den er auch so bekommen hätte. Aber wenn er mich nicht ausreden lässt ...«

François Favre zwängte sich stinksauer aus der Flugzeugkabine. Von wegen Warteliste! Nur zwei Fluggäste, ihn inbegriffen. Die Tussi hatte ihn über den Tisch gezogen.

Kaum hatte er den Windschatten der Maschine verlassen, packte ihn der eisige Wind.

»Verdammt, ist das kalt hier«, fluchte der 25-Jährige und schlug den Kragen seines Cashmere-Mantels höher. Er griff zu seiner Reisetasche und ging die wenigen Schritte bis zum Flugplatzgebäude.

»Wo bekomme ich ein Taxi?«, erkundigte er sich bei der Kassiererin an der Getränkeausgabe, die Warteschlange vor ihm ignorierend.

Die musterte ihn von oben bis unten: eleganter, hellbrauner Mantel. Italienischer Edel-Zwirn in Flanellgrau. Glänzende Lederschuhe. »Draußen. Hinter dem Gebäude.«

Ohne Grußwort schob Favre ab. Am Taxistand unterhielt sich eine Urlaubergruppe.

»Wo sind denn hier die verdammten Taxen?«, fragte der Schweizer.

Einer der Urlauber zeigte nach Westen. Favres Blick folgte dem ausgestreckten Arm und sah das Taxi davontraben. »Wenn Sie sich beeilen ...«, griente einer aus der Gruppe. »Sehr schnell sind die nicht ...«

»Das sind hier die Taxen?« Ungläubig blickte der Schweizer hinter den Pferden her.

Die Urlauber nickten.

»Was für eine ...« Favre verschluckte das letzte Wort und machte sich leise fluchend auf, das Pferdetaxi zu Fuß einzuholen. Und das alles nur wegen Marlies!

Nicht dass er sie nicht gemocht hätte. Die Abende in den Bars und Nachtklubs seiner Schweizer Heimatstadt und die Nächte in seiner Penthouse-Suite hatten Klasse gehabt. Keine Frage. Ihre Figur und ihr Aussehen: makellos. Aber Klasse hatten auch die anderen jungen Töchter reicher Eltern aus ganz Europa, die ihre Sprösslinge in sündhaft teuren Schweizer Internaten ablegten. Nun hatte er sich zu nachtschlafender Zeit in den Flieger nach Bremen gesetzt, war von da mit einem Taxi nach Norddeich gefahren, um festzustellen, dass er auf die nächste Fähre mehr als zwölf Stunden warten musste. Dann der kurze Luftsprung nach Juist und jetzt hechelte er einem Pferdekarren hinterher, der als Taxi firmierte. Nein, keine Frau der Welt war es in seinen Augen wert, sich solche Strapazen zuzumuten.

Auf einer kleinen Anhöhe kurz vor dem Dorf hatte er das Taxi endlich erreicht. Keuchend rief er der Kutscherin zu: »Ich suche ein Hotel. Können Sie mich dorthin bringen?«

»Welches Hotel?«, erkundigte sich die junge Frau und gebot den beiden Kaltblütern mit einem kurzen Ruck an den Zügeln anzuhalten.

»Was weiß ich. Ein gutes Hotel halt. Irgendeines.«

»In Ordnung. Steigen Sie hinten auf.«

Favre bezog das letzte freie Zimmer im *Hotel Pabst*, genehmigte sich zum Aufwärmen an der Hotelbar zwei *Chivas Royal Salute* auf Eis, kaufte sich im Sportgeschäft, das dem Hotel gegenüberlag, einen wärmenden Wollschal und machte sich auf zur Polizeiwache an der Carl-Stegmann-Straße.

»Wer sind Sie?«, fragte Enno Altehuus zum zweiten Mal und kaute an seinem Kugelschreiber.

»Das habe ich Ihnen doch schon gesagt. François Favre, der Verlobte von Marlies Wübber.«

»Mein Beileid.«

»Danke. Wie wurde sie ermordet?«

»Immer langsam mit den jungen Pferden. Können Sie sich ausweisen?«

»Natürlich.«

»Dann mal her damit.«

Favre kramte in seiner Anzugtasche und förderte schließlich einen Schweizer Pass zutage.

Sorgfältig studierte Altehuus das Dokument und notierte sich die Daten. »Sie leben in Zürich? Von wem wissen Sie vom Tod der jungen Frau?«

»Ich habe bei ihrer Mutter angerufen. Sie hat es mir gesagt.«

»Aha. Wann haben Sie Marlies Wübber das letzte Mal gesehen?«

»Was soll das? Muss ich mich etwa rechtfertigen?«

»Ich stelle hier die Fragen, junger Mann. Und Sie werden sie beantworten, in Ordnung?«

Favre nickte widerstrebend.

»Gut. Also, wann?«

»Vor etwa zwei Monaten. Marlies sagte mir, sie wolle ein paar Wochen auf Juist ausspannen. Natürlich war ich nicht begeistert. Aber ich habe fast täglich mit ihr telefoniert.«

»Täglich?«

»Na ja, fast.«

»Auch hier die Frage: Wann zuletzt?«

»Etwa eine Woche vor Weihnachten.«

»Fast täglich, was?« Altehuus schrieb etwas auf seinen Block. »Haben Sie schon Kontakt mit ihrem Vater aufgenommen?«

»Vater? Marlies' Vater?« Favre wirkte verstört. »Aber ich dachte ... Sie hat mir nie erzählt ...«

»Was hat sie Ihnen nicht erzählt?«

»Marlies' Vater lebt noch?«

»Er erfreut sich hoffentlich bester Gesundheit. Warum sind Sie so verwundert?«

Der Schweizer hatte sich wieder gefangen »Sie hat mir nie von ihm erzählt.«

»Nein? Seltsam. Was genau wollen Sie nun von uns?«

»Haben Sie etwas bei der Toten gefunden? Ein .. äh ... Testament?«

»Sollten wir?« Altehuus sah den Mann aufmerksam an.

»Ja ... Nein ... Ich weiß nicht. Sie hatte mir versprochen, ein Testament ...«

»Sie sollten sie beerben?«

»Ja.«

»Als Verlobter sind Sie nicht erbberechtigt. Wenn Sie verheiratet wären ... So erben die Eltern der Toten.«

»Ich weiß«, antwortete Favre barsch. »Deshalb wollte sie ja ein Testament hinterlegen. Gibt es auf dieser Insel einen Notar?«

»Den gibt es. Aber was hat denn eine 19-Jährige zu vererben?«

»Ich glaube nicht, dass Sie das etwas angeht.«

Dieter Buhlen hatte den Wachraum betreten. »Das glaube ich aber doch. Es geht um Mord. Eine Erbschaft wäre ein Motiv. Ein gutes sogar.«

»Wer sind Sie?«, wollte der Schweizer wissen.

Buhlen zückte seinen Ausweis. »Beantworten Sie die Frage.«

»Marlies hat von ihrem Onkel mütterlicherseits, der vor etwa zehn Jahren verstorben ist, eine größere Summe geerbt. Das Geld war bis zu ihrem 18. Lebensjahr ihrem Zugriff entzogen. Eine schweizerische Vermögensverwaltung hat sich um die Anlage gekümmert.«

»Wie viel?«, erkundigte sich der Kripobeamte.

»Fast zwanzig Millionen. Schweizer Franken natürlich.«

»Natürlich.« Buhlen pfiff durch die Zähne. »Und wo waren Sie am 20. Dezember?«

18

Als Elke und Rainer das Haus des Kurgastes erreichten, standen im Versammlungssaal im ersten Stock schon zahlreiche Juister Bürger in kleinen Gruppen debattierend beisammen. Die Anwälte nahmen auf zwei Holzstühlen im hinteren Bereich des Raumes Platz. Neugierig wurden sie gemustert, aber nicht angesprochen.

Langsam füllte sich der Saal. Die Mitglieder der Bürgerinitiative, angeführt von Christian Hanssen, befestigten ihre Transparente mit Klebeband an der holzvertäfelten Wand. *Kein Golfplatz auf Juist. Erhaltet die Insel. Schützt die Natur!*, konnte Rainer lesen. Auf Pappschildern, die die kleine Gruppe demonstrativ in der Luft schwenkte, standen weitere Parolen gegen den Golfplatz.

»Vor einigen Jahren hättest du da gestanden«, bemerkte Elke süffisant. »So ändern sich die Zeiten.«

Rainer gab keine Antwort.

Fünfzehn Minuten später eröffnete ein Mann, der die fünfzig schon überschritten hatte, die Versammlung:

»Meine Damen und Herren, wir sind heute hier zusammengekommen, um im Rahmen einer Informationsversammlung über das Für und Wider des Baues eines Golfplatzes ...«

Weiter kam er nicht. Ein ohrenbetäubendes Pfeifkonzert ertönte. Das gute Dutzend Demonstranten verursachte mit Trillerpfeifen, lautstarken Buh-Rufen und mit Kieselsteinen gefüllten Konservendosen einen infernalischen Lärm.

Der Versammlungsleiter stand auf und hob beschwichtigend beide Arme. »Meine Damen und Herren«, rief er, bemüht, den Lärmpegel zu übertönen. »Bitte seien Sie vernünftig. So geht es doch nicht.«

Ob nun wirklich der Appell an die Vernunft siegte oder die Mitglieder der Initiative einfach nur Luft holen mussten – das Pfeifen und Klappern ließ etwas nach, so dass sich der vorne stehende Mann nun besser verständlich machen konnte.

»Ich versichere Ihnen, auch die Mitglieder der Bürgerinitiative werden auf dieser Versammlung Gehör finden.«

Vereinzelter Applaus war zu hören. Die Pappschilder der Golfplatzgegner wurden gesenkt und die Pfeifen aus dem Mund genommen. Dann kehrte eine labile Ruhe ein.

»Ich danke Ihnen«, fuhr der Versammlungsleiter fort. »Ich möchte ausdrücklich betonen, dass es sich bei dieser Versammlung nicht um eine Gemeinderatssitzung handelt, auch wenn ich als Bürgermeister gebeten wurde, die Veranstaltung heute zu moderieren. Hier werden auch keine Beschlüsse gefasst, und selbst wenn sich die Versammlung eindeutig für oder gegen den Golfplatz aussprechen sollte, kann dieses Votum natürlich nicht bindend für den Gemeinderat sein, da die hier Anwesenden zufällig zusammengekommen und nicht demokratisch legitimiert ...«

Empörtes Zischen war aus der Ecke der Demonstranten zu hören. »Ihr etwa?«, rief einer halblaut. »Schon mal was von Basisdemokratie gehört?«

Der Bürgermeister ignorierte die Bemerkung. »Wir werden nun zunächst den Vorsitzenden des Ausschusses für Umweltschutz und Bauwesen zu den Absichten der Investoren hören.«

Leises Stöhnen im Publikum ließ darauf schließen, dass nicht alle Anwesenden von der Ankündigung beglückt waren.

Ein schmächtiger Mann stand auf und hielt einen, wie Rainer fand, zwar manchmal etwas langatmigen, aber recht informativen Vortrag. Er schilderte die Pläne der Investoren anhand einer Karte der Insel, verwies auf die einschlägigen Bestimmungen und Gesetze des Naturschutzes, verdeutlichte die Bauvorschriften der Gemeinde und schloss dann: »Ein Golfplatz am Rande des Naturschutzgebietes will natürlich wohl überlegt sein. Aber er kann unserer Insel auch einen kräftigen, touristischen Aufschwung bringen, der wirtschaftlich betrachtet ...«

»Was für Touristen?«, erregte sich ein Versammlungsteilnehmer, der in der zweiten Reihe saß. »Millionäre?«

»Genau!«, rief ein anderer. »Und die Masse der Gäste bleibt weg, weil sie die Preise nicht mehr bezahlen kann. Dann überleben nur ein paar große Hotels und wir kleinen Pensionswirte werden geschluckt.«

»Jetzt machen Sie mal einen Punkt«, schimpfte ein Dritter. »Woher wollen Sie das denn wissen? Auf Föhr, Norderney und Sylt ist doch auch ...«

Das war das Stichwort für die Bürgerinitiative. Sie skandierte: »Kein neues Sylt! Juist muss Juist bleiben! Erhaltet Töwerland!«

»Wer hat denn euch bezahlt«, blaffte eine junge, elegant gekleidete Frau die Umweltschützer an und stand auf. »Chaoten seid ihr, sonst nichts.« Die letzten Worte schrie sie fast. Einige der Umsitzenden klatschten begeistert Beifall.

»Meine Damen und Herren«, versuchte der Bürgermeister die Lage wieder unter seine Kontrolle zu bringen. »Wir wollen doch demokratisch miteinander …«

»Wenn ich das schon höre«, rief ein Golfplatzgegner. »Demokratie wird doch hier nur dann bemüht, wenn sie denen da nützt!« Er zeigte auf die elegante Dame.

»Also, das ist ja wohl …«

Der Rest war nicht mehr zu verstehen. Die Demonstranten pfiffen, ein Teil der Anwesenden schimpfte lautstark in deren Richtung, andere waren aufgestanden und redeten heftig gestikulierend aufeinander ein.

Der Bürgermeister schüttelte verzweifelt den Kopf und der Ausschussvorsitzende ging vorsichtshalber hinter dem Flipchart in Deckung.

Nach zehn Minuten beruhigten sich die Gemüter so weit, dass der Bürgermeister sich wieder Gehör verschaffen konnte: »Nun seien Sie doch bitte ruhig und nehmen Sie wieder Platz. Alle! Auch Sie dort mit den Transparenten. Dann erteile ich auch Ihnen das Wort.«

Murrend folgten die Golfplatzgegner der Aufforderung.

»Vielen Dank. Nun spricht zu uns Christian Hanssen, Vertreter der Bürgerinitiative ›Kein Golfplatz auf Juist‹. Bitte, Christian.«

Der Bärtige erhob sich langsam und hielt ein flammendes Plädoyer für den Naturschutz und den Erhalt des Status quo. »… und darum sind wir gegen die Pläne von Wilhelm Steiner und seinen Hintermännern. Wir fordern euch auf, eure Grundstücke nicht zu verkaufen. Auch nicht an den dubiosen Anwalt aus dem Ruhrgebiet, der dort hinten im Saal sitzt und seit einigen Tagen versucht, auf unserer Insel Geschäfte zu machen.« Er zeigte mit der Rechten auf Rainer.

Fast alle im Saal drehten sich um und sahen zu den beiden Juristen.

»Bevor ihr an den verkauft, solltet ihr euch von ihm erklären lassen, warum dieser saubere Anwalt mit einem Mann zusammenarbeitet, der von der Polizei in Zusammenhang mit dem Mord an dem Mädchen gesucht wird und sich versteckt hält. So stand es jedenfalls heute in der Zeitung.«

Für einen Moment trat eisiges Schweigen ein. Rainer wurde es unter den Blicken der Anwesenden heiß und kalt. Leise Bemerkungen und giftige Zischlaute waren zu hören.

Esch warf seiner Freundin einen fragenden Blick zu. Elke nickte. Sie standen auf und verließen den Saal.

»Wieso wird Schwiebus wegen des Mordes von der Polizei gesucht?«, wollte Elke wissen, als sie vor dem Eingang auf dem mit roten Ziegeln gepflasterten Weg standen. »Du sagtest doch …«

»Woher soll ich das wissen?«, schnaubte Rainer erregt und zündete sich eine Reval an. »Ich hatte doch nicht die geringste Ahnung, verdammter Mist!«

»Damit dürfte sich dieses Mandat erledigt haben.«

»Sehe ich auch so.« Er sog tief den Rauch ein. »Aber was hat Schwiebus mit dem Mord …«

»Entschuldigen Sie.« Aus dem Gebäude waren zwei Männer getreten und hatten sich ihnen bis auf wenige Schritte genähert. Einer der beiden war untersetzt und elegant gekleidet, der andere hoch gewachsen und kräftig. Letzterer trug eine Prinz-Heinrich-Mütze und streckte ihnen seine Hand entgegen. »Mein Name ist Steiner.« Er zeigte auf den Mann neben ihm. »Das ist Herr Wübber. Der Vater der Ermordeten.«

Elke machte einen Schritt auf Wübber zu, während Steiner in seiner Manteltasche kramte und sich eine filterlose Rothändle ansteckte.

»Schlüter. Mein herzliches Beileid.«

Rainer stellte sich ebenfalls vor, murmelte etwas von: »Schließe mich an.«

»Danke.«

Steiner ergriff wieder das Wort. »Sie werden verstehen ... Herr Wübber möchte natürlich, dass der Mord an seiner Tochter so schnell wie möglich aufgeklärt wird. Und die Bemerkungen eben im Saal ...«

Bevor Rainer antworten konnte, schaltete sich Elke ein. »Herr Esch ist Anwalt und geschäftlich auf Juist. Die während der Veranstaltung eben gefallenen Bemerkungen sind ihm ein Rätsel. Er weiß nicht ...«

Der Untersetzte unterbrach Elke mit müder Stimme. »Lassen Sie. Sie sind Dezcweratskys Anwalt, Herr Esch, oder?«

»Wie kommen Sie ...«

»Hat Ihnen noch niemand gesagt, dass auf dieser Insel nichts lange geheim bleibt? Dieser Mann, von dem eben die Rede war, arbeitet der auch für Ihren Auftraggeber?«

Die beiden Anwälte schwiegen.

Wübber nickte langsam. »Vermutlich ist es so. Er sollte sich stellen und die Fragen der Polizei beantworten. Sagen Sie ihm das, Herr Esch.«

Rainer schluckte. »Aber ich ...«

Wortlos drehte sich Wübber um und verschwand mit müden Schritten in der Dunkelheit.

»Damit dürfte unsere Zusammenarbeit beendet sein, noch ehe sie angefangen hat«, bemerkte Steiner gelassen. Er sah Wübber nach. »Sie sollten nicht den Fehler machen, diesen Mann zu unterschätzen.« Dann ließ auch er das Paar stehen und folgte Wübber.

Verblüfft schauten sich Elke und Rainer an.

»Was sollte das denn?«, fragte Elke. »War das eine Drohung?«

»Hörte sich so an. Der glaubt doch hoffentlich nicht, dass ich etwas mit dem Mord zu tun habe!«

»Dieser Eindruck drängt sich aber geradezu auf.«

»Und warum Schwiebus?«

»Vielleicht eine Verwechslung?«

»Sagte der Typ von der Bürgerinitiative nicht etwas von einer Zeitung? Komm, wir gehen ins Hotel. Lesen.«

Der *Ostfriesische Kurier* brachte die Geschichte auf dem Titelblatt. Neben der Schlagzeile: *Ist das der Mörder von Marlies W.?* war ein Phantombild abgedruckt, das verblüffende Ähnlichkeit mit Charly Schwiebus aufwies.

»Wenn das eine Verwechslung sein sollte, dann hat dein Freund einen Doppelgänger«, bemerkte Elke lakonisch. »Und wenn nicht, hat er ein Problem.«

»Kannst du dir Schwiebus als Mörder vorstellen?«

»Eigentlich nicht.«

»Ich auch nicht. Außerdem hat er meiner Ansicht nach wirklich geglaubt, die Bullen seien wegen des Kokains hinter ihm her.« Rainer war schon mit seinem Handy beschäftigt. »Schwiebus meldet sich nicht. Nur die Mailbox.«

»Du solltest zur Polizei gehen«, schlug Elke vor.

Rainer überlegte. »Gut. Morgen Nachmittag gehe ich zu den Bullen. Nach unserem Spaziergang. Aber jetzt brauche ich ein Glas Wein.«

19

In dieser Nacht kehrte der Nebel zurück. Und das Packeis aus Richtung Norderney. Morgens stellte die *Frisia Luftverkehr GmbH* wegen der Vereisung des Flugfeldes ihren Betrieb ein. Mittags blieben die Fähren im Hafen Norddeich. Rund 2.000 Urlauber saßen fest.

»Und wann komme ich jetzt wieder von dieser Insel herunter?« Dieter Buhlen schlief schon seit Tagen schlecht, weil er sich immer noch ausmalte, wie seine

Freundin Bärbel in Hamburg diese einsamen Nächte verbrachte.

»Spätestens im Frühjahr. Da taut es«, erwiderte Müller mit breitem Grienen.

»Sehr komisch, wirklich.«

»Warum schreibt der Mörder das Wort ›Hure‹ an die Flurwand? Warum nicht ›Nutte‹? Was würdest du schreiben?« Müller sah seinen Kollegen an. »Hure oder Nutte?«

»Wahrscheinlich Nutte. Aber normalerweise schneide ich Frauen nicht mit einem Messer die Kehle durch. Meine Erfahrungen mit blutigen Wörtern halten sich demnach in sehr engen Grenzen.«

»Warum Nutte?«, insistierte Müller erneut.

Buhlen zögerte. »Was weiß ich. Das sagt man eben so.«

»Genau. Und deshalb wundert mich, warum der Mörder genau dieses Wort benutzt hat. Da hätte er ja auch ›Prostituierte‹ schreiben können. Das wäre noch gestelzter.«

»Vielleicht hat er Abitur.« Als Buhlen das verblüffte Gesicht seines Kollegen sah, ergänzte er: »Sollte ein Witz sein.«

Müller winkte ab. »Nein, lass. Du könntest Recht haben. Vielleicht ist er es wirklich nicht gewohnt, sich derb auszudrücken, und Nutte gehört nicht zu seinem Wortschatz. An deiner Überlegung ist vielleicht etwas dran.« Er nahm einen Schluck Tee. »Also schließen wir die Möglichkeit nicht aus, dass wir es mit einem gebildeten Killer zu tun haben.«

Das Faxgerät summte. Müller schnappte sich die eingehende Nachricht. »Aurich. Der Kurzbericht der Spurensicherung.« Er überflog die zwei Seiten. »Das Haus Wübbers ist eindeutig der Tatort. Deine Vermutung war richtig: Die Leiche ist auf die Terrasse des Hauses gezogen und dann weggeschafft worden. Es gibt einen eindeutigen Fußabdruck im Blut, Größe 45. Aber sonst keine weiteren brauchbaren Spuren. Wir können also über den Abtransport nur spekulieren.«

»Der Täter wird sich die Tote ja kaum auf die Schulter geladen haben. Und da es keine Fahrzeuge auf Juist gibt, bleibt nur ein Handkarren.«

»Oder ein Pferdefuhrwerk.«

»Nachts? Glaube ich nicht. Das macht zu viel Lärm.«

Günter Müller las weiter. »Jede Menge Fingerabdrücke. Von der Toten und anderen Personen. Aber keine davon in unseren Datenbanken. Schade.«

»Wäre auch zu schön gewesen. Was noch?«

»Im Keller haben sie Reste der Folie gefunden, mit der die Tote eingewickelt war. Leider ohne brauchbare Fingerabdrücke. Keine mutmaßliche Tatwaffe im Haus oder auf dem Grundstück, keine Einbruchsspuren. Entweder hat Marlies Wübber ihren Mörder ins Haus gelassen oder es stand ein Fenster oder eine Tür offen.«

»Haben wir das übersehen?«

»Nein. Es war nichts offen. Es finden sich auch auf keinem Fenster- oder Türrahmen Fingerabdrücke, die nicht von Marlies oder ihrem Vater stammen.«

»Hm. Unterstellen wir, dass sie nicht selbst geöffnet hat. Dann muss der Täter Handschuhe getragen haben.«

Müller kratzte sich am Kinn. »Vermutlich.«

»Warum schließt er nach der Tat wieder alles?«

»Eine offene Tür oder ein offenes Fenster fällt auf. Ich denke, er wollte eine frühzeitige Entdeckung vermeiden.«

Buhlen wirkte nachdenklich. »Möglich. Aber warum schafft er dann die Tote vom Tatort fort und riskiert, mit der Leiche im Gepäck angetroffen zu werden? Da ist doch die Gefahr einer Entdeckung viel größer. Das ist nicht sehr einleuchtend.«

»Hältst du es für normal, einen Menschen umzubringen? Was wissen wir schon, was in einem solchen kranken Hirn in diesem Moment vor sich geht? Da liegt eine tote junge Frau in ihrem Blut und du erwartest, dass der Täter sich rational verhält. Das ist irrational.« Müller schüttelte den Kopf.

»Mag sein. Ich werde den Mörder trotzdem fragen, wenn wir ihn haben. Sonst irgendetwas in dem Haus? Briefe, Bilder oder so?«

»Nicht von Marlies Wübber. Ihre Kleider natürlich. Aber sonst nichts. Keine Platten, keine Bücher, keine Zeitschriften.«

»Ungewöhnlich.«

»Ja. Es sieht so aus, als ob sie dort nur zeitweise übernachtet hat. Von dem Festnetzanschluss im Haus wurde seit Wochen kein Gespräch geführt.«

»Bleibt nur ihr Handy. Wurde das Gerät im Haus gefunden?«

Müller überflog den Bericht der Spurensicherer. »Nein.«

»Irgendwo habe ich die Nummer aufgeschrieben, die mir ihr Vater gegeben hat.« Buhlen blätterte in seinen Unterlagen. »Hier.« Er griff zum Telefonhörer. »Ich rufe an.« Zwei Minuten später legte er auf. »Nichts. Der Teilnehmer ist vorübergehend nicht erreichbar, meldet die Mailbox.«

»Wir sollten bei der Telefongesellschaft nachfragen, welche Gespräche von dem Apparat geführt wurden. Vielleicht lässt sich das Gerät ja noch orten. Erledigst du das?«, fragte Müller.

Buhlen nickte.

Mit schrillem Gekreisch meldete sich die Türklingel. Buhlen stand auf, ging in den kleinen Vorflur und öffnete. Vor ihm stand Rainer Esch.

»Ich wollte ein Missverständnis aufklären«, sagte der Anwalt und hob die Tageszeitung vom Vortag mit dem Phantombild Charly Schwiebus'. »Ich glaube, Sie sind auf dem falschen Dampfer.«

»Aha. Glauben Sie«, erwiderte der Kommissar. Er ließ Rainer in das Wachzimmer eintreten. Esch begrüßte Müller und wartete, bis Buhlen ihm einen Stuhl hinschob. »Setzen Sie sich. Was haben Sie uns zu sagen?«

Rainer zückte seine Visitenkarte. »Ich vertrete die Interessen von Karl-Heinz Schwiebus.«

»Wer ist Schwiebus?«, fragte Dieter Buhlen.

Esch zeigte auf das Phantombild. »Der hier.«

»Ach nee. Das ist ja interessant. Und Sie sind sein Anwalt.« Das war keine Frage, sondern eine Feststellung. »Warum kommt Ihr Mandant nicht selbst?«

»Das wäre im Moment nicht opportun.«

Buhlen verschluckte sich fast. »Wir versuchen, einen Mord aufzuklären, und Sie reden hier von Opportunität. Mann, Sie ...«

»Wo ist Ihr Mandant?«, schaltete sich Müller ein. »Ich vermute, noch auf der Insel.«

»Ich glaube nicht, dass ich verpflichtet bin, Ihnen diese Frage zu beantworten. Herr Schwiebus wird zu gegebener Zeit bereit sein, mit Ihnen in Kontakt zu treten. Vorher müssen wir aber noch einige strittige Punkte klären.« Rainer fand seinen bisherigen Auftritt ungemein professionell. »Mein Mandant möchte zunächst wissen, warum Sie nach ihm fahnden.«

»Liest er keine Zeitung?«, schnaubte Buhlen. »Er hat das Opfer gekannt.«

»Das dürfte auf viele zutreffen«, konterte Rainer.

»Richtig. Aber die anderen haben kein Fersengeld gegeben, als wir sie befragen wollten. Warum ist dieser Schwiebus aus der *Spelunke* getürmt, wenn er nichts zu verbergen hat?«

Jetzt war Rainers Selbstsicherheit etwas erschüttert. »Dann hat die Geschichte nichts mit dem Rauschgift zu tun?«, rutschte ihm heraus.

»Was für Rauschgift?«, wunderte sich Müller.

Rainer biss sich auf die Lippen, entschloss sich aber, die Flucht nach vorne anzutreten. »Schwiebus hatte eine geringe Menge Kokain in der Tasche, als er in der Kneipe war. Deshalb ist er geflüchtet. Er nahm an, Sie wollten ihn festnehmen.«

»Koks? Er hat geglaubt, wir wären Rauschgiftfahnder?« Buhlen war verblüfft.

»Etwas in der Art, ja.«

»Wo steckt Ihr Mandant? Wir müssen ihn sprechen. Wenn das so war, wie Sie sagen, und er mit dem Mord nichts zu tun hat, hat er ja auch nichts zu befürchten.«

»Ich werde ihn auffordern, sich Ihnen zur Verfügung zu stellen.«

»Wo hält er sich versteckt?«

»Ich habe keine Ahnung«, log Esch. »Aber ich werde mit ihm telefonisch Kontakt aufnehmen.«

»Tun Sie das, Herr Esch. In seinem Interesse.«

Als Rainer das Büro verlassen hatte, griff Buhlen zum Funkgerät, um mit Altehuus zu sprechen. »Müssen sich Urlauber hier auf der Insel eigentlich anmelden?«, fragte er, als Altehuus' Stimme aus dem Lautsprecher krächzte.

»Ja, natürlich. Bei der Kurverwaltung. Jeder Gast zahlt Kurtaxe. Bei der Anmeldung muss angegeben werden, wo er für den Zeitraum seines Aufenthaltes wohnt.«

Dieter Buhlen griff nach seinem Mantel. »Ich gehe zur Kurverwaltung und besorge die Urlaubsadresse von diesem Schwiebus. Ich verlasse mich doch nicht auf das Gerede von diesem Anwalt!«

Zwanzig Minuten später stieß Enno Altehuus vor der Kurverwaltung fast mit seinem Kollegen Buhlen zusammen, der auf die Straße stürmte.

»Na«, brummte der Uniformierte. »Erfolg gehabt?«

Buhlen schüttelte den Kopf. »Kein Schwiebus gemeldet. Der Kerl hat sich um das Bezahlen der Kurtaxe gedrückt.«

»Dann ist er jedenfalls nicht in einem Hotel oder einer der Pensionen.«

»Klasse. Nützt uns das etwas?«

»Ich glaube nicht.«

»Zahlt der Mistkerl einfach keine Kurtaxe!«

Altehuus schüttelte bedauernd den Kopf. »Es gibt schon unehrliche Menschen.«

20

Die Cirksenastraße lag zwischen Katholischer Kirche und Strand. Am Ende der Straße, hatte Schwiebus gesagt. Davon gab es zwei. Und an jedem Ende standen zwei Häuser. Machte vier. Der Anwalt hatte es erst erfolglos in dem Bereich versucht, der näher zu den Tennisplätzen lag. Nun stampfte er durch den Sand des unbefestigten Teils der Straße auf eines der Gebäude zu, das am anderen Ende lag.

Esch rekapitulierte das Telefongespräch, das er kurz nach seinem Besuch bei der Polizei mit Dezcweratsky geführt hatte. Er hatte seinem Auftraggeber mitgeteilt, dass er sich angesichts des Mordes und der Verwicklung von Schwiebus in den Fall außerstande sehen würde, weiter für ihn zu arbeiten. Davon war der Immobilienhai zwar nicht gerade begeistert gewesen, schien aber zu Rainers Überraschung nicht sonderlich beunruhigt. Er gab ihm durch einige Andeutungen zu verstehen, dass er über die Vorkommnisse auf der Insel informiert war. Dezcweratsky bat Rainer darum, Schwiebus zu unterstützen und – auch im Interesse des Unternehmens – jeden Verdacht gegen den Makler auszuräumen. Seine Spesen würden natürlich weiter gezahlt, was Rainer ehrlich freute. Er fragte sich aber, ob Schwiebus bereits selbst mit Dezcweratsky gesprochen hatte.

Der rote Ziegelbau stand erhöht hinter knorrigen Bäumen auf einer Düne und der Anwalt musste etwas suchen, bis er den seitlich gelegenen Zugang zu dem Haus entdeckte. Die Dämmerung kroch schon den Strand hoch, als Rainer auf einen der unbeschrifteten Klingelknöpfe drückte. Er wartete einen Moment, aber es rührte sich nichts in dem Gebäude. Dann sah er sich um, ging zu einem Erdgeschossfenster und versuchte erfolglos, ins Innere des Gebäudes zu sehen. Er kehrte zur Eingangstür zurück und legte zaghaft seine Hand auf die Klinke. Die Tür war zu seiner Überraschung nicht verschlossen. Rainer öffnete sie einen Spalt, gerade weit genug, dass er seinen Kopf hindurchstecken konnte, und rief: »Hallo? Herr Schwiebus?«

Er erhielt keine Antwort. Rainer entschloss sich, hineinzugehen. Hausfriedensbruch hin oder her. Einen Moment beschäftigte er sich mit der Frage einer plausiblen Entschuldigung für sein unbefugtes Eindringen, sofern er in diesem Haus überrascht werden würde. Da ihm keine überzeugende Erklärung einfallen wollte, schob er diesen Gedanken wieder beiseite und betrat den Hausflur.

Es roch muffig. Rainer identifizierte die Ursache des Miefs als abgestandenen Rauch und verdorbene Lebensmittel.

»Herr Schwiebus, sind Sie hier?«

Es blieb still.

Rainers Linke suchte den Lichtschalter. Als sie ihn gefunden hatte, tauchte eine Neonleuchte den Raum in ein grelles Licht. Er sah auf drei geschlossene Türen und eine Treppe im hinteren Bereich des Hausflures, die sich nach oben wendelte. Die Wände waren mit zahlreichen Juistfotos geschmückt. Hier hatte sich ein Hobbyknipser ausgetobt und die Produkte seines Schaffens ausgestellt. Ganz besonders hatte es dem unbekannten Künstler das Kurhaus angetan. Der Anwalt konnte den Prachtbau aus verschiedenen Blickwinkeln und zu unterschiedlichen Tageszeiten bewundern. Links an der Wand stand ein schmaler Tisch. Ansonsten war der Flur unmöbliert.

Die erste Zimmertür rechts war verschlossen, ebenso die zweite. Auch der linke Eingang widerstand Rainers Bemühungen.

Esch betrat die Wendeltreppe. Die Stufen knarrten leise, als er einige Schritte aufwärts machte.

»Hallo, ist da jemand?« Dämliche Floskel, dachte Rainer. Wenn jemand im Haus wäre, hätte dieser sich vermutlich bereits zu erkennen gegeben. Und wenn nicht, konnte er sich den Spruch schenken.

Der obere Flur wurde durch fahles Licht dürftig beleuchtet, das durch eine offene Tür aus der Küche fiel. Rainer warf einen Blick in den Raum und entdeckte den Quell des fauligen Geruchs: In mehreren Schüsseln und auf ungespülten Tellern schimmelte etwas, das eine gewisse Ähnlichkeit mit Kartoffelbrei, Rotkohl und Gulasch hatte, stinkend vor sich hin. Ein Aschenbecher voller Zigarettenkippen wartete auf Leerung. Neben der Spüle stapelten sich leere Flaschen, und eine halb volle Mülltüte lehnte am Türpfosten. Rainer schüttelte es. Sehr ordentlich schien der Bewohner dieser Wohnung nun nicht gerade zu sein.

Das nächste Zimmer, welches er inspizierte, war das Schlafzimmer. Das Bett war ungemacht, auf einer großen Reisetasche lag achtlos hingeworfene Unterwäsche, am Schrank hing auf einem Bügel der Anzug, den Schwiebus bei ihrem ersten Aufeinandertreffen getragen hatte. Zwei Paar Halbschuhe standen vor dem Bett.

Esch öffnete die Tür, hinter der er das Wohnzimmer vermutete. Auch aus diesem Raum schlug ihm Modergeruch entgegen. Er hielt für einen Moment die Luft an und betrat den Raum.

Das Erste, was er im Halbdunkel erkennen konnte, war die beleuchtete Senderanzeige eines Standradios auf einem Regalboden links neben ihm. Jemand hatte lediglich den Ton abgedreht, das Gerät aber nicht ausgeschaltet. Zwei Meter von Rainer entfernt befand sich eine Sitzgruppe, bestehend aus einem breiten Sofa und einem wuchtigen Fernsehsessel, der mit seiner Rückseite zu ihm stand. Der Anwalt konnte einen Teil des Glastisches erkennen, auf dem ein aufgeschlagener Aktenordner lag. Gläser und eine Flasche befanden sich auf dem Tisch. Neugierig trat er näher an die Sitzgruppe heran und zuckte zusammen: In dem Drehsessel saß Karl-Heinz Schwiebus.

Eigentlich saß er nicht richtig, sondern war in sich zusammengesunken und so heruntergerutscht, dass ihn die Rückenlehne verdeckte. Deshalb hatte ihn der Anwalt von der Tür aus nicht sehen können. Rainer stieß ihn sanft in die Seite: »Hallo, Herr Schwiebus?«

Der Mann antwortete nicht. Esch drehte den Sessel etwas zu sich. Dann sah er das Loch in Schwiebus' linker Stirnseite und die eingetrocknete Blutspur, die über Gesicht und Kragen bis zur Schulter lief. Die Augen waren weit aufgerissen, der Mund geöffnet. Die rechte Hand lag auf der Lehne des Sessels und war zur Faust geballt. Der linke Arm hing schlaff an der Seite herunter.

Für einen Moment packte Rainer kalte Angst. Panisch dachte er daran, einfach wegzulaufen. Doch er war wie erstarrt. Dann atmete er tief durch, zwang sich zur Ruhe. Er kramte in seiner Jackentasche, fand die Revalpackung und steckte sich eine an. Tief sog er den Rauch ein. Polizei, war sein nächster Gedanke. Er musste die Polizei verständigen! Aber machte er sich nicht selbst verdächtig? Seine Hand zitterte, als er die Zigarette zum Mund führte. Er würde zunächst mit Elke sprechen. Sie würde – vermutlich – eine Lösung finden. Etwas beruhigter ließ er den Rauch durch die Nase wieder ausströmen.

Er trat näher an den Tisch heran. Es sah so aus, als ob Schwiebus Besuch gehabt hatte. Unmittelbar vor dem Toten stand ein halb volles Whiskeyglas mit einer braunen Flüssigkeit, daneben eine fast leere Flasche. Rainer warf einen Blick auf das Etikett: Johnny Walker. Nicht sein Ding. Auch auf der Sofaseite des Tisches stand ein Glas. Es war leer.

Zögernd beugte Rainer sich über den Tisch, um den Inhalt des Ordners einer Inspektion zu unterziehen. Vor ihm lag ein Vertragsentwurf. Er überflog den Text. Es ging um den Golfplatz, eine Immobilienverwertungsgesellschaft namens *JuistBoden GmbH* und die Verteilung von Gesellschaftsanteilen. Leider wurden auf der Seite, die offen vor ihm lag, keine Namen genannt, sondern nur Abkürzungen: *Der Gesellschafter A hält neunundvierzig Prozent, der Gesellschafter B einundfünfzig.* Nicht sehr ergiebig. Rainer widerstand der Versuchung, zurückzublättern. Die Polizei würde seine Fingerabdrücke finden und er hatte schon genug zu erklären.

Verstohlen wandte sich der Anwalt um. Er hatte das gruselige Gefühl, dass Schwiebus ihn beobachtete. Es war Zeit, dass er hier verschwand. Und zwar schnell.

Esch streifte mit zitternden Händen die Asche seiner Reval im Aschenbecher ab, in dem schon Kippen mit und ohne Filter lagen.

»Warum hast du Idiot der Polizei nicht gesagt, dass du weißt, wo sich Schwiebus aufgehalten hat?« Elke lief unruhig in ihrem Hotelzimmer auf und ab. »Zwölf Semester Jura und du weißt immer noch nicht ...«

»Dreiundzwanzig Semester«, korrigierte Rainer.

»Umso schlimmer. Dir ist wirklich nicht zu helfen. Du musst sofort die Polizei informieren.«

»Und was sage ich denen?«

»Am besten die Wahrheit.«

Rainer steckte sich nervös schon die dritte Zigarette an. »Was meinst du, habe ich mich in irgendeinem Punkt strafbar gemacht?«

Elke dachte nach. »Ach was! Du bist Anwalt und Schwiebus war dein Mandant. Obwohl, besonders intelligent hast du dich nicht gerade verhalten. Aber beruhige dich: Du musstest der Polizei seinen Aufenthalt nicht nennen, auch wenn du ihn kanntest.«

»Ich kannte ihn nicht genau.«

»Genau genug, um ihn zu finden. Und wenn du ihn finden konntest, hätte das die Polizei erst recht gekonnt.«

»Aber außer dir weiß das doch niemand.«

»Was weiß niemand?«

»Dass mir Schwiebus gesagt hat, wo ich ihn erreichen kann. Er kann mich ja schließlich erst heute angerufen haben.«

»Und wenn er schon seit vorgestern tot ist? Was dann, du verhinderter Kriminalist?«

»So sah er aber nicht aus.«

»Wie willst du das beurteilen?«

»Stimmt. Mist.«

»Du solltest der Kripo reinen Wein einschenken.«

»Ich hab's. Ich habe Schwiebus überreden wollen, sich zu stellen. Stellen macht sich immer gut. Deshalb habe ich im Interesse meines Mandanten die Polizei hingehalten. Nachdem ich ihn telefonisch nicht erreicht habe, habe ich persönlich die Straße abgesucht. Und da ...«

Elke unterbrach seinen Redeschwall. »Schade, dass wir Schwiebus nicht mehr fragen können, wie er diese Angelegenheit rückblickend beurteilen würde.«

»Wie soll ich das denn nun verstehen?«

»Er würde ja noch leben, wenn er verhaftet worden wäre, *bevor* er Besuch von seinem Mörder bekommen hat.«

Der Anwalt erstarrte. »Quatsch.« Nach einem Moment winkte er verunsichert ab. »Ich lasse mir von dir doch keine Mitschuld am Tod von Schwiebus einreden.« Seine Stimme klang energisch. Sein betroffener Gesichtsausdruck ließ jedoch auf einen anderen Gemütszustand schließen.

»Möglicherweise wäre er noch am Leben, habe ich gemeint. Und natürlich bist du nicht schuld an seinem Tod«, schränkte Elke das eben Gesagte etwas ein. »Trotzdem: Sag der Kripo, wie es wirklich war.«

Rainer antwortete nicht. Er griff nach der Weinflasche und goss sich sein Glas voll. Dann trank er es in zwei, drei Zügen aus. »Scheiße«, stieß er hervor. »Verdammte Scheiße.« Damit bezog er sich nicht auf sein bevorstehendes Geständnis.

21

Eine halbe Stunde später stand Rainer vor der Polizeiwache und schellte POM Altehuus aus dem Feierabend. Der hörte sich Rainers Beichte ruhig an, telefonierte seine beiden Kripokollegen herbei und verständigte die Spurensicherung.

»Warum haben Sie uns nicht sofort benachrichtigt?« Kommissar Buhlen konnte seine Erregung nur schwer kontrollieren.

»Ich hatte mein Handy vergessen«, log Rainer.

»Haben Sie in der Wohnung etwas angefasst?«

»Nein ... Das heißt: ja.«

»Was denn nun?«

»Die Türgriffe. Den Toten und den Sessel, glaube ich.«

»Glauben Sie, glauben Sie! Sonst nichts?«

Rainer schüttelte den Kopf. »Ich weiß es nicht mehr genau.«

»Wir werden das feststellen.« Buhlen wandte sich an Altehuus: »Wann landet der Hubschrauber?«

»Der kommt von Helgoland rüber, dann nach Aurich, dann nach Juist ...«

»Wieso Helgoland?«, unterbrach der Hamburger.

»Der Nebel«, erklärte Altehuus. »Unser Hubschrauber hat keine Blindflugeinrichtung. Die Helgoländer leisten sozusagen Amtshilfe. Und das wird dauern.« Er sah auf die Uhr. »Vermutlich noch länger als eine Stunde.«

»Verdammter Schiet!« Wütend sah Buhlen Esch an, als ob der Schwiebus auf dem Gewissen hätte. »Sie bleiben hier in der Wache. Wir sprechen uns noch!« Und zu Altehuus gewandt sagte er: »Haben Sie die Möglichkeit, dem da Fingerabdrücke abzunehmen?«

Der Insulaner nickte.

»Machen Sie das bitte. Ich unterstütze jetzt Günter am Tatort.«

Interessiert sah Rainer zu, wie der Polizeiobermeister aus dem Schrank eine Art Stempelkissen und mehrere kleine weiße Pappkarten hervorholte, um Rainers Hand bat, erst den Daumen auf dem Farbkissen drehte und ihn dann in einem markierten Feld auf einer der Karteikarten sorgfältig ausrollte. Die anderen Finger seiner Rechten folgten, dann die der Linken. Nach wenigen Minuten schmückten Rainers Fingerabdrücke zwei weiße Karten.

Der Anwalt musterte seine schwarzen Fingerkuppen. »Wie kriege ich das Zeug wieder runter?«

»Kräftig schrubben. Nach einigen Tagen sehen Sie nichts mehr davon«, antwortete Altehuus ungerührt. »Zwei Tote in einer Woche«, brummte er kopfschüttelnd und widmete sich ausgiebig dem Studium eines Aktenordners.

Rainer rutschte unruhig auf seinem Stuhl herum. Elke hatte ihn mit ihrer Bemerkung, dass Schwiebus noch leben könnte, wenn er früher zur Polizei gegangen wäre, schwer getroffen. Er zermarterte sich den Kopf, wer ein Motiv für den Mord haben könnte. Wübber? Um seine Tochter zu rächen? Steiner hatte sie schließlich gewarnt, den Teehändler nicht zu unterschätzen. Aber war der Mann zu einem Mord fähig? Oder die Umweltschützer? Er hatte ja schon von militanten Organisationen gehört, aber Mord? Dann hätten sie ja genauso ihn …

Diesen Gedanken wollte er nun doch nicht weiterverfolgen. Und wenn es gar kein Mord war? Vielleicht hatte sich Schwiebus selbst umgebracht und er hatte nur die Waffe übersehen? Möglicherweise war sie unter den Sessel oder den Tisch gerutscht. Oder lag neben dem Toten zwischen den Polstern versteckt. Aber warum sollte sich Schwiebus umgebracht haben? Wegen der paar Gramm Koks? Oder war er tatsächlich der Mörder von Marlies Wübber? Dann hätte aber auch Wübber …

Seine Gedanken drehten sich im Kreis. Rainer beschloss, sich nicht in Vermutungen zu verlieren, sondern sich systematisch auf das zu konzentrieren, was er gesehen und was sich in den letzten Tagen ereignet hatte. Die Kriminalpolizisten würden sich für seine Geschichte brennend interessieren, das war ihm klar.

Drei Stunden später betraten die beiden Kripobeamten wieder das Büro an der Carl-Stegmann-Straße. Müller informierte im Nebenzimmer Altehuus kurz über das Ergebnis der Ermittlungen und Buhlen wartete schweigend bei Rainer, der sich nervös seine vorletzte Reval in den Mund steckte. Nach einigen Minuten kehrten die beiden anderen Polizisten in den Wachraum zurück und setzten sich ebenfalls. Altehuus zauberte ein Tonbandgerät aus seinem Schreibtisch hervor und baute das Mikro vor Rainer auf. Dessen Magen rebellierte. Er hatte das Gefühl, jemand mache aus seinen Innereien Hack-fleisch. Er zwang sich dazu, das Stechen zu ignorieren.

Müller drückte die Aufnahmetaste. »So, jetzt erzählen Sie.«

Und Rainer erzählte: von dem Mandat Dezcweratskys, seinem Auftrag auf Juist und den Kontakten zu Schwiebus. Der Anwalt stellte klar, wann er den Makler kennen gelernt hatte und wann dieser auf die Insel gekommen war. Und er informierte die Polizisten noch einmal über Schwiebus' Ängste, wegen Drogenbesitzes angeklagt zu werden, und gab zu, den Beamten Schwiebus' Anschrift verschwiegen zu haben. Dann berichtete er über die Bürgerversammlung und das Zusammentreffen mit Wübber und Steiner. Schließlich schilderte er minutiös, wie er Schwiebus' Leiche gefunden hatte. Rainer schloss mit den Worten: »Aber ich habe nicht die geringste Ahnung, wer ihn umgebracht haben könnte.«

»Wo waren Sie heute Vormittag?«, wollte Buhlen wissen.

»Wurde zu dieser Zeit Schwiebus ermordet?«, erkundigte sich Rainer neugierig.

»Beantworten Sie bitte meine Frage.«

Der Anwalt seufzte. »Ich war mit meiner Freundin am Strand spazieren. Anschließend haben wir im *Lütje Teehuus* noch etwas getrunken.«

»Wann war das genau?«

»Also wurde Schwiebus heute Morgen umgebracht, nicht wahr?«

»Mein Gott, ja. Noch einmal: Wann waren Sie mit Ihrer Freundin in dem Café?«

»Das weiß ich nicht genau. So gegen halb zwölf, vielleicht war es auch etwas später.«

Die Polizisten stellten noch einige Fragen, die Rainer wahrheitsgemäß beantwortete. Dann schaltete Buhlen das Gerät aus. »Okay. Sie können gehen. Aber halten

Sie sich zu unserer Verfügung. Sie bleiben auf Juist, ist das klar?«

Esch nickte und griff seine Jacke.

Als der Anwalt den Wachraum verlassen hatte, blickte Buhlen auf seine Kollegen. »Na?«, fragte er fordernd.

»Ich glaube ihm«, antwortete Günter Müller. »Außerdem hat er kein Motiv.«

»Zumindest keines, das wir kennen«, schränkte Dieter Buhlen ein. »Und Sie?« Er sah zu Altehuus herüber.

»Der Junge war es nicht«, stellte dieser schlicht fest. »Wir müssen einen anderen Mörder suchen.«

»Was ist mit Wübber?« Buhlen kaute auf seinem Zeigefinger herum. »Der hätte ein Motiv.«

»Möglich. Aber auch dieser Schweizer, wie heißt der gleich ...« Müller sah fragend in die Runde.

»Favre.« Altehuus griff zum Schnupftabak.

»Nie im Leben. Der Kerl ist hinter dem Erbe her, sonst nichts. Marlies Wübber ist, nein, war dem völlig egal, darauf verwette ich mein letztes Hemd.« Buhlen beobachtete voller Skepsis, wie Enno Altehuus den dunkelbraunen Tabak auf seinem rechten Handrücken aufschichtete und zur Nase führte. Vorsichtshalber rückte der Kommissar seinen Stuhl etwas beiseite, um den Abstand zum Juister Polizisten zu vergrößern. »Wübber war doch heiß auf Grundstücke, oder? Und Schwiebus hat wie Esch für diesen Bochumer Immobilienfuzzi gearbeitet, diesen Dezcweratsky, der ebenfalls Boden auf der Insel kaufen will. Die beiden sind also Konkurrenten.«

»Und deshalb glaubst du ...«

Eine Niesfanfare unterbrach das Gespräch. Müller wich unwillkürlich zurück und entging so dem Feuchtigkeitsnebel, den Altehuus trotz Taschentuchs verbreitete.

»... Wübber könnte der Täter sein?«

»Warum nicht? Wir sollten ihn fragen.«

»Wann, jetzt?« Müller sah Buhlen entgeistert an. »Es ist knapp vor Mitternacht.«

»Na und? Wo wohnt Wübber?«

»Im *Hotel Pabst*«, schaltete sich Altehuus ein, nachdem er seine Tabakdose wieder verpackt hatte. »In seinem Haus im Loog wollte er nicht bleiben.«

»Kann ich verstehen«, knurrte Buhlen.

Der Portier leistete nur kurz Widerstand, als die beiden Kommissare um kurz nach zwölf in Wübbers Hotel auftauchten und die Zimmernummer des Teehändlers wissen wollten.

Wübber selbst öffnete nach dem ersten Klopfen. Er war noch angekleidet und sah überrascht auf die beiden Polizisten.

»Dürfen wir hereinkommen?«, bat Müller und machte einen fordernden Schritt auf die Tür zu, die Wübber nur halb geöffnet hatte.

»Selbstverständlich.« Der Bremer trat zur Seite, ließ die Beamten in sein Hotelzimmer und stellte fest: »Was immer Sie von mir wollen, es muss wichtig sein, sonst hätten Sie bis morgen gewartet.«

»Stimmt. Wo waren Sie heute Vormittag?« Buhlen schoss die Frage förmlich ab.

Wenn sein Gegenüber überrascht war, hatte er sich unter Kontrolle. »Hier, auf meinem Zimmer. Ich habe gearbeitet.«

»Die ganze Zeit?«

»Ja.«

»Haben Sie dafür Zeugen?«

Wübber dachte einen Moment nach. »Ich habe gegen sieben unten im Restaurant gefrühstückt und an der Rezeption darum gebeten, mein Zimmer erst später zu reinigen, weil ich ungestört bleiben wollte. Dann bin ich wieder nach oben gegangen und habe bis gegen eins ...« Er schüttelte leicht den Kopf. »Nein, ich glaube nicht, dass jemand bestätigen kann, dass ich auf meinem Zimmer war. Und dass ich Telefongespräche geführt habe, dürfte kaum als Alibi reichen, oder?«

»Wenn Sie mit dem Hoteltelefon ...«

Wübber lächelte hintergründig. »Leider nein. Mit meinem Handy.«

»Sagt Ihnen der Name Schwiebus etwas?« Müller beobachtete den Geschäftsmann aufmerksam.

»Ja. Das ist ein Mitarbeiter eines gewissen Dezcweratsky. Dieser Schwiebus wird von Ihnen verdächtigt, meine Tochter ermordet zu haben«, antwortete Wübber ohne Zögern.

Die beiden Kripobeamten schluckten. »Woher wissen Sie das?«

»Ich habe heute mit ihm telefoniert.«

»Mit Schwiebus?«, stöhnte Buhlen.

»Schwiebus? Wie kommen Sie darauf? Mit Dezcweratsky natürlich.«

»Und der hat Ihnen erzählt, dass wir Schwiebus verdächtigen ...« Müller kapierte nichts mehr.

Wübber hob die Hand und winkte ab. »Nein, Sie haben mich falsch verstanden. Dezcweratsky hat mir mitgeteilt, dass sein Mitarbeiter, der diesen Anwalt bei seinen Bemühungen unterstützt, Schwiebus heißt. Dass der von Ihnen gesucht wird, ist mir in der Bürgerversammlung gestern klar geworden, als Mitglieder der Bürgerinitiative den Anwalt mit diesem Vorwurf konfrontierten, um Stimmung gegen den Golfplatz zu machen. Ich habe dann eins und eins zusammengezählt und Dezcweratsky angerufen.«

»Sie kennen Dezcweratsky also?« Buhlen wirkte ungeduldig.

»Nicht persönlich. Wir haben in der Vergangenheit, nachdem uns klar geworden war, dass wir beide am selben Geschäft interessiert sind, einige Male miteinander telefoniert, um unsere Interessen abzustimmen. Leider erfolglos. So konkurrieren wir jetzt. Bedauerlicherweise.«

»Sie meinen den Golfplatz?«

»Ja«, antwortete der Bremer knapp.

»Herr Wübber, haben Sie eine Waffe?« Endlich konnte Buhlen die Frage loswerden. Gespannt wartete er auf die Antwort.

»Natürlich«, antwortete Wübber gelassen. »Ich besitze schon seit Jahren einen Waffenschein. Warum wollen Sie das wissen?«

Die Kripobeamten ignorierten die Frage und warfen sich einen schnellen Blick zu.

Dann meinte Buhlen: »So natürlich ist das keineswegs. Wie kommen Sie an einen Waffenschein? Der wird doch nur in begründeten Ausnahmefällen erteilt.«

»Richtig. Ich bin weltweit tätig. Vor einigen Jahren waren einige Leute, mit denen ich in Sri Lanka geschäftlich zu tun hatte, der Auffassung, ich hätte sie unkorrekt behandelt. Daraufhin haben sie mir gedroht und sind sogar in mein Bremer Büro eingebrochen. Kurz danach habe ich den Waffenschein beantragt und erhalten.«

Müller verkniff sich einen Kommentar. Stattdessen fragte er: »Was für eine Waffe?«

»Da bin ich überfragt. So eine kleine, handliche, ich glaube eine *Heckler & Koch* ... Warten Sie, irgendwo habe ich doch die Waffenbesitzkarte ...«

Wübber drehte sich um, ging zum Schreibtisch und begann, in seiner Brieftasche zu kramen. Dann hatte er das Gesuchte gefunden. »Hier. Ich hatte Recht. Eine Pistole *Heckler & Koch*. Mein Waffenschein, hier bitte.«

Müller warf einen Blick auf das Dokument, notierte sich die Daten und gab das Papier Wübber zurück. Dann fragte er: »Und wo ist Ihre Waffe?«

»Die müsste in meinem Koffer sein. Einen Moment.« Der Teehändler unterzog Koffer und Reisetasche, die auf einem Ablagegestell neben dem Kleiderschrank standen, einer gründlichen Inspektion. Dann drehte er sich um und zuckte mit den Schultern. »Tut mir Leid, aber ich war sicher, sie eingepackt zu haben. Na ja. Sie liegt vermutlich noch im Tresor in meiner Bremer Wohnung. Warum stellen Sie mir diese Fragen?«

»Reine Routine«, versicherte Müller.

Wübber machte nicht den Eindruck, dass er ihm glaubte. »Kann ich sonst noch etwas für Sie tun, meine Herren?«

»Nein, im Moment nicht. Vielen Dank«, verabschiedete sich Buhlen.

Sein Kollege grüßte still mit einem Kopfnicken. Dann verließen sie den Bremer Teehändler.

»Was hältst du davon?«, wollte Buhlen von Müller wissen, als sie sich auf den Weg in ihr Hotel machten. »Nimmst du ihm die Geschichte ab?«

»War doch sehr glaubwürdig. Er hat auch erst gar nicht den Versuch gemacht zu leugnen, dass er über Schwiebus Bescheid wusste. Und dann die Bereitwilligkeit, mit der er uns über seine Waffe aufgeklärt hat.«

»Könnte aber auch ein Trick sein. Er hat uns nichts erzählt, was wir nicht auch ohne ihn hätten ermitteln können. Und er hat kein Alibi.«

»Trotzdem. Ich glaube ihm.«

Plötzlich blieb Buhlen stehen. »Wir hätten ihn fragen sollen, ob ihm Dezcweratsky Schwiebus' Adresse gegeben hat. Das holen wir sofort nach ...«

Er zögerte aber doch.

»Nein. Ich werde morgen diesen Bochumer Immobilienmenschen anrufen und ihn ausquetschen. Außerdem haben wir morgen schon das vorläufige Ergebnis der Obduktion. Und wir werden wissen, mit was für einer Waffe Schwiebus ermordet wurde. Dann sehen wir weiter.«

22

Am Morgen des 29. Dezember stierte Dieter Buhlen unausgeschlafen und unzufrieden in seinen dampfenden Kaffee und stocherte mit dem Zeigefinger gedankenverloren in seinem linken Nasenloch herum.

Günter Müller schüttelte sich. »Wenn du mit dem Bohren fertig bist, würdest du deine Aufmerksamkeit mir und unserer Arbeit schenken?«

»Immer.« Buhlen drehte den Schreibtischstuhl in die Richtung seines Kollegen. »Was gibt es?«

»Im Bericht der Spurensicherung steht, dass Schwiebus mit einer typischen Taschenpistole, der Walther TPH, Kaliber 6.35, umgebracht wurde. Es war also nicht Wübbers Waffe. Schwiebus wurde aus nächster Nähe erschossen. Ein Kampf hat nicht stattgefunden und es gibt im ganzen Haus keine Einbruchsspuren. Also hat Schwiebus seinen Mörder ins Haus gelassen. Oder ihn mitgebracht. Ich meine ...«

Buhlen winkte ab. »Nun hör schon auf. Was glaubst du eigentlich, was ich heute Morgen gemacht habe, als du noch gepennt hast? Den Bericht gelesen. Ich fasse zusammen: an der Flasche und den Gläsern nur die Fingerabdrücke von Schwiebus, sonst nichts. Ebenso auf dem Aktenordner. Die Zigarettenkippen im Aschenbecher werden noch gentechnisch untersucht. Mit Ergebnissen ist aber nicht mehr in diesem Jahr zu rechnen. Die meisten Experten sind im Urlaub.« Er grinste schmerzhaft. »Nur wir sitzen hier fest. Na gut. Die Mordwaffe ist bisher noch nicht aktenkundig geworden. Die zuzuordnenden Fingerabdrücke stammen von diesem Esch.« Er grinste. »Der ist vor einigen Jahren mal als Zeuge vernommen worden und seltsamerweise sind seine Prints immer noch in unserer Datei. Zahlreiche Fußspuren aller Größen. Et cetera, et cetera. Nichts wirklich Brauchbares. Wir müssen mehr über diesen Schwiebus wissen. Und natürlich über Marlies Wübber und ihren Vater.«

»Was ist mit Favre?«

»Über den auch.«

»Okay. Ich kümmere mich darum.« Müller griff zum Telefon. Da fiel ihm etwas ein. »Vielleicht sollten wir einen Profiler einschalten?«

»Einen was?« Buhlen blickte verwundert zu seinem Kollegen.

»Beim BKA gibt es eine Gruppe von Beamten, die anhand der Tatumstände, Informationen über das Opfer und den Tatort ein Bild von der Persönlichkeitsstruktur eines Täters erstellen. Kommt aus den USA.«

»Wie Jody Foster im *Schweigen der Lämmer*? So mit Leber in Marsala-Sauce?« Buhlens Gesichtsausdruck sprach Bände.

»Genau. Das ist nicht komisch. Die Jungs vom BKA liegen zu 80 bis 90 Prozent mit ihren Beschreibungen richtig.«

»Und diese Experten sitzen beim BKA herum, drehen den ganzen Tag Däumchen und warten nur darauf, in den nächsten Hubschrauber steigen zu dürfen, um nach Juist zu fliegen, oder was?«

»Woher soll ich das wissen? Die Gruppe wurde doch erst kürzlich eingerichtet.« Müller schien gekränkt.

»Hast du schon mal mit Leuten vom BKA zu tun gehabt? Die haben alle mindestens einen Doktortitel in Kriminalistik und einen in Jura oder Informatik. Auf jeden Fall tun sie so. Blasiert bis zum Abwinken. Profiler hin oder her, wir lösen unsere Fälle ohne das BKA. Wäre ja noch schöner ...«

Buhlen fiel nach diesem verbalen Kraftakt wieder in seine Lethargie zurück und Müller blätterte beleidigt in den Unterlagen. Nach einigen Minuten richtete sich Buhlen stöhnend auf und sah auf seine Armbanduhr.

»Neun. Ich rufe diesen Dezcweratsky an. Jetzt wird er ja hoffentlich in seinem Büro sein.«

Der Kommissar griff zum Telefon, wählte und ließ sich mit dem Makler verbinden. Er stellte sich vor und fragte dann: »Kennen Sie einen Herrn Wübber? – Ja? – Haben Sie in letzter Zeit mit ihm gesprochen? – Über was? – Sagen Sie das noch einmal, bitte. – Das ist ja interessant. – Danke, Sie haben uns sehr geholfen.«

»Was war?«, wollte Günter Müller wissen.

»Wübber hat tatsächlich gestern mit Dezcweratsky gesprochen. Im Wesentlichen ist seine Schilderung, die er uns gestern Nacht gegeben hat, auch korrekt.«

»Im Wesentlichen?«

»Ja. Ihm ist nur eine Kleinigkeit entfallen. Er hat vergessen zu erwähnen, dass er Dezcweratsky nach der Adresse von Schwiebus hier auf Juist gefragt hat.«

»Und?«

»Dezcweratsky hat sie ihm gegeben.«

Müller pfiff durch die Zähne. »Dann kannten schon zwei den Aufenthaltsort des Toten: Wübber und Esch.«

»Mindestens zwei. Komm, wir gehen zu Wübber. Ich bin gespannt, was er dazu zu sagen hat.«

»Haben Sie mich danach gefragt? Ich kann mich nicht erinnern.« Wübber wirkte vollkommen ruhig, als ihn die Beamten mit dem Ergebnis ihrer Recherche konfrontierten.

»Nein, das haben wir nicht. Aber Sie hätten es uns trotzdem erzählen können.«

Wübber drehte sich um, ging seelenruhig zu dem Schreibtisch, der in einer Ecke des Hotelzimmers stand, nahm die dort liegende Pfeife und entzündete sie mit einem Streichholz. Der Bremer paffte drei-, viermal heftig und blauer Tabakdunst waberte durch das Zimmer. Dann wandte er sich wieder den Beamten zu. »Ja, das hätte ich vermutlich tun können. Ich habe nicht daran gedacht. Und jetzt? Wollen Sie mich deshalb verhaften?«

»Ist Ihre Waffe wieder aufgetaucht?«

»Leider nein. Sie ist wahrscheinlich wirklich in meinem Safe in Bremen.«

Buhlen dachte einen Moment nach. »Sie wussten also, wo sich Schwiebus aufgehalten hat. Haben Sie ihn aufgesucht?«

Ohne Zögern antwortete der Kaufmann: »Nein.«

»Haben Sie mit Dritten über Schwiebus gesprochen? Und jetzt überlegen Sie bitte gründlich.«

Wübber zog geruhsam an der Pfeife. Nach einer Weile antwortete er. »Ja, das habe ich tatsächlich.«

»Mit wem?«

»Steiner. Meinem Geschäftspartner hier auf Juist.«

»Der wusste demnach auch, wo sich Schwiebus aufhielt?«

»Das weiß ich nicht.«

»Aber Sie sagten doch gerade …«

»Dass ich mit Steiner über Schwiebus gesprochen habe, ja. Aber ich weiß wirklich nicht mehr, ob ich ihm gegenüber die Anschrift erwähnt habe. Das ist möglich, aber sicher bin ich mir nicht.«

Müller schaltete sich in das Verhör ein. »Sie sagten uns gestern Nacht, dass Sie keine Zeugen dafür haben, dass Sie den ganzen Vormittag in Ihrem Hotelzimmer verbracht haben. Wann haben Sie mit Steiner gesprochen?«

»Gegen zehn. Ich habe ihn angerufen.«

»Vermutlich mit dem Handy?« Buhlen grinste schief.

»Natürlich.«

»Warum haben Sie mit Steiner über Schwiebus gesprochen?«, setzte Müller die Befragung fort.

Wübber nahm die Pfeife aus dem Mund und wedelte damit heftig durch die Luft. Dann brach es aus ihm heraus: »Meine Tochter ist in unserem Haus hier ermordet worden, dieser Schwiebus wird als Tatverdächtiger von Ihnen gesucht ...«

»Als Zeuge«, korrigierte Buhlen. »Er wurde als Zeuge gesucht.«

»Der sich aber Ihrem Gesprächswunsch durch Flucht entzogen hat. Und ich erfahre in der Bürgerversammlung, dass dieser Kerl ein Mitarbeiter meines Konkurrenten ist. Da ist es doch nur normal, wenn man mit anderen Menschen, denen man vertraut, über diese Angelegenheit spricht.«

Müller nickte. »Vermutlich. Herr Wübber, bleiben Sie länger auf der Insel?«

»Im Moment können wir ja wohl alle nicht von hier fort, oder? Sie natürlich ausgenommen.«

Schön wär's, dachte Buhlen.

»Aber ich werde bestimmt noch etwas bleiben. Ich habe hier ...« Wübber machte eine Pause und sah durch die beiden Beamten hindurch ins Leere. »Können Sie mir ...« Er zögerte, rang sich dann aber doch dazu durch, den Satz zu beenden. »Können Sie mir sagen, wann meine Tochter von der Gerichtsmedizin freigegeben wird? Die Beerdigung, wissen Sie ...«

Müller verstand. »Tut mir wirklich Leid, Herr Wübber. Das weiß ich nicht. In einigen Tagen, sicherlich.«

Buhlen nahm noch einen Anlauf: »Können Sie den verschwundenen Handkarren beschreiben?«

»Wie? Ja, also, das ist ein normaler Karren, so wie ihn alle hier haben. Mit Gummireifen«, ergänzte er.

Wirklich präzise, dachte Buhlen. Gummireifen! Davon gab es auf Juist Hunderte. »Danke, Herr Wübber. Wir haben zunächst keine weiteren Fragen.«

Als die beiden Beamten das Hotel verlassen hatten, fragte Müller: »Ist dir aufgefallen, dass Wübber nicht stutzig wurde, als du über Schwiebus in der Vergangenheitsform gesprochen hast?«

»Habe ich?«

»Ja. Du hast gesagt, Schwiebus wurde als Zeuge gesucht. Daraus musste Wübber doch schließen, dass wir Schwiebus nicht mehr benötigen oder ihn gefunden haben. Wübber ist einfach darüber hinweggegangen. Da frage ich mich: Warum hat er das getan?«

Buhlen blieb stehen. »Du meinst ...?« Er schüttelte den Kopf. »Ach was! Der Mann war erregt. Wir haben ihn mit unseren Fragen genervt. Vielleicht hat er nicht richtig zugehört.«

»Mag sein. Aber seltsam ist das doch.«

23

Esch räkelte sich zufrieden im Bett. Sein Magen hatte sich seit gestern nicht mehr gerührt und ihn in Frieden gelassen. Es war schon fast Mittag und die dienstbaren Hotelgeister hatten das Bitte-nicht-stören-Schild an der Tür berücksichtigt. Leises Plätschern aus dem Bad ließ darauf schließen, dass Elke duschte. Rainer begann, den Tag zu verplanen. Im Hotel dürfte kein Frühstück mehr zu bekommen sein. Im Speiseraum warteten vermutlich die Kellner schon auf die Mittagsgäste. Also kein Frühstück. Oder gleich Matjes mit Bratkartoffeln in einem der Restaurants der Insel, dazu ein Jever und ...

Seine Gedanken schweiften ab. Zum wiederholten Mal zermarterte er sich den Kopf, wer Schwiebus auf dem Gewissen haben könnte. War es Wübber? Und warum hatte ihnen dieser Steiner gedroht? Oder hatten sie sich das nur eingebildet? Anscheinend war auch dieser Wübber an den Grundstücken interessiert. Oder dieser Hanssen ... Der war einer der Wortführer der Bürgerinitiative gewesen. Aber Dezcweratsky arbeitete doch mit Steiner zusammen? Oder mit Wübber? Rainer schüttelte den Kopf und begann, die Informationen, die er hatte, zu sortieren:

Erstens: Schwiebus hatte ihm gesagt, dass Dezcweratsky mit einer Investorengruppe zusammenarbeiten wollte, deren Repräsentant Steiner war.

Zweitens: Hanssen hatte behauptet, dass Wübber ebenfalls Grundstücke kaufen wollte. Entweder konkurrierte Wübber also mit Dezcweratsky oder er gehörte zu dieser Investorengruppe. – Eine wahrhaft bahnbrechende Erkenntnis.

Drittens: Marlies Wübber wurde ermordet und Schwiebus war in die Schusslinie geraten. Rainer glaubte nicht, dass Schwiebus der Täter war. Aber wer hatte die junge Frau dann umgebracht?

Viertens: Schwiebus wurde ermordet. Von wem? Und warum?

Rainer ging in Gedanken noch einmal durch die Wohnung, in der er den Toten gefunden hatte. Der Müll, die leeren Flaschen, die zwei Gläser auf dem Wohnzimmertisch … Irgendetwas fehlte. Er hörte den Föhn. Elke trocknete ihr Haar. Plötzlich fiel es Rainer wieder ein: der Aktenordner! Er versuchte sich zu erinnern, was er gelesen hatte. Irgendetwas von einer *JuistBoden GmbH*. Und von Gesellschaftsanteilen eines A und B. Ein Vertragsentwurf, natürlich! Einer der Vertragspartner war vermutlich Dezcweratsky. Aber wer war der andere? Wübber? Oder Steiner? Oder beide?

Unvermittelt richtete sich Rainer wie elektrisiert auf. Ihm war eine Idee gekommen. Er schnappte sich sein Mobiltelefon und sagte fröhlich, nachdem der Angerufene sich gemeldet hatte: »Esch hier. Schönen guten Tag, Herr Brischinsky.«

Am anderen Ende der Leitung war Schweigen.

»Herr Hauptkommissar?«

Ein Stöhnen war als Antwort zu vernehmen.

»Sind Sie noch da?«

»Ja. Aber erst tropft mir beim Prüfen des Ölstandes Motorenöl auf meine neuen Wildlederschuhe und dann rufen Sie an. Was soll an einem solchen Tag schön sein, frage ich Sie.«

»Nehmen Sie es nicht persönlich, Herr Brischinsky, aber ich brauche Ihre Hilfe.«

»Wobei?«

Rainer hatte in den vergangenen Jahren verschiedentlich mit Hauptkommissar Brischinsky zu tun gehabt. Der Anwalt informierte den Recklinghäuser Kriminalbeamten über die Ereignisse, die sich auf Juist zugetragen hatten. Brischinsky knurrte zwischendurch etwas Unverständliches und unterbrach Rainers Erläuterungen mit kurzen Zwischenfragen.

»Und deshalb wäre es sehr nett, wenn Sie mir mitteilen könnten, ob Ihre polizeilichen Datenbanken etwas über Wübber und Steiner enthalten.«

»Warum fragen Sie nicht die Hamburger Kollegen?«

»Sie kenne ich besser«, kam die prompte Antwort.

»Wie wahr. Sie wissen, dass ich Ihnen diese Informationen nicht geben darf?«

»Ich bin Anwalt, Herr Hauptkommissar.« Rainers Empörung war gespielt. »Ein Organ der Rechtspflege. Und mein Mandant wurde erschossen. Reicht das nicht?«

»Eigentlich nicht. Aber gut. Ich weiß zwar nicht, warum ich das tue, aber ich tue es. Sie bekommen die Informationen. Wie wollen Sie sie haben?«

»Wie?« Rainer dachte nach. »Das Hotel hat einen Faxanschluss ... Nein, warten Sie.« Ihm fielen die Warnungen des jungen Altehuus ein. »Juist ist ein Dorf. Können Sie mich zurückrufen?«

»Auch das. Geben Sie mir Ihre Nummer. In einigen Stunden hören Sie von mir.«

»Vielen Dank, Herr Brischinsky.«

»Mit wem hast du telefoniert?«, wollte Elke wissen, als sie neben das Bett trat.

»Brischinsky.«

Sie zog fragend die Augenbrauen hoch.

»Ich möchte mehr über Dezcweratskys Geschäftspartner wissen. Brischinsky will mir helfen und die po-
lizeiliche Datenbank durchforsten.«

»Arbeitet der auch einen Tag vor Silvester?«

»Sieht so aus.«

»Warum unterstützt er dich? Er riskiert ein Diszipli-
narverfahren.«

»Aber nur, wenn ich ihn in die Pfanne haue. Und das
werde ich nicht tun.«

Rainer schwang sich aus den Federn, nahm seine
Freundin in den Arm und küsste sie. »War 'ne tolle
Nacht. Irgendwo was essen und dann einen Strandspa-
ziergang?«

Elke lächelte.

Rainer interpretierte das als Zustimmung. »Gut. Aber
erst muss ich duschen.«

Der Strand war menschenleer. Elke und Rainer spazierten am Meer Richtung Osten. Rechts von ihnen war eine
kleine Senke, in der sich etwas Wasser gesammelt hatte.
Sie gingen auf einer kaum wahrzunehmenden Erhö-
hung zwischen dieser Senke und den auflaufenden Wellen.

»Sollten wir nicht versuchen, auf die andere Seite zu
kommen«, fragte Elke besorgt. »Wenn das voll läuft,
dann ...«

»Mach dir keine Sorgen. Das ist doch nicht tief. Siehst
du.« Rainer machte einige Schritte in das flache Wasser.
»Höchstens, fünf, sechs Zentimeter.«

»Aber wenn die Flut ...«

»Quatsch. Wir haben Ebbe. Außerdem ist dieser Tümpel«, er zeigte in die Nebelwand vor ihnen, »da hinten
schon wieder zu Ende.«

Elke starrte angestrengt nach vorn. »Ich sehe nichts.«

»Komm weiter, glaub mir.«

Und Elke vertraute ihm.

Nach weiteren zwanzig Minuten sahen sie vor sich einen breiten Priel, durch den Wasser in die Senke strömte.

»Hier kommen wir nicht weiter«, stellte Rainer lakonisch fest. Und, nach einem Blick auf den Tümpel, der an dieser Stelle schon mindestens dreißig Zentimeter tief war, bemerkte er zerknirscht: »Da holen wir uns nasse Füße. Wir müssen zurück.«

»Ebbe, wie?« Elke konnte ein Grinsen nicht unterdrücken. »Sagtest du nicht eben ...«

»Ich weiß, was ich gesagt hab, verdammt noch mal«, unterbrach er sie. »Du musst nicht darauf herumreiten.«

»Wer reitet hier auf was herum?«, konterte seine Freundin. »Wenn du nicht immer alles besser wissen würdest, wären wir genau fünf Meter weiter da drüben und würden zusehen, wie die Flut kommt.«

»Wir werden schon nicht ertrinken. Lass uns gehen.«

»Das vermutlich nicht. Aber nass«, befürchtete Elke.

Sie sollte Recht behalten. Nachdem sie einen Weg von zehn Minuten Dauer in westliche Richtung zurückgelegt hatten, verhinderte auch da ein breiter Priel das Weiterkommen. Sie standen auf einer Insel. Vom noch trockenen Strand trennten sie inzwischen gute zehn Meter. Es blieb ihnen nichts anderes übrig, als ihre Schuhe und Strümpfe auszuziehen, die Hosen hochzukrempeln und bei minus zehn Grad mit bloßen Füßen durch das eiskalte Wasser zu waten. An einigen Stellen hatten schon sich dünne Eisschichten gebildet, die beim Zerbrechen schmerzhaft in ihr Fleisch schnitten.

»Wirklich eine tolle Strandwanderung. Vielleicht etwas kalt, aber sehr interessant. Besonders die Eisschollen. Mit der Unterscheidung von Ebbe und Flut müssen wir zwar noch ein wenig üben, aber als Wattführer bist du wirklich große Klasse«, maulte Elke, als sie sich mit ihrem Schal nach der erfolgreichen Durchquerung des Priels vorsichtig die schmerzenden Füße abtrocknete. »Ebbe. Das ist nicht lache!«

»Was soll ich jetzt machen? Mich aus Scham in selbstmörderischer Absicht in die Fluten stürzen? Es tut mir Leid, okay? Außerdem ist mir kalt.«

Seine Freundin hatte ihre Anziehprozedur bewältigt und musterte Rainer, der mit Jeans, die bis zu den Knien hochgekrempelt waren, den schweren Wanderschuhen in der Rechten und seinen Socken in der Linken im feuchten Sand stand und einen zutiefst unglücklichen Eindruck machte.

»Ich werde mir den Tod holen«, jammerte er und ähnelte in diesem Moment einem kleinen Jungen, der seinen Schnuller verloren hat und nach seiner Mama schreit.

Unwillkürlich musste Elke lachen. Rainer sah einfach hinreißend komisch aus. »Das wirst du bestimmt, wenn du dir nicht bald wieder die Schuhe anziehst.«

Sie stiefelten durch den Düneneinschnitt südlich Richtung *Wilhelmshöhe* und wanderten dann an der ersten Wegkreuzung nach Westen, ihrem Hotel entgegen.

»Lass uns im *Lütje Teehuus* noch etwas trinken«, schlug Rainer vor, als sie auf der Höhe der Tennisplätze angelangt waren. »Vielleicht ergattern wir ja den Tisch direkt am Kamin.«

Das älteste Haus der Insel, das früher Wilhelmine Marie Focker Raß und ihrer Tochter Ehmine, zwei Originale der Insel und zu ihrer Zeit bekannt wie die sprichwörtlichen bunten Hunde, als Wohnstätte gedient hatte, duckte sich am Janusplatz hinter den Dünen. Sie hatten Glück. Die Nischenplätze an den kleinen Fenstern mit Blick auf den Park waren zwar besetzt, der von ihnen favorisierte Tisch war aber noch frei. Sie setzten sich und rückten ihre Stühle näher ans Feuer. Mit einem leisen Knacken platzten die brennenden Holzscheite und schickten Wolken glimmender Teilchen durch den Kamin. Eine wohlige Wärme ging von den Flammen aus. Rainer orderte einen Grog, Elke entschied sich für Tee und einen friesischen Likör.

Kurz nachdem die Bedienung die Getränke gebracht hatte, ließ Rainers Handy Mozarts Kleine Nachtmusik ertönen – elektronisch verzerrt und ziemlich laut. Die anderen Gäste warfen ihnen missbilligende Blicke zu. Mit einem entschuldigenden Schulterzucken nahm Esch das Gespräch entgegen.

»Ach, Herr Brischinsky. Ja, ich bin ganz Ohr.« Dann sagte er für Minuten nichts mehr, sondern machte nur ein sehr überraschtes Gesicht. Er verabschiedete sich und verpackte das Telefon umständlich in der Innentasche seiner Jacke.

Elke beobachtete ihn ungeduldig. »Was ist nun?«, wollte sie wissen.

Rainer griff zur Revalpackung. »Über Wübber haben sie nichts Besonderes. Brischinsky konnte aber auch nicht sehr gründlich recherchieren, sagt er. Nur Routineabfragen.«

»Und dieser Steiner?«

Ihr Freund inhalierte tief und spielte mit dem ausströmenden Rauch. »Steiner ist wegen Anlagebetruges vorbestraft. Er hat naive Investoren damit geködert, für Büroobjekte in Ostdeutschland hohe Verlustzuweisungen in Anspruch nehmen zu können. Zwei Jahre ist das gut gegangen. Dann ist er aufgeflogen. Einer der Investoren ist nach Cottbus gefahren, um sich seine Büroetage anzuschauen. Es gab aber keine Büroetage. Es gab auch kein Bürohaus. Das waren alles reine Luftnummern. Die Gebäude existierten nur auf dem Papier. Steiner hat die Anleger um knapp zwei Millionen geprellt. 1996 ist er nach zwei Jahren wegen guter Führung vorzeitig entlassen worden. So, und jetzt kommt's: Steiner hatte einen Partner. Der ist in die ganze Sache mehr oder weniger reingeschliddert, deshalb musste er auch nur ein Jahr sitzen. Und jetzt rate, wer Steiners Partner war.«

»Wübber?«

»Quatsch. Dann gäbe es eine Akte über ihn.«

Elke dachte nach. »Sag bloß nicht, dein Mandant Dezcweratsky. Zuzutrauen wäre es ihm.«

»Auch Fehlanzeige.«

»Komm, jetzt lass mich nicht dumm sterben.«

»Halt dich fest: Schwiebus war es. Der hat die Werbeanzeigen im Auftrag Steiners geschaltet und die ersten Kontakte zu den Geldgebern hergestellt.«

»Schwiebus? Der kannte Steiner?«

»Ja.« Esch schlürfte den mittlerweile nur noch lauwarmen Grog. »Und weißt du, was ich inzwischen für möglich halte?«

»Woher?«, kam die prompte Antwort. Wer dumm fragt …

»Ich habe dir doch von dem Vertragsentwurf erzählt, der bei Schwiebus auf dem Tisch lag. Was wäre, wenn Schwiebus und Steiner das Geschäft mit dem Golfplatz alleine machen wollten? Aus alter Verbundenheit, gewissermaßen. Ohne Wübber und Dezcweratsky.«

»Und?«

»Vielleicht haben sie sich zerstritten und Steiner hat Schwiebus aus Wut im Affekt erschossen. Oder Wübber hat das Komplott der beiden entdeckt und deshalb Schwiebus umgenietet.«

»Dezcweratsky hat auch ein Motiv.«

»Genau.« Rainer entging Elkes spöttisches Lächeln. »Das heißt, natürlich hat nicht er selbst Schwiebus umgelegt, sondern jemand anderer.«

»Ein Auftragskiller, meinst du?«

»So in der Art. Oder …«

»Rainer!«

»Was ist?«

»Komm wieder auf den Teppich! Gut, Schwiebus und Steiner haben eine gemeinsame kriminelle Vergangenheit. Das ist aber noch lange keine einleuchtende Grundlage für deine wilden Spekulationen.«

Ihr Freund antwortete erst nicht. Stattdessen rührte er beleidigt in seinem Grogglas. Schließlich brummte er: »Ich werde aber die Kripo informieren. Möglich wäre es.«

Wenig später brachen sie auf.

24

Steiner war nicht in seiner Gaststätte im Loog und auch nicht zu Hause. Es war Altehuus, der den Gesuchten nach ein paar Telefonaten im *Kompass* aufstöberte. Langsam begann Buhlen, den Polizeiobermeister zu bewundern. Der Insulaner erledigte seine Arbeit ruhig, gelassen und völlig unspektakulär, ganz im Gegensatz zu vielen anderen Kollegen, die er kannte und die nur ihre eigenes berufliches Fortkommen im Sinn hatten. Wenn überhaupt.

Steiner war nicht sehr davon angetan, dass die beiden Kripobeamten in die Skatrunde platzten und sein Kreuzspiel ohne drei mit Kontra und Re störten. Genervt durch die polizeilichen Kiebitze hinter seinem Rücken verlor er mit neunundfünfzig Augen. Dieser Fehler wäre ihm, dem triumphierenden Gewinner zahlreicher Juister Skatturniere, normalerweise nicht unterlaufen. Entsprechend war er aufgelegt, als ihn die Beamten zum Verhör in die nahe gelegene Polizeiwache baten.

»Ja, natürlich kannte ich Schwiebus. Aber das wissen Sie doch ohnehin«, blaffte er trotzig auf Buhlens Frage.

»Haben Sie sich seit Ihrer Verurteilung wiedergesehen?«

»Natürlich. Hier auf Juist.«

»Wann?« Buhlen behielt Steiner aufmerksam im Auge.

»Einige Tage vor Weihnachten. Schwiebus wurde von Dezcweratsky telefonisch avisiert. Ich habe mich über die Namensgleichheit gewundert, aber nicht im Traum daran gedacht, dass der Mitarbeiter Dezcweratskys der Schwiebus ist, mit dem ich damals geschäftlich zu tun hatte.«

»So kann man es auch nennen«, meinte Müller.

»Also hatten Sie in all den Jahren keinen Kontakt?«

»Nein.«

»Hm. Und nach Ihrem Treffen vor Weihnachten?«

»Wie meinen Sie das?«

»Haben Sie Schwiebus danach noch mal getroffen?«

»Nein. Ich bin mit meiner Familie in den Urlaub gefahren. Zu meiner Schwester nach Berlin. Am ersten Weihnachtstag sind wir zurückgekommen.«

»Name und Adresse bitte.« Müller zückte sein Notizbuch.

»Ulrike Terrbach. Morapromenade 5. Das ist in Pankow. Kann ich jetzt wieder zu meinem Skatspiel zurück?«

Müller schüttelte den Kopf. »Noch nicht. Haben Sie mit Wübber über Schwiebus gesprochen?«

»Ich kann mich nicht erinnern. Mag sein, dass wir gelegentlich ...«

Buhlen unterbrach den Kneipenbesitzer. »Wir meinen nicht gelegentlich. Sondern sehr konkret. Am vorgestrigen Vormittag.«

»Vorgestern? Warten Sie ... Ja, ich habe mit Wübber telefoniert. Er hat mich angerufen, weil er wissen wollte, wie der weitere Verlauf der Bürgerversammlung war. Wir haben den Veranstaltungsort am Vorabend ja eher verlassen. Er hoffte, dass meine Freunde mir erzählt haben, wie ...«

»Und? Haben Ihre Freunde Ihnen etwas erzählt?«

»Ich hatte keine Gelegenheit gehabt, mich umzuhören.«

»Über Schwiebus haben Sie während Ihres Telefonats mit Wübber nicht gesprochen?«

Steiner sah Buhlen nachdenklich an. »Schwiebus? Nein, da bin ich mir ganz sicher.«

»Wübber hat uns aber was anderes erzählt.«

Steiners Selbstsicherheit geriet ins Wanken. »Wübber hat Ihnen das ... Aber warum ...?«

»Haben Sie nun über Schwiebus gesprochen oder nicht?«

Steiner straffte sich. »Nein. Ich bin ganz sicher. Das haben wir nicht.«

»Was haben eigentlich Sie vorgestern Morgen gemacht?«, fragte Buhlen unvermittelt.

Steiner brauste auf und erhob sich halb vom Stuhl. »Verdächtigen Sie etwa mich?«

»Beantworten Sie bitte die Frage.«

Ihr Gegenüber sank zurück auf den Sitz. Man sah Steiner an, wie es in ihm arbeitete. Seine Stirn legte sich in Falten, er blickte unruhig erst auf Buhlen, dann auf Müller, der mit dem gezückten Bleistift in der Hand auf Antworten wartete.

»Bis zum Anruf Wübbers war ich in meiner Gaststätte.«

»Kann das jemand bezeugen?«

»Natürlich. Meine Frau.«

Buhlen murmelte etwas Unverständliches. »Und dann?«

»Bin ich ins Dorf gefahren. Zum Einkaufen. Gegen eins war ich wieder zurück.«

»Wo waren Sie einkaufen?«

»In der *Speisekammer*. Dort hatte meine Frau Fleisch bestellt. Dann habe ich bei *Ihr Platz* noch Reinigungsmittel besorgt. Dann bin ich wieder ... Nein, das ist falsch. Ich war noch im *Kompass* auf ein Bier und habe mich mit dem Wirt unterhalten. Schließlich wollte ich Wübbers Informationsbedürfnis befriedigen.«

»Verstehe. Und anschließend?«

»Bin ich wieder nach Hause.«

»Mit dem Rad?«

»Mit dem Rad.«

»Hat Sie jemand gesehen?«

Steiner überlegte einen Moment und antwortete dann. »Natürlich. Hein Elbers. Er wohnt an der Billstraße. Ich habe mit ihm ein paar Worte gewechselt. Das war um halb eins.«

»Woher wissen Sie das so genau?«, fragte Müller verwundert.

»Hein wurde von seiner Frau zum Essen gerufen, während wir uns unterhielten. Er hat auf die Uhr gesehen und eine spöttische Bemerkung über die Marotte seiner Frau gemacht, das Mittagessen täglich zur selben Zeit auf den Tisch zu bringen. ›Immer um halb eins‹, hat er zu mir gesagt. ›Da kannste die Uhr nach stellen.‹ Etwa zehn Minuten später war ich wieder daheim.«

»Haben Sie Ihr Haus an diesem Tag noch einmal verlassen?«

Steiner schüttelte den Kopf.

Buhlen sah seinen Kollegen an. Der nickte. »Gut. Herr Steiner, Sie können gehen. Aber bitte halten Sie sich zu unserer Verfügung.«

Als Steiner das Büro verlassen hatte, fragte Buhlen: »Nun?«

»Einer lügt.«

»Aber wer?«

Müller zuckte mit den Schultern und ging ins Nebenzimmer, um nach dem Faxgerät zu sehen. Er kehrte mit einigen Blättern zurück, die er vor sich auf den Tisch warf. »Die Berichte über Favre, Wübber und seine Tochter.« Dann griff er zum obersten Blatt. »Marlies Wübber«, las er vor. »Geboren am …«

Weiter kam er nicht. Jemand schellte Sturm. Müller fluchte, legte die Notiz zurück auf den Tisch und öffnete.

151

Vor ihm stand völlig aufgelöst Elke Schlüter. »Bitte kommen Sie schnell«, stammelte sie. »Rainer wurde überfallen.«

25

»Sie wünschen?«, fragte Hans Wübber den Mann, der an die Tür seines Hotelzimmers geklopft hatte.

»Ich bin François Favre.«

»Und?«

»Hat Marlies nichts von mir erzählt?«

Wübber zuckte zusammen. »Sie kannten meine Tochter?«

»Wir waren verlobt!«

Für einen Moment sah es so aus, als ob der Teehändler dem jungen Mann die Tür vor der Nase zuschlagen würde. Dann aber bat er ihn doch in das Zimmer.

»Nehmen Sie Platz. Sie sagen, Sie wären mit Marlies verlobt gewesen? Davon wusste ich nichts.«

Favre knöpfte seinen Mantel auf und ließ sich in einen der Sessel fallen. »Ihre Frau aber. Wir haben uns im Frühsommer auf einer Party getroffen und uns ineinander verliebt. Auf den ersten Blick, wenn ich diese Phrase benutzen darf.«

»Hat meine Frau Ihnen ...?«

Favre nickte. »Marlies hat sich nicht mehr bei mir gemeldet. Da habe ich mir natürlich Sorgen gemacht.«

Der Teehändler ging zum Tisch und goss sich aus der dort stehenden Flasche einen Scotch ein, bot aber Favre nichts an. Wübber nippte am Glas und setzte sich ebenfalls. »Sie kannten sich erst seit dem Sommer?«

»Seit Mai, um genau zu sein.« Der Schweizer holte aus seiner Tasche eine Packung Zigarillos hervor.

»Bitte rauchen Sie hier nicht«, bestimmte Wübber.

Favre zog die Mundwinkel nach unten, sagte aber nichts.

Der Teehändler nahm einen tiefen Schluck. »Dann haben Sie sie also geschwängert?«

Der Schweizer riss die Augen auf, klappte den Mund zweimal auf und zu und stotterte: »Wieso schwanger? Ich meine, sie hat doch die Pille ...« Dann hatte er sich wieder gefangen. »Nein, davon wusste ich nichts.«

»Sie war im dritten Monat.«

»O Gott!«

Wübber schenkte sich noch ein Glas ein. »War das Kind von Ihnen?«

»Ja, das heißt ...«

»Sie wissen es nicht?«

»Nein, nicht definitiv. Dürfte ich auch ...?«, fragte Favre und zeigte auf die Flasche.

»Wie? Ach so, natürlich. Entschuldigen Sie.« Wübber schüttete einen weiteren Whiskey ein und reichte Favre das Glas. »Dann hat sie Ihnen nichts davon gesagt?«

Sein Gegenüber schüttelte stumm den Kopf.

»Das sieht ihr ähnlich.«

»Ich verstehe das nicht. Sie wollte noch kein Kind, hat sie mir immer vorgehalten. Dafür fühle sie sich zu jung. Später vielleicht. Aber noch nicht jetzt. Sind Sie sicher? Ich meine, woher ...?«

»Die Kripo.«

»Ach so.«

Beide fixierten für einige Momente ihre Whiskeygläser. Dann brach der jüngere Mann das Schweigen: »Unsere Heirat war für das Frühjahr geplant.«

Wübber verzog schmerzlich das Gesicht.

»Sie wollte unbedingt auf Juist getraut werden. Sie hat die Insel so geliebt. Und jetzt ...« Der Schweizer sprach nicht weiter.

»Marlies hat mir nie von Ihnen erzählt.«

Favre hob die Augenbrauen. »Nein?«

»Nein.«

Er zuckte mit der Schulter. »Sie wissen ja, wie sie war.«
Der Teehändler schwieg.

»Hat die Kripo schon eine Spur?«

»Marlies hat sich zwei-, dreimal in einer Kneipe mit einem Mann getroffen. Als die Polizei ihn befragen wollte, ist er geflüchtet. Er könnte der Täter sein. Aber er ist tot.«

»Tot?«

»Ja. Erschossen. Stand heute in der Zeitung.«

»Selbstmord?«

»Die Polizei scheint von Mord auszugehen.«

»Mord?« Favre hielt Wübber das leere Glas hin. »Könnte ich noch einen …«

Wübber goss nach.

»Besteht ein Zusammenhang mit Marlies' Ermordung?«

»Was weiß ich.«

»Haben Sie schon Pläne für die Beerdigung? Ich meine …«

Der Ältere unterbrach ihn barsch. »Ihre Leiche wurde noch nicht freigegeben. Sie wird in Bremen beigesetzt. Im Familiengrab meiner Frau. In aller Stille im engsten Familienkreis.«

»Und wann?«

»Ich sagte: Im engsten Familienkreis!«

Favre schluckte diese Brüskierung. »Hat die Polizei etwas gefunden?«

»Das müssen Sie sie schon selbst fragen.«

»Einen Brief vielleicht?«

»Worauf wollen Sie hinaus?«

»Oder ein Testament?«

»Wie kommen Sie darauf?«

»Ich habe mich bei dem einzigen Notar auf der Insel

erkundigt. Dort wurde kein Testament hinterlegt. Marlies wollte testieren. Das hatte sie mir versprochen.«

Wübber hatte sein Glas abgestellt und war aufgestanden. Langsam näherte er sich dem Schweizer. »Daher weht der Wind. Sie sind gekommen, um abzukassieren!«

Favre wehrte ab. »Nein, nein! Das haben Sie falsch verstanden. Ich ...«

Wübber baute sich vor ihm auf. Seine Stimme war leise und eiskalt. »Sie werden von dem Geld keinen einzigen Fränkli erhalten, das verspreche ich Ihnen. Nicht einen! Und jetzt verschwinden Sie, aber schnell! Wenn Sie sich noch einmal erdreisten sollten, in meine Nähe zu kommen, werde ich ungemütlich.«

Favre stand auf. »Sie drohen mir? Ausgerechnet Sie? Ich wäre an Ihrer Stelle etwas vorsichtiger. Marlies hat mir erzählt, wie Sie früher ...«

»Was?«, brauste Wübber noch mehr auf.

»Das wissen Sie doch selbst. Ich habe ihr geraten, zur Polizei zu gehen, aber sie wollte nicht. Jetzt kann sie es ja nun leider nicht mehr tun. Aber ich könnte. Es sei denn ...«

»Es sei denn, was?«

»Es sei denn, es findet sich doch noch ein Testament. Oder eine von Ihnen unterschriebene Schenkungsurkunde.«

»Sie Schwein! Verschwinden Sie, sofort!«, krächzte Wübber mit belegter Stimme.

Favre trank sein Glas leer. »Bemühen Sie sich nicht. Ich finde alleine hinaus. Denken Sie über meinen Vorschlag nach.«

»Raus!« Wübber bebte vor Zorn.

Favre hatte die Zimmertür bereits geöffnet. »Ich setze mich mit Ihnen in Verbindung«, sagte er und verschwand auf dem Hotelflur.

155

26

»Kommen Sie, schnell. Bitte!«

»Was ist passiert?«, fragte Müller.

Es sprudelte nur so aus Elke heraus: »Wir waren auf dem Weg ins Hotel und gingen über die Strandpromenade. Der Wind hatte meine Mütze vom Kopf gepustet und ich lief hinter ihr her. Deshalb war ich etwa zwanzig Meter von Rainer entfernt, als plötzlich aus den Dünen vier vermummte Männer hervorsprangen und sich drei von ihnen auf Rainer stürzten. Der vierte kam auf mich zu und Rainer rief mir zu, ich solle weglaufen und Hilfe holen.« Schwer atmend stützte sie sich am Türrahmen ab. Dann griff sie Müllers Hand. »Nun kommen Sie. Schnell!«

Der Kommissar wollte seinen Mantel holen und drehte sich um. Dabei stieß er fast mit der massigen Gestalt Altehuus' zusammen, der schon zur Tür gekommen war und fragte: »Wo auf der Strandpromenade?«

»In der Nähe des Spielplatzes, bei den Toiletten.«

Altehuus stürmte aus der Wache. Müller hielt Elke fest, die dem Oberwachtmeister folgen wollte.

»Sie bleiben hier. Pass auf sie auf«, rief er Buhlen zu, griff nach seinem Mantel und beeilte sich, dem Juister Beamten zu folgen. Der hatte zwanzig Meter Vorsprung und bog schon um die nächste Straßenecke. Müller spurtete los. Nach etwa dreihundert Metern konnte er nicht mehr. Seine Lunge schien zu zerspringen und er spürte seinen Herzschlag bis zum Hals. Schnaufend blieb er stehen. Altehuus dagegen lief mit regelmäßigen, raumgreifenden Schritten weiter.

»Warten Sie nicht auf mich«, krächzte Müller ihm nach. »Ich brauche nur einen Moment ...« Altehuus war zwar gut zwanzig Jahre älter und ebenso viele Kilo schwerer als er, ihm schien aber dieser Lauf nichts auszumachen. »Muss an der Seeluft liegen«, keuchte Müller, atmete mehrmals tief durch und verfiel wieder in einen leichten Trab.

Zehn Minuten später hatte auch der Kommissar die Strandpromenade erreicht. Rainer Esch stand neben POM Altehuus, der ihn stützte.

Müller sah mitleidig in Rainers ramponiertes Gesicht. Dessen Lippe war an einer Stelle aufgeplatzt. Das rechte Augenlid war geschwollen, ein Veilchen schien hier seinen Anfang zu nehmen. Der Anwalt hielt sich den Knöchel einer Hand. Der linke Daumen war seltsam abgespreizt. »Sieht ja übel aus.«

Ungehalten antwortete der Anwalt: »Stimmt. Wir wurden überfallen. Und ich zusammengeschlagen. Aber ich habe mich gewehrt. Einer von denen dürfte ein ziemlich zermatschtes Nasenbein haben. Allerdings«, Rainer sah schmerzverzerrt auf seinen Daumen, »ist mir auch etwas kaputtgegangen. Mist.«

Altehuus schaltete sich ein. »Drei Männer haben sich mit ihm geprügelt, einer stand Schmiere. Als der mich sah, hat er seine Kumpanen gewarnt und sie haben Fersengeld gegeben.«

»Haben Sie einen der Täter erkannt?«, fragte Müller den Anwalt.

»Nee. Die hatten sich Skimützen über das Gesicht gezogen.« Rainer ließ seinen Arm los und kramte mit der rechten Hand in der Jackentasche nach seinen Zigaretten. Er wollte mit der linken auf die Packung klopfen, verzog nach dem ersten Versuch jedoch schmerzhaft das Gesicht. »Verdammt. Würden Sie bitte ...« Er reichte Müller die Schachtel, der für ihn eine Zigarette herausholte und ihm Feuer gab. »Danke.« Rainer inhalierte tief. »Ich Idiot bin selbst schuld. Anfangs waren die Kerle ja noch halbwegs friedlich. Sie haben mich bedroht, aber nicht geschlagen. Ich solle machen, dass ich nach Deutschland zurückkäme, und die Finger von den

Grundstückskäufen lassen, haben sie gefordert. Sonst ...«

»Nach Deutschland zurück?«, wunderte sich der Kommissar. »Was soll das denn?«

»Juister nennen das Festland manchmal so«, erklärte Altehuus. »Die Täter stammen bestimmt von der Insel.«

»Eigenartige Gebräuche. Was haben sie Ihnen angedroht?«

»Sie meinten, es würde meiner Freundin nicht gut bekommen, wenn ich bliebe. Da bin ich durchgedreht und habe den, der mir am nächsten stand, ins Gesicht geschlagen. Dabei ist wohl der Daumen in Mitleidenschaft gezogen worden. Na ja, und dann hat sich der Kerl gewehrt. Hätte ich auch gemacht. Aber das auch noch die anderen zwei ... Gegen drei hatte ich keine Chance.«

»Wir bringen Sie zum Arzt«, bestimmte Müller. »Und dann nehmen wir die Anzeige auf.«

»Ich will gar keine Anzeige erstatten«, widersprach Rainer.

»Aber Sie wurden überfallen!«

»Ach was. Die wollten mir nur Angst einjagen. Wenn ich nicht um mich geschlagen hätte, wäre nichts passiert.«

»Es handelt sich um ein Offizialdelikt. Das muss ich Ihnen doch nicht erklären, oder?«

»Das müssen Sie nicht. Aber wenn die Staatsanwaltschaft wirklich bei jedem solcher Bagatelldelikte Anzeige erstatten würde, müssten die Steuern noch weiter erhöht werden, damit die erforderlichen Richter bezahlt werden könnten.«

Müller musste grinsen. »Wie Sie meinen. Aber auf dem Arztbesuch bestehe ich.«

Rainer hob die Schultern.

Altehuus erkundigte sich besorgt: »Können Sie laufen?«

»Was denken Sie denn?«

Der Polizeiobermeister legte seinen Arm auf Rainers Schultern. »Na, dann kommen Sie mal.« Und leise setzte er hinzu: »Das war nett von Ihnen, auf die Anzeige zu verzichten.«

Rainer schrie vor Schmerzen auf, als der Arzt das herausgesprungene Daumengelenk mit einem kurzen Ruck wieder in die richtige Position brachte.

»Hätten Sie mir nicht vorher eine Spritze geben können?«, stöhnte er, als der Doktor die Hand bandagierte.

»Wegen einer solchen Kleinigkeit?«, wunderte sich der Mediziner und träufelte mit einem Tupfer Jod auf Eschs Lippe. Rainer zuckte erneut zusammen. Vermutlich behandelte dieser Metzger sonst nur die kaltblütigen Gäule der Insulaner.

»Die Augenbraue sollten Sie kühlen. Das lässt die Schwellung zurückgehen. In zwei, drei Tagen können Sie die Bandage abnehmen.«

Mit einem freundlichen Schulterklopfen entließ ihn der Arzt ins Wartezimmer, wo Elke auf ihn wartete.

»Küssen fällt ja wohl bis auf weiteres aus«, bemerkte sie, als sie ihn sah.

»Streicheln auch«, knurrte Rainer und hob die verletzte Hand. »Ich habe Hunger. Und ich will was zu trinken.«

Es war ungewohnt für Rainer, sich das Filetsteak und die Kroketten von Elke zerteilen zu lassen, dafür konnte er aber den Absacker in der Hotelbar ohne Unterstützung zu sich nehmen. Sie hatten neue Brandys geordert, als sie von hinten angesprochen wurden.

»Moin«, brummte Enno Altehuus und setzte sich auf den freien Barhocker neben die beiden. »Störe ich?«

»Eigentlich …«, setzte Rainer an, wurde aber von Elke schnell unterbrochen: »Nein, überhaupt nicht.«

»Dann ist ja gut.« Altehuus bestellte ein Bier. »Ich war lange nicht mehr im *Achterdiek*. Wirklich nett hier.«

»Ja«, antwortete Elke.

Von Rainer war lediglich ein »Hm« zu hören.

Der Polizist deutete auf Rainers Verletzungen: »Tut's noch weh?«

»Es geht. Danke der Nachfrage.«

Schweigen. Rainer warf Elke fragende Blicke zu, die diese mit einem angedeuteten Achselzucken quittierte.

Altehuus trank sein Bier und bestellte ein neues Glas. Dann sagte er zu Rainer: »Wirklich ein feiner Zug von Ihnen, dass Sie auf die Anzeige verzichtet haben.«

»Ich sagte ja bereits, dass ohne meine Gegenwehr ...«

»Die Jungs haben das nicht so gemeint, glauben Sie mir.«

»Woher ...?«

»Ich hatte gleich einen Verdacht. Und Ihr Hinweis auf die Nase Ihres Gegners ... Ich musste nicht lange suchen. Noch einen Brandy?«

»Nein, lieber einen Wein.«

Elke schloss sich an. Der Barkeeper brachte das Gewünschte.

»Ich hab einen von denen mitgebracht. Ich denke, Sie sollten mit ihm reden.«

Altehuus ging ein paar Schritte nach hinten, winkte und kehrte dann an die Bar zurück.

Christian Hanssen trat in das Blickfeld der Anwälte.

»Beachtlich«, rutschte es Rainer heraus, als er seinen Kontrahenten näher kommen sah. »Der sieht ja noch schlimmer aus als ich.«

Hanssens Nase hatte die Form einer kleinen Kartoffel angenommen, einer grün-violetten Kartoffel.

»Moin«, begrüßte sie der Umweltschützer verlegen. »Herr Esch ... Also, ich ... äh ... Es tut mir Leid.«

Rainer erinnerte sich seine früheren Prügeleien mit Burschenschaftlern und Neonazis und beschloss, generös zu sein. »Geschenkt.« Ihn wurmte allerdings mächtig, dass er sich in den Augen der Bürgerinitiativler anscheinend auf der anderen Seite der Barrikade befand.

»Wir wollten Sie nicht verletzen, bitte glauben Sie mir. Sie sollten nur Ihre Finger von den Grundstücken lassen.«

»Hat sich ohnehin erledigt.«

»Dann arbeiten Sie nicht mehr für diesen Investor aus dem Ruhrgebiet?«

»Was die Grundstücke auf Juist angeht: nein.«

»Die Anzeige ... Sie überlegen es sich nicht noch anders?«

Rainers geschwollene Lippen verzogen sich zu einem schiefen Grinsen. »Was für eine Anzeige?«

»Danke!«

POM Altehuus stand auf, nickte Elke und Rainer zu und verließ mit Christian Hanssen im Schlepptau die Hotelbar.

Damit war die erste und einzige militante Aktion der Juister ›Bürgerinitiative gegen den Golfplatz‹ Geschichte.

27

Kommissar Buhlen wedelte mit einigen Blättern Papier, als sein Kollege Günter Müller später am Abend die Wache betrat.

»Ich habe die Dossiers gelesen. Interessante Lektüre.«

»Wieso?«

»Marlies Wübber wurde als Marlies Stegender geboren. Ihr Vater war früher der Kompagnon von Wübber. Drei Jahre nach ihrer Geburt kam es zu einem Unfall, bei dem Peter Stegender, ihr leiblicher Vater, umkam.«

»Was für ein Unfall?«

»Peter Stegender, seine Frau Sibylle und Hans Wübber waren 1983 gemeinsam in einem Wochenendhaus der Stegenders in den Schweizer Alpen. Während Wübber und Sibylle Stegender spazieren gingen, schoss sich

Stegender beim Reinigen seiner Schrotflinte in die Brust. Die beiden haben den Toten nach ihrer Rückkehr gefunden. So die offizielle Version. Es gab einen Anfangsverdacht gegen Sibylle Stegender und Hans Wübber wegen Totschlags oder auch Mordes, die Ermittlungen wurden jedoch wenig später eingestellt.«

»Worauf gründete sich der Verdacht?«

»An der Waffe waren verwischte Fingerabdrücke. Sie stammten von Wübber. Der hat das damit erklärt, dass er das Gewehr am Vortag vom Fahrzeug in das Haus getragen habe und die Waffe ihm dabei in den Schmutz gefallen sei. Er habe sie lediglich provisorisch mit einem Lappen gereinigt. Stegender wollte die Flinte am nächsten Tag angeblich zerlegen und gründlich säubern. Sibylle Stegender hat diese Aussage bestätigt. Misstrauisch wurden die Kollegen der Schweizer Polizei deshalb, weil Zeugen gesehen haben wollten, dass es zwischen Sibylle Stegender und Hans Wübber am Abend vor dem Unglück bei einem Restaurantbesuch zum Austausch von Zärtlichkeiten gekommen war. Peter Stegender sei erst später in der Gaststätte erschienen. Kurz darauf habe es einen heftigen Streit zwischen den dreien gegeben. Ein Jahr später trugen die Haupterbinnen Sibylle Stegender und ihre Tochter Marlies den Namen Wübber. Und der war damit Alleininhaber der Firma. Aber, wie gesagt, die Ermittlungen verliefen im Sand.«

»So was kommt vor.«

»Das ist aber noch nicht alles: 1975 gab es schon einmal ein Ermittlungsverfahren gegen Wübber. Wegen versuchter Vergewaltigung. Eine 15-jährige Auszubildende hatte ihren Chef beschuldigt, dass er ihr unter den Rock gefasst habe. Später hat sie ihre Behauptung zurückgezogen. Es gab damals Gerüchte, dass ihr der Aussageverzicht mit einem größeren Geldbetrag erleichtert worden sei.«

»Das Verfahren wurde eingestellt?«

Dieter Buhlen nickte. »Klar.«

»Geld regiert die Welt. Womit wir beim Thema wären: Weißt du Näheres über die Millionenerbschaft?«

»Nein.«

»Ich finde, es ist an der Zeit, Wübber danach zu fragen.«

»Einverstanden.«

Müller kratzte sich am Kopf. »Haben wir schon eine Antwort wegen Wübbers Waffe?«

»Ich habe vor einer Stunde nachgehakt. Das Gespräch war nicht sehr ergiebig. Die Kollegin in Bremen hat mich daran erinnert, dass wir morgen Silvester haben. Da der Jahreswechsel unmittelbar bevorstünde, seien die Dienststellen nur mit Notbelegschaft besetzt. Und so eine Routineabfrage hätte ja schließlich Zeit bis übermorgen.«

»Wem sagt sie das«, stöhnte Müller. »Und was ist mit Schwiebus?«

»Wir haben nicht nur die Aussage Steiners, sondern jetzt auch die schriftliche Bestätigung, dass Eschs Informationen über die früheren Komplizen Steiner und Schwiebus stimmen.«

»Haben wir Anhaltspunkte dafür, dass sich Wübber und Schwiebus von früher kannten?«

»Keine.«

Altehuus schob seine massige Gestalt durch die Tür. »Moin. Hein bestätigt, Steiner getroffen zu haben.«

»Wer?«, fragten die beiden anderen wie aus einem Mund.

»Hein Elbers. Von der Billstraße. Ich habe ihn eben zufällig auf der Straße getroffen und gefragt. Er hat sich mit Schwiebus vor seinem Haus etwa eine halbe Stunde unterhalten. Bis gegen halb eins. Und vorher war Steiner in der *Speisekammer*. Der Kassierer hat mir das bestätigt.«

»Aha. Wie lange benötigt man mit dem Rad von Steiners Kneipe bis zu dem Haus, in dem Schwiebus gefunden wurde?«, erkundigte sich Buhlen.

»Hängt vom Wind ab. Fünfzehn, zwanzig Minuten vielleicht.«

»Steiner hat ausgesagt, dass er bis zum Anruf Wübbers in seiner Gaststätte war. Das Gespräch war gegen zehn, wenn man Wübber glauben darf. Um halb eins traf Steiner diesen Elbers. Geben wir ihm eine halbe Stunde für den Weg. Bleiben noch zwei Stunden. In dieser Zeit hat er das bestellte Fleisch im Supermarkt abgeholt. Das dauert ...«

»... eine halbe Stunde. Höchstens«, warf Müller ein.

»Dann hätte er noch neunzig Minuten Zeit gehabt, um zur Ferienwohnung von Schwiebus zu fahren und um halb eins Hein Elbers zu treffen. Geht das?«, fragte er Altehuus.

»Problemlos.«

»Ein hieb- und stichfestes Alibi würde ich das somit nicht gerade nennen«, bemerkte Buhlen. »Wir müssen uns darum kümmern. Vielleicht hat jemand Steiner in der Nähe des Tatortes gesehen?«

»Ich erledige das.« Altehuus gähnte herzhaft. »Aber erst morgen. Ist schon spät«, sagte er nach einem Blick auf seine Uhr.

»Wir sollten dafür sorgen, dass weder Wübber noch Steiner die Insel verlassen können«, meinte Müller.

»Wir haben Packeis. Und Nebel«, erinnerte Altehuus.

»Trotzdem. Informieren Sie bitte den Flugplatz. Sie sollen sich sofort mit uns in Verbindung setzen, falls einer der beiden auf dumme Gedanken kommt.«

»Was ist eigentlich mit Wübbers Handkarren?«, erkundigte sich Buhlen.

»Vom Erdboden verschluckt. Wir wissen noch nicht einmal, wie das verdammte Ding eigentlich aussieht.

Wir sollten die Nachbarn befragen.« Müller schaute zu Altehuus.

Der Insulaner nickte. »Bis dann. Moin.« Er stampfte aus der Wache.

»Moin«, rief ihm Dieter Buhlen nach.

Müller sah ihn erstaunt an. »Moin? Eher wohl: gute Nacht. Gehen wir auch?«

»Später. Hör dir erst noch die restlichen Informationen an. François Favre ist für uns ein unbeschriebenes Blatt. Die Auricher Kollegen haben in der Schweiz nachgefragt, eine Antwort steht aber noch aus. Wie auch das Ergebnis der Überprüfung seines Alibis für den 20. Dezember.«

»Wann können wir damit rechnen?«

»Keine Ahnung. Weiter: Die Telekom hat uns den Einzelgesprächsnachweis der Telefonate überlassen, die mit Marlies Wübbers Handy geführt wurden.«

»Und?«

»Sieh es dir an.« Buhlen schob ein Blatt über den Tisch.

»Sie hat das Ding ja kaum benutzt«, wunderte sich Günter Müller. »Eine Neunzehnjährige, weit fort von ihren Freunden, führt in drei Wochen nur acht Gespräche?« Er sah wieder auf den Papierbogen. »Drei Gespräche gingen in die Schweiz. Sie hat zweimal mit ihrer Mutter und einmal mit diesem Erbschleicher telefoniert. Wer ist Constanze Freifrau zu Immerlhausen?«

»Eine Freundin in der Schweiz.«

»Warum kenne ich niemanden mit einem so beeindruckenden Namen?«

»Keine Ahnung. Verkehrst vermutlich in den falschen Kreisen. Ich habe sie jedenfalls angerufen.«

»Und?«

»Nichts und. Sie hat aufgelegt, kaum dass ich sie nach Marlies Wübber gefragt habe. Sie hielt mich für einen

Sensationsjournalisten. Jetzt bekommt sie Besuch von den Schweizer Kollegen.«

»Und die restlichen Telefonate ... Eigenartig. Warum hat sie relativ häufig in der *Spelunke* angerufen?«

»Das habe ich mich auch gefragt. Vielleicht wollte sie sich dort mit jemandem treffen und hat sich erkundigt, ob dieser Jemand anwesend war?«

»Möglich. Schwiebus?«

»Vielleicht. Obwohl: Esch hat ausgesagt, dass Schwiebus seit dem 18. Dezember auf Juist war. Das erste Gespräch mit der *Spelunke* wurde aber schon am 15. Dezember geführt. Dann eins am nächsten Tag. Und erst die letzten zwei Telefonate fanden statt, als Schwiebus schon auf der Insel war.«

»Was ist, wenn Eschs Informationen falsch sind?«

»Wir sollten seinen und Schwiebus' Auftraggeber befragen. Nur: Schwiebus hatte auch ein Handy. Wenn sich Marlies Wübber mit ihm verabreden wollte, warum ruft sie ihn nicht direkt an?«

»Gute Frage.«

»Sag ich ja. Mich beschäftigt noch etwas anderes: Nach Auskunft der Telekom sendet das Gerät seit dem 20. Dezember kein Signal mehr.«

»Vielleicht ist der Akku leer?«

»Und wo ist das Teil? In der Wohnung war es nicht. Wenn Marlies Wübber ihr Handy nicht einfach verloren hat, wo ist es?«

Müller dachte nach. »Denkbar wäre, dass ihr Mörder das Gerät mitgenommen hat.«

»Aber warum? Heute weiß doch jedes Kind, dass alle angerufenen Telefonnummern gespeichert werden.« Buhlen schüttelte den Kopf. »Nein, das ist es nicht.«

»Vielleicht ging es um das Telefonverzeichnis?«, schlug sein Kollege vor.

»Na klar! Das ist es! Spekulieren wir: Der Mörder weiß, dass seine Nummer im Verzeichnis gespeichert ist, und will das vertuschen. Also nimmt er das Teil mit. So könnte es gewesen sein.«

»Wir sollten uns in der *Spelunke* nach den Anrufen erkundigen.«

»Das ist eine gute Idee. Komm, gehen wir.« Buhlen stand auf.

Müller schaute auf seine Armbanduhr. »Das ist nicht dein Ernst. Es ist nach elf!«

»Na und? Außerdem soll es in dem Laden um diese Uhrzeit erst richtig abgehen.«

Verqualmte, warme Luft, ein hoher Gesprächspegel und dröhnende Musik schlug ihnen entgegen, als sie die Tür zur *Spelunke* öffneten. Nach wenigen Schritten endete ihr Versuch, bis zur Theke vorzudringen, an einem Wall aus eng nebeneinander stehenden Körpern.

»Sollen wir nicht lieber morgen früh ...«, brüllte Müller seinem Kollegen zu.

»Was?«, schrie der zurück.

Müller winkte ab. Buhlen betätigte sich als Wellenbrecher und schob sich durch das Menschenmeer. Wolfgang Petry unterhielt die Gäste mit einem seiner Stimmungssongs.

»Hi«, rief eine Brünette mit ausladender Oberweite Buhlen zu, als der gegen ihren Körper gedrückt wurde. »Nett hier, oder?«, jauchzte sie in sein Ohr und beugte sich dabei nach vorn. Buhlen konnte so einen erhellenden Blick in ihren Ausschnitt werfen. Gleichzeitig ergoss sich der Inhalt ihres Bierglases über sein Hemd.

»Verdammte ...«

»Hölle, Hölle, Hölle«, grölten die Kneipenbesucher den Refrain des Liedes.

Der Kommissar wollte sich wieder der Brünetten zuwenden, als vor ihm zwei Gäste zur Seite traten und so ein Spalt frei wurde. Müller drückte von hinten, jemand schob von rechts, ein anderer zerrte an seiner linken

Seite und plötzlich stand Dieter Buhlen vor der Theke und sein Kollege neben ihm.

»Das ist hier ja die ...«

»Hölle, Hölle, Hölle«, sekundierten feuchtfröhlich die anderen Gäste.

»Ja?« Einer von der Thekencrew sah sie interessiert an.

»Zwei Bier«, schrie Buhlen. Und da er sich nicht sicher war, ob er verstanden worden war, hielt er zwei Finger hoch und zeigte gleichzeitig mit der anderen Hand auf eines der Gläser auf der Theke.

Die Bedienung nickte. Unmittelbar darauf servierte der Mann ihre Getränke. Der Kommissar schob ein Glas weiter zu seinem Kollegen und winkte den Kellner näher zu sich heran. »Ich möchte Sven sprechen. Ist der da?«

»Einen Moment.«

Günter Müller versuchte erst gar nicht, dem Dialog zu folgen, und richtete stattdessen seine Aufmerksamkeit auf die Blondine neben ihm.

Sven tauchte wenig später aus dem Raum hinter der Theke auf. »Bitte?«, fragte er, drehte seinen Kopf zur Seite und wandte Buhlen sein Ohr zu, um ihn besser verstehen zu können.

»Sie wissen, wer wir sind?«

Sven nickte.

»Können Sie sich an die Anrufe erinnern, die zwischen dem 15. und 19. Dezember bei Ihnen eingingen?«

Sven schaute den Kommissar mit einem Blick an, der Buhlen zunächst vermuten ließ, nicht verstanden worden zu sein.

Er wollte gerade zu einer Erklärung ansetzen, als Sven antwortete: »Hier rufen jeden Abend Dutzende von Leuten an. Sehen Sie sich doch um. Wir arbeiten von zehn bis eins mit mindestens vier Mann. Da geht der ans Telefon, der gerade eine Hand frei hat. Völlig ausgeschlossen, sich an alle Anrufer zu erinnern.«

»Es war eine Anruferin.« Buhlen gab noch nicht auf. Sven schüttelte energisch den Kopf. »Bei dem Lärm hier ... Wir verstehen ja kaum unser eigenes Wort ... Vergessen Sie's.«

Der Kommissar resignierte. Bei diesem Geräuschpegel war an eine vernünftige Vernehmung nicht zu denken. Müller hatte Recht gehabt. Sie hätten ins Bett gehen sollen. Frustriert sah er sich um. Sein Kollege hatte sein Gesicht im Haar einer blonden Schönheit vergraben und war anscheinend sehr intensiv in ein Gespräch vertieft. Zwei Kellner balancierten Getränketabletts hoch über den Köpfen durch die Reihen der Gäste. Plötzlich spürte er eine Hand auf seiner Schulter. Er drehte sich zur Seite.

Die Brünette strahlte ihn an. »Hi«, hickste sie, »haben wir uns nicht schon einmal gesehen?«

Buhlen wandte sich ihr zu und versuchte ein charmantes Lächeln. Warum eigentlich nicht, dachte er.

»Hölle, Hölle, Hölle!«, jubelte die Menge.

28

Enno Altehuus betrat am Silvestermorgen gegen sieben Uhr den Wachraum und wunderte sich etwas, dass seine Kollegen von der Kriminalpolizei noch nicht im Dienst waren. Er setzte Wasser auf und bereitete einen Tee zu, den er mit viel Kandiszucker und noch mehr Milch zu genießen dachte.

Während der Tee zog, rief er beim Flugplatz an und schärfte dem Leiter ein, in den nächsten Tagen keine Maschine ohne Rücksprache mit der Polizei starten zu lassen. Dann widmete er sich ausgiebig dem Studium der *Ostfriesischen Nachrichten*.

Der Polizist rührte gerade in seiner dritten Tasse, als das Telefon schellte. »Moin«, meldete er sich.

»Moin. Hier ist Karl.«

Karl Beckeder war schon seit zwei Jahrzehnten Hafenmeister auf Juist und gehörte zu Altehuus' engerem Bekanntenkreis.

»Ja?«

»Wir haben in einem der Müllcontainer einen Fund gemacht, den du dir ansehen solltest.«

»Was denn?« Altehuus' Neugier hielt sich so früh am Morgen in Grenzen.

»Blutige Kleidungsstücke!«

Dem Polizisten fiel der Teelöffel aus der Hand. »Ihr habt ...? Fasst nichts an. Ich bin gleich da.«

Der Juister versuchte vergeblich, die beiden Kriminalpolizisten zu erreichen. Keiner ging ans Telefon. Auch an der Rezeption des Hotels hatte die zwei noch niemand gesehen. Deshalb hinterließ Altehuus eine kurze Nachricht und schwang sich auf sein Rad, um zum Hafen zu fahren.

Auf Juist gab es keine Müllhalden und erst recht keine Müllverbrennungsanlagen. Deshalb wurden die Abfälle in diversen Tonnen und Säcken sorgfältig sortiert und gesammelt, um dann auf das Festland transportiert zu werden.

Die Müllcontainer standen im hinteren Teil des Hafens, nicht einsehbar vom Anlegebereich der Passagierfähren.

Als Altehuus näher kam, erkannte er seinen Freund Karl, einige Hafenarbeiter und einen aufgeregt gestikulierenden, hageren Mann von etwa fünfzig Jahren. Die Männer standen im Halbkreis um einen großen, halb geöffneten Karton. Der hatte, dem Aufdruck nach zu urteilen, früher einmal Südfrüchte enthalten. Auf dem Asphalt lagen verstreut einige alte Zeitungen und Illustrierte.

Der Polizist lehnte sein Dienstrad an einen der Container. »Wo sind die Kleidungsstücke?«

Karl Beckeder zeigte auf den Pappkarton. »Da.«

Altehuus streifte sich Plastikhandschuhe über und klappte vorsichtig die Deckelhälften auseinander. Sein Blick fiel auf einen groben, blutverschmierten Wollpullover. Er hob das Teil etwas an. Darunter lag eine ebenfalls blutige Bluejeans, und die Spitze eines Turnschuhes war zu sehen. Der Polizist trat von dem Karton zurück.

»Besorgt bitte Absperrband«, wandte er sich an seinen Freund. »Hier darf keiner mehr dran.«

Beckeder gab einem der Arbeiter die entsprechende Anweisung.

»Wie habt ihr die Sachen gefunden?«, wollte Altehuus wissen.

»Das war ich.« Der Hagere drängte sich aufgeregt an seine Seite. »Ich habe meine Euroschecks gesucht.«

Verblüfft fragte der Juister: »Was haben Sie gesucht?«

»Meine Euroschecks.«

Altehuus zog die Handschuhe aus und griff zum Notizblock. Diese Touristen! »Jetzt in aller Ruhe. Wie heißen Sie?«

Paul Soller stammte aus Düsseldorf und verbrachte mit seiner Frau wie jedes Jahr seinen Winterurlaub auf der Insel. Soller vergaß regelmäßig die Geheimnummer seiner Euroscheckkarte und hatte es sich deshalb zur Angewohnheit gemacht, mit einem Bündel Schecks in den Urlaub zu fahren. Gestern Nachmittag nun hatte er Geld abgehoben und die Hülle mit den restlichen Schecks in ihrer Ferienwohnung auf den Wohnzimmertisch gelegt und zunächst dort vergessen. Seine Frau oder er musste später die Tageszeitung auf die Schecks gelegt und dann alles zusammen mit dem anderen Altpapier in dem vom Vermieter bereitgestellten Karton neben dem Fahrradschuppen entsorgt haben. Am nächsten Morgen waren Schecks und Altpapierkarton unauffindbar. Letzterer befand sich schon in der Altpapiersammlung, wie der Vermieter seinen verstörten Gästen erläutert hatte. So war Paul Soller noch im Dunkeln, mit einer Taschenlampe bewaffnet, zum Hafen geeilt, war in einen der Container geklettert und hatte sich auf der Suche nach seinen Schecks durch Berge von Altpapier gewühlt. Dabei war er auf die Kleidungsstücke gestoßen. Da er aufmerksam die Zeitungsberichte über die beiden Morde verfolgt hatte, vermutete er einen Zusammenhang und hatte sofort den Hafenmeister verständigt. Die Schecks allerdings waren verschwunden geblieben.

Altehuus versuchte noch einmal erfolglos, seine Kollegen zu erreichen, und informierte dann die Kripo in Aurich. Das mit der Spurensicherung würde aber dauern, meinte der zuständige Beamte auf dem Festland. Da sich der Nebel immer noch nicht verzogen habe, müsse wieder auf den Helgoländer Hubschrauber zurückgegriffen werden. Ob Altehuus für die nächsten drei Stunden sicherstellen könne, dass dem Fundort niemand zu nahe komme?

Der Juister Beamte schnaubte vor Wut. Hielten die ihn eigentlich für einen Trottel, nur weil er auf einer Insel Dienst tat?

Karl Beckeder versicherte ihm, dass seine Leute und er mit Argusaugen über den Container wachen würden. Altehuus bestellte den immer noch völlig aufgelösten Paul Soller zur Protokollunterzeichnung für den späten Vormittag in sein Büro und machte sich auf den Rückweg.

Kurz hinter dem Deich kam ihm Dieter Buhlen entgegen. Der Kripomann sah aus, als habe er die Nacht zum Tage gemacht.

»Ich habe Ihre Nachricht bekommen«, sagte Buhlen mit belegter Stimme. »Was ist los?«

Altehuus informierte ihn. »Vor Mittag wird die Spurensicherung nicht hier sein«, schloss er seinen Bericht.

»Mist«, kommentierte sein Kollege die Verzögerung.

»Ich habe heute Morgen versucht, Sie telefonisch zu erreichen, aber …«

Buhlen winkte ab. »Fragen Sie nicht. Wir waren gestern noch in der *Spelunke*. Mit dem Handy von Marlies Wübber wurde dort mehrmals angerufen. Wir wollten mit den Beschäftigten reden, aber bei dem Lärm … Die reinste Hölle.«

»Kann ich mir denken.« Altehuus sah seinen Kollegen prüfend an. »Und dann sind Sie versackt«, stellte er fest. »Habe ich Recht?«

»Ich bin in einem Zimmer des *Westfalenhofs* aufgewacht. Keine Ahnung, wie ich da hingekommen bin. Neben mir eine nackte Frau. Ich weiß noch nicht einmal ihren Namen!«

»Davon träumen viele.«

Buhlen winkte beschämt ab. »Ich war zu besoffen!«

Altehuus grinste breit. »Und Müller?«

Der Kriminaler zuckte mit den Schultern. »Als ich ihn das letzte Mal sah, stand er einige Meter von mir entfernt an der Theke. Mit einer blonden Schönheit im Arm und einem Bier in der Hand.«

29

Rainer kaute ungeduldig auf seinem Käsebrötchen herum. Er hatte schon seit Minuten kein Wort mehr gesagt. Elke beobachtete ihn mit wachsender Unruhe. Sie kannte diesen leicht abwesenden Blick. Rainer brütete etwas aus.

Dann hatte er seine Gedanken sortiert. »Ich werde mit Steiner sprechen«, platzte es aus ihm heraus.

»Mit Steiner? Warum mit dem?«

»Ich habe dir doch von dem Vertragstext erzählt, der in Schwiebus' Wohnung auf dem Tisch lag. Ich bin mir sicher, Steiner und Schwiebus planten einen Alleingang. Und dann die Zigarettenkippen. Erinnerst du dich an das Gespräch mit Wübber und Steiner nach der Bürgerversammlung? Steiner hat Rothändle geraucht.«

»Na und?«

»Der Aschenbecher bei Schwiebus war voll mit filterlosen Kippen.«

»Vielleicht hat Schwiebus …?«

»Nein, nein.« Rainer schüttelte energisch den Kopf. »Schwiebus rauchte nur mit Filter. Das weiß ich genau.«

Elke dachte einen Moment nach. »Hast du der Kripo von den Zigaretten erzählt?«

»Keine Ahnung. Ich glaube, nein. Aber die Spurensicherung dürfte alles, was in Schwiebus Wohnung von Interesse war, zur Untersuchung mitgenommen haben.«

»Und was willst du von Steiner? Ihn fragen, ob er Schwiebus erschossen hat?«

»Warum denn nicht?«

Elke sah ihren Freund an, als komme er von einem anderen Stern. »Du meinst das wirklich ernst, oder?«

»Natürlich.«

»Rainer, jetzt bist du völlig übergeschnappt!« Sie sah ihn an. Ihre Kritik schien ihn nicht zu verunsichern. »Warum musst du schon wieder Detektiv spielen?«

»Schwiebus war mein Mandant.«

»Na und?«

»Ich werde mit Steiner reden!«

»Du weißt doch gar nicht, wo Steiner wohnt.«

»Er hat eine Kneipe im Loog«, erwiderte Rainer.

»Aber du weißt nicht, wo!«, insistierte sie erneut.

»So groß ist Juist ja nun auch nicht.« Damit war die Debatte für Rainer erledigt. Er griff zum Löffel und widmete sich mit Hingabe seinem Frühstücksei.

»Ich komme mit«, verkündete Elke in einem Ton, der keinen Widerspruch zuließ.

174

Rainer verschluckte sich fast. »Kommt überhaupt nicht infrage!«

»Willst du mich davon abhalten?«, fragte sie gedehnt und betonte das ›Du‹ in einer Weise, dass sich Rainer fragen musste, was seine Freundin von ihm hielt.

Wilhelm Steiner stand auf einer Leiter und war damit beschäftigt, ein Seil mit Girlanden, Luftballons und Papierlaternen für die Silvesterfeier an der Decke seines Schankraumes zu befestigen. Dazu hielt er das eine Ende des Seils straff in der rechten Hand, mit der linken umklammerte er die oberste Verstrebung der Leiter.

»Wo bleibst du denn mit den verdammten Nägeln?«, brüllte er in dem Moment, als die Anwälte den Raum betraten.

Eine Frauenstimme schrie aus einem Nebenraum zurück: »Sie sind nicht in der Schublade.«

»Sieh in der Kiste nach«, konkretisierte der Wirt seine Anweisung. »Aber beeil dich. Mein Arm wird lahm.« Dann entdeckte er die beiden Besucher. »Wir haben noch geschlossen.«

»Herr Steiner, könnten wir Sie kurz sprechen?« Rainer klappte seine Kapuze nach hinten und sah nach oben.

»Ach, Sie sind das. Um was geht es?« Der Wirt senkte etwas seinen rechten Arm und einige Teile der Dekoration rutschten in seine Richtung. Rasch hob er den Arm wieder. »Verdammte …! Wo bleibst du mit den Nägeln?«

»Wir möchten mit Ihnen über Schwiebus reden.«

Überrascht beugte sich der Gastwirt etwas hinunter, verlor das Gleichgewicht, ließ das Seil los und griff auch mit der rechten Hand an die Leiter. Girlanden, Luftballons und Laternen verteilten sich auf dem Fußboden. »Elender Mist. Jetzt kann ich wieder von vorne …«

Eine junge Frau erschien hinter der Theke. »Hier Chef, die Nägel.«

Steiner machte eine verächtliche Handbewegung in Richtung seiner Angestellten und stieß ein »Pah!« hervor. Dann kletterte er von der Leiter. Die Frau knallte das Gewünschte auf den Tresen und verschwand beleidigt im Hinterzimmer.

»Was wollen Sie?«

»Mit Ihnen über Schwiebus reden.«

»Warum?«

»Sie haben früher schon Geschäfte mit ihm gemacht, stimmt's?«

»Wie kommen Sie darauf?« Der Wirt griff in seine Jackentasche und zog eine Schachtel Filterlose hervor. Dann bot er Rainer und Elke ebenfalls eine Zigarette an. Beide lehnten dankend ab.

»Ich habe entsprechende Informationen. Sie haben gemeinsam mit Schwiebus Immobiliengeschäfte gemacht, über deren ... äh ... Rechtmäßigkeit Sie und der Staatsanwalt unterschiedlicher Auffassung waren. Könnte man das so bezeichnen?«

Steiner winkte ab. »Olle Kamellen.«

Rainer entschloss sich zum Frontalangriff. »Sie hatten vor, das Geschäft mit dem Golfplatz ohne Wübber und Dezcweratsky zu machen. Wollten Sie es auch ohne Schwiebus machen?«

»Was meinen Sie damit?«

»In Schwiebus' Wohnung lag auf dem Wohnzimmertisch ein Vertragsentwurf. Da ist es leicht, eins und eins zusammenzuzählen.«

»Blödsinn. Ich habe Schwiebus seit der Geschichte von damals nicht mehr gesehen.«

Steiners Zigarette zitterte leicht.

»Hat die Polizei eigentlich schon einen Speicheltest bei Ihnen gemacht?«, fragte Rainer.

»Einen Speichel... Nein, wieso?«

»Wegen der Zigarettenkippen, die Sie leichtsinnigerweise in Schwiebus' Wohnung zurückgelassen haben.

Es dürfte nur eine Frage der Zeit sein, bis die Kripo bei Ihnen auftaucht.«

Steiner wurde blass. »Wer gibt Ihnen überhaupt das Recht, so mit mir zu reden? Soll das ein Verhör sein? Sie platzen einfach in mein Haus und beschuldigen mich ... Das muss ich mir nicht gefallen lassen.«

Rainer ließ nicht locker. »Sicher haben Sie der Polizei erzählt, dass Sie in der Wohnung von Schwiebus waren? Oder etwa nicht?«

»Verschwinden Sie! Sofort! Sonst schmeiße ich Sie raus.«

Elke griff zu Rainers Ärmel. »Komm schon«, raunte sie ihm zu. »Der wird sonst unberechenbar.«

»Raus!«, brüllte Steiner mit hochrotem Kopf und fuchtelte mit den Händen. »Raus!« Er machte einen Schritt auf die beiden zu. Elke zog heftiger an Rainers Jacke.

Jetzt fand auch ihr Freund, dass es an der Zeit war, den Rückzug anzutreten.

30

»Hauptsache einer von uns arbeitet«, begrüßte Günter Müller seinen Kollegen mit gespielter Empörung in der Wachstube.

»Und der eine bist du, was?«, erwiderte Buhlen.

»So ist es. Ich habe mit Dezcweratsky gesprochen. Er bestätigt Eschs Aussage. Schwiebus ist erst am achtzehnten auf die Insel gekommen.«

»Aha.«

»Unsere Fachleute haben die Unterlagen geprüft, die sich in dem Ordner befanden, der bei Schwiebus auf dem Tisch lag. Es handelt sich um eine Gesellschaftsgründung. Mit der Immobilien- und Vermarktungsgesellschaft sollte ein Golfplatz auf Juist finanziert und betrieben werden. Wübber, Steiner und dieser Dezcweratsky sind Geschäftspartner. Außerdem fanden sich in dem Ordner noch Kopien der notariellen Beurkundungen und weitere Verträge. Das bringt uns nicht sehr viel weiter.« Müller legte demonstrativ seine linke Hand auf einen dünnen Papierstapel. »Das Dossier über Favre. Und die Aussage der Immerlhausen. Eben übers Fax gekommen.«

»Und?«

»Nichts Besonderes. Favre stammt aus Zürich und lebt auf ziemlich großem Fuß. Zu großem Fuß, meinen unsere Schweizer Freunde. Sie haben ihn in Verdacht, seinen aufwendigen Lebensstil mit dem Verkauf von Kokain und anderen Drogen zu finanzieren. Es fehlt allerdings der definitive Beweis. Seine Kunden sollen im Züricher Geldadel verkehren und sind sehr diskret. Die Freifrau von und zu hat Interessanteres ausgesagt. Marlies Wübber hat ihr schon vor Monaten unter dem Siegel der Verschwiegenheit erzählt, dass sie auf Juist einen Liebhaber habe.«

»Wusste ihre Freundin, wer das ist?«

»Leider nein. Aber Marlies Wübber war im letzten Jahr mehrmals auf der Insel, um sich mit ihrem Lover zu treffen.«

»Favre?«

»Die Immerlhausen sagt, der Schweizer sei nichts Ernstes gewesen. Eine Partybekanntschaft.«

»Und Schwiebus?«

»Eine steinreiche Tochter aus mehr oder weniger gutem Hause verliebt sich in einen kleinen Gauner? Kann ich mir nicht vorstellen.« Müller machte eine Pause und fragte dann süffisant: »Wo warst du eigentlich heute Nacht?«

Buhlen schwieg.

»Hat die Brünette dich oder hast du sie abgeschleppt?«

Buhlen stöhnte auf. »Erinnere mich nicht daran.«

»Ich werde ja wohl noch fragen dürfen.«

»Fragen schon.«

»Und? Erzähl schon. Wie war's?«

»Halt endlich die Klappe.«

»Bin gespannt, was Bärbel dazu sagen wird. Du wirst es ihr doch erzählen, oder?« Müller griente anzüglich. »Oder soll ich ...?«

Mit einem Satz war Buhlen neben seinem Kollegen und griff seinen Hemdkragen. Wütend beugte er sich zu dem Sitzenden herab. »Wenn du auch nur ein Wort verlierst, dann ...« Er ließ Müller los.

Der zog sein Hemd zurecht. »He, Mann, ist ja gut. Reg dich ab. War doch nicht so gemeint.«

»Hör mit diesen blöden Sprüchen auf!«

Müller machte eine entschuldigende Geste. »Das sollte wirklich nur ein Witz sein. Tut mir Leid.«

Einige Minuten herrschte Funkstille zwischen den beiden Beamten.

Buhlen entschloss sich, das Schweigen zu brechen. »Wir haben am Hafen blutverschmierte Kleidung gefunden.«

Müller sah überrascht auf. »Das erzählst du erst jetzt?«

Sein Kollege informierte ihn kurz. »Altehuus ist noch am Hafen. Er ruft uns an, wenn die Spurensicherung eingetroffen ist. Was hältst du davon, wenn wir noch einmal unser Glück in der *Spelunke* versuchen?«

»Das kommt darauf an, was du unter Glück verstehst.«

»Jedenfalls nicht das, was gestern Nacht passiert ist.«

»Dann lass uns gehen.«

Die Kneipe war bereits wieder geöffnet. Die Kripobeamten fragten sich, wann das Personal eigentlich geschlafen hatte. Der Laden war fast leer. Nur im hinteren Ende des Raumes hockte ein einsamer Zecher vor seinem halb vollen Glas und stierte stumpf vor sich hin. Müller kam der Typ bekannt vor.

»Der war gestern Abend auch hier«, raunte er.

»Hardcore-Säufer«, erwiderte Buhlen. »Todsicher.«

»Moin«, begrüßte sie die groß gewachsene, schlanke Bedienung und polierte weiter Gläser. »Ein Bier?«

Die beiden Hamburger schüttelten angewidert den Kopf.

»Was anderes?«

»Nein, danke. Sie sind Lars, nicht wahr?«, fragte Buhlen.

»Ja.«

Der Kommissar zog die Liste mit den Telefonaten, die von Marlies Wübbers Handy geführt wurden, aus der Tasche und legte sie auf den Tresen. »Waren Sie an diesen Tagen im Dienst?«

Lars warf einen flüchtigen Blick auf das Blatt. »Ich bin immer im Dienst.«

Buhlen sah sein Gegenüber fragend an.

»Ich arbeite seit zwei Jahren in den Semesterferien und über Weihnachten hier in der *Spelunke*. Jeden Tag. Damit finanziere ich mein Studium. Das schlaucht zwar ganz schön, aber ich brauche die Knete«, erläuterte er.

»Verstehe. Können Sie sich an die Gespräche erinnern?«

»Wer hat angerufen?«

»Eine junge Frau namens Marlies Wübber.«

Lars zögerte einen Augenblick. »Die Tote?«

»Genau die. Mit wem hat sie gesprochen?«

Lars hielt das Glas an einen Lampenschirm, prüfte es mit einem kritischen Blick und hängte es in eine Vorrichtung über der Theke. Dann griff er zum nächsten. »Nein.«

»Was nein?«

»Ich kann mich nicht erinnern.«

»Als wir vor Weihnachten mit Ihnen gesprochen haben, konnten Sie sich aber sehr gut an Marlies Wübber erinnern.«

»Sie haben mir ein Foto von ihr gezeigt. Das ist etwas anderes. Gesichter behalte ich. Aber Stimmen?« Er schüttelte den Kopf. »Es ist möglich, dass sie angerufen hat und ich das Gespräch entgegengenommen habe. Es kann aber auch jemand anderes von der Mannschaft gewesen sein. Keine Ahnung. Tut mir Leid.«

»Aber sie ist häufiger hier gewesen?«

»Na ja, sie war hier, klar. Drei oder vier Mal.«

»Und da haben Sie nicht mit ihr gesprochen?«

»Natürlich. Sie hat bestellt, ich habe ihr das Gewünschte gebracht und wir haben ein, zwei Worte gewechselt.«

»Was hat sie gesagt?«

»Belanglosigkeiten. Wir haben über das Wetter gesprochen, wenn ich mich recht erinnere.«

»Und an die Telefonate erinnern Sie sich nicht?«

»No Sir, sorry. Aber in einer Stunde kommen die anderen. Vielleicht wissen die ...«

»Schon gut.« Buhlen blickte zu seinem Kollegen.

Der nickte. »Danke. Sie waren uns wirklich eine große Hilfe.«

31

Sie hatten sich bereits einige hundert Meter von der Gaststätte Steiners entfernt, als Rainer unvermittelt stehen blieb. »Ich gehe zurück und beobachte den Kerl.«

Elke sah ihren Freund fassungslos an. Ihr fehlten die Worte.

»Wir haben ihn aufgeschreckt. Wenn er der Täter ist, wird er von der Insel verschwinden wollen. Das geht nur mit dem Flugzeug. Wenn Steiner sich auf den Weg zum Flugplatz macht, hole ich die Bullen. Die können ihn dann verhaften.« Rainer machte ein zufriedenes Gesicht. Ein toller Plan!

181

»Zum Flugplatz, was?«

Rainer nickte.

»Und woher weißt du, dass Steiner zum Flugplatz geht, wenn er das Haus verlässt? Wenn er überhaupt verschwinden will«, setzte sie hinzu.

»Ich folge ihm natürlich.«

»Klar. Du folgst ihm. Ich sehe Steiner schon dahin radeln und du hechelst fröhlich hinterher. Nach zweihundert Metern bist du platt. Ach was, nach hundert Metern. Willst du ihn dann bitten, dass er dich auf dem Gepäckträger mitnimmt? Manchmal frage ich mich, wann du erwachsen wirst.«

»Hoffentlich nie.« Rainer ließ sich nicht von seiner Idee abbringen. »Pass auf, wir machen das so: Du gehst ins Hotel und ich bleibe hier und beobachte die Kneipe. Sollte Steiner mit dem Rad verschwinden, rufe ich dich an. Er braucht etwa fünfzehn, zwanzig Minuten bis zum Ortsausgang. Genug Zeit für dich. Es geht nur eine Straße zum Flugplatz, die muss er nehmen. Du überwachst diesen Weg. Wenn er vorbeikommt, ruf die Polizei.«

»Und wenn er zu Fuß geht?«

»Gehe ich ihm nach. Bis ich sicher bin, dass er verschwinden will.«

»Ich weiß nicht …«

»Was soll denn schon passieren?«

»Wenn ich das wüsste …«

Ihr Disput zog sich noch einige Minuten hin, bis Elke schließlich nachgab, obwohl sie alles andere als überzeugt war. Schließlich ließ sie ihren Freund im Loog zurück und machte sich mit einem mulmigen Gefühl im Magen auf den Weg ins *Achterdiek*.

Rainer suchte sich einen geeigneten Beobachtungsposten in der Nähe der Gaststätte. Er sah auf die Uhr. Kurz vor zwölf. Er lehnte sich an eine Mauer und steckte sich eine Reval an. Die feuchte Kälte kroch langsam unter seine Kleidung. Ihn fror.

Zwei Stunden später war er fast zum Eisblock erstarrt und sich nicht mehr so sicher, ob sein Plan wirklich so toll war. Er zitterte wie Espenlaub und sein Zigarettenvorrat ging zur Neige. Elke saß im warmen Hotelzimmer und er stand an einer windigen Ecke, um einen Verdacht bestätigt zu bekommen, der möglicherweise völlig grundlos war. Das Beste war, er würde die Sache beenden, Elke anrufen und sich mit ihr auf einen Grog im *Lütje Teehuus* treffen, bevor er sich den Tod holte. Er kramte sein Handy hervor, schaltete es ein und wartete darauf, dass sich das Gerät in das Funknetz einwählte. Es passierte nichts. Sein Blick fiel auf die Batteriesymbole im Display, die den Ladungszustand des Apparates anzeigten. Das Ding war leer. »Scheiße«, fluchte er, packte das Handy weg und machte sich auf den Weg zum Hotel.

Er hatte gerade das Seeferienheim an der Billstraße passiert, als ihn ein wildes Klingeln zur Seite scheuchte. Ein Fahrradfahrer zog in hohem Tempo an ihm vorbei. Rainer erkannte den Mann sofort, der es anscheinend ziemlich eilig hatte, in das Dorf zu gelangen. Es war Steiner.

Esch brauchte einen Moment, um sich von seiner Überraschung zu erholen. Dann setzte er dem Gastwirt, der schon etwa fünfzig Meter Vorsprung hatte, nach. Elke hatte Unrecht. Die Verfolgung dauerte keine hundert Meter. Rainer japste gleich nach Luft, während sich der Abstand zwischen ihm und dem Radfahrer schnell vergrößerte.

Der Anwalt blieb stehen, verfluchte Steiner, den Ladezustand seines Handyakkus und seine Zigarettensucht und schwor sich wie schon so oft, mit dem Rauchen aufzuhören. Derweil verschwand Steiner hinter der nächsten Wegbiegung.

Rainer verfiel in einen leichten Trab, musste allerdings immer wieder pausieren, um sich zu erholen. Als er endlich das Dorf und die ersten Kneipen erreicht hatte, war es zu spät, Elke anzurufen. Steiner würde sich bereits am Flugplatz befinden. Deshalb entschloss sich der Anwalt, die Polizei über Steiners Ausflug zu informieren, auch wenn er sich bis auf die Knochen blamieren würde.

Die Polizeiwache war nicht besetzt. Rainer überlegte, verzichtete dann aber darauf, den Notruf zu betätigen. Er würde die Beamten vom Hotel aus verständigen. In der nächsten geöffneten Kneipe versorgte er sich mit einer neuen Schachtel Reval. Seine guten Vorsätze konnte er schließlich noch im nächsten Jahr umsetzen.

Elke war nicht in der Hotelbar und auch nicht in ihrem Zimmer. Rainer war erstaunt. Das war nicht ihre Art. Dann fiel ihm ein, dass sie davon gesprochen hatte, am Neujahrsmorgen die Sauna und die Pflegebäder des Hotels besuchen zu wollen. Sicher vereinbarte sie gerade einen Termin.

Rainer ließ sich auf das Bett fallen und gönnte sich ein Bier aus der Minibar. In der Wache würde er später anrufen. Jetzt spielte Zeit ohnehin keine wesentliche Rolle mehr. Wenn Steiner die Insel mit dem Flugzeug hatte verlassen wollen, war er schon über alle Berge.

Als seine Freundin eine Zigarettenlänge später immer noch nicht zurückgekehrt war, wurde er unruhig. Der Anwalt griff zum Telefon, rief die Rezeption an und erkundigte sich, ob Elke dort eine Nachricht für ihn hinterlassen habe. Die Empfangsdame bedauerte. Auch im Zimmer fand sich kein Hinweis auf ihren Verbleib.

Rainer warf einen Blick auf die Garderobe. Elkes Jacke, Schal und Mütze fehlten. Vielleicht wartete sie ja an der Straße zum Flugplatz auf seinen Anruf. Und er hockte hier im Hotelzimmer und ließ es sich gut gehen! Eilig schnappte sich Rainer seine eigene Jacke. Dann fiel ihm etwas ein. Den Weg konnte er sich doch schenken. Er ging zurück zum Bett und wählte mit dem Hoteltelefon Elkes Handynummer. Im selben Augenblick klingelte es im Zimmer. Für einen Moment war Rainer völlig konsterniert. Dann fiel sein Blick auf den kleinen Abstelltisch, der unter der Garderobe stand. Auf der schmalen Platte lag Elkes Handy.

Der Nebel war noch dichter geworden. Rainer hastete Richtung Osten, suchte in den wenigen Straßen, konnte Elke aber nirgends finden. Er rief nach ihr. Keine Antwort. Langsam geriet er in Panik. Er zwang sich zur Ruhe. Warum war sie nicht wie vereinbart im Hotel geblieben? Vielleicht war ihr das Warten zu langweilig geworden. Oder sie hatte etwas trinken gehen wollen. Nur: Warum hatte sie ihr Handy nicht dabei? Möglicherweise hatte sie das Gerät vergessen. Das wäre eine Erklärung. Aber normalerweise nahm Elke das Teil immer mit. Rainer hatte sich oft genug darüber aufgeregt. Er sah auf die Uhr. Schon gleich drei. Wo, in aller Welt, steckte Elke? Die Kneipen. Sicher war sie in einer der Kneipen der Insel. Er würde ...

»Moin, Herr Esch«, sprach ihn eine Stimme von hinten an. Fahrradbremsen quietschten. Rainer schnellte herum.

Hendrik Altehuus stützte sich mit den Vorderarmen auf den Lenker seines Rades. Hinter ihm sprang Christian Hanssen vom Gepäckträger und nickte Rainer wortlos zu.

Altehuus sagte: »Wir haben Sie rufen hören. Suchen Sie Ihre Freundin?«

»Ja«, stieß Rainer hervor.

»Wir haben sie getroffen. Ich bin gerade vom Flugplatzrestaurant gekommen und habe Christian abgeholt, da ...«

»Sie ist am Flugplatz?«

»Nein. Wieso?«

»Wo ist sie?«

»Sie ging an der katholischen Kirche vorbei Richtung Strand.«

»Haben Sie mit ihr gesprochen?«

»Nein, das nicht. Es war irgendwie seltsam. Ich dachte, Sie wüssten …?«

»Was weiß ich?«

»Sie war nicht allein, sondern in Begleitung.«

Rainer schluckte. »Wer war bei ihr? Und was war seltsam?«, fragte er stockend.

»Es sah so aus, als ob Steiner sie fortzerrte. Aber ich bin mir nicht sicher.«

Rainer wurde blass. Ihm blieb fast das Herz stehen. »Steiner? Steiner war bei ihr?«

»Ja. Ist etwas nicht in Ordnung?«, erkundigte sich Hendrik Altehuus besorgt.

Eschs Antwort war kaum zu verstehen. »Wo genau haben Sie die beiden gesehen?«

32

Nur eine Querstraße entfernt standen die Hamburger Kriminalbeamten im Flur von Helga Classen, die in der Cirksenastraße ein kleines Haus bewohnte.

»Und Sie haben wirklich Wilhelm Steiner am Dienstagmittag hier in der Straße gesehen?«, fragte Buhlen zum zweiten Mal die fast Achtzigjährige.

»Natürlich. Das sagte ich Ihnen doch schon. Ich bin doch noch nicht senil«, empörte sich die alte Dame.

»Das haben wir auch nicht behauptet«, beeilte sich Müller zu versichern. »Aber weshalb sind Sie sich so sicher?«

»Junger Mann«, fauchte Helga Classen. »Seit über zwanzig Jahre bereite ich mein Mittagessen um Punkt halb zwölf. Von meinem Küchenfenster kann ich die vordere Cirksenastraße vollständig überblicken. Es war halb zwölf!«

»Auch am Dienstag?« Buhlen wurde etwas vorsichtiger. Er wollte die resolute Zeugin nicht vollends verärgern.

»Natürlich auch am Dienstag. Ich habe mir beim Entschuppen der Scholle in den Finger geschnitten und, als ich das Pflaster anlegte, aus dem Fenster geschaut. Da habe ich Steiner gesehen.«

Buhlen befriedigte die Aussage nicht. »Das erklärt noch nicht, warum es Dienstag war.«

Helga Classen war jetzt wirklich wütend. »Bei mir gibt es dienstags immer Scholle. Deshalb war Dienstag. Und bevor Sie mich weiter mit Ihren dummen Fragen belästigen: Ich kenne Wilhelm Steiner, seit er auf diese Insel gezogen ist. Und der Mann dort am Nebenhaus am Dienstagmittag war Wilhelm Steiner, zweifellos. Haben Sie sonst noch Fragen?«

Müllers Handy schellte. Er nahm das Gespräch entgegen und gab seinem Kollegen durch Gesten zu verstehen, dass er mit ihm reden müsse. Buhlen verabschiedete sich hastig und wenig später standen die beiden Beamten auf der Straße.

»Was ist?«, wollte Buhlen wissen.

»Altehuus. Die Spurensicherung ist eingetroffen. Einer von uns beiden sollte sich um Steiner kümmern, einer mit Wübber reden.«

»Was ist mit der Spurensicherung? Müssten wir da nicht auch …?«

»Zum Hafen? Bei dem Wetter? Aber du hast Recht. Also gut. Einer geht erst zu Steiners Kneipe im Loog, dann zum Hafen. Der andere darf es sich in Wübbers Hotel bequem machen. Wir losen, einverstanden?«

Müller nickte.

Buhlen kramte ein Markstück aus der Tasche. »Kopf oder Zahl?«

»Zahl.«

Buhlen warf das Geldstück hoch, fing es mit seiner Linken auf und schlug es auf den rechten Handrücken. »Mist. Du hast gewonnen. Vergiss nicht, Wübber zu fragen, warum er von seiner Frau getrennt lebt.«

Der Bremer Teehändler war nicht in seinem Hotel, als Günter Müller nach ihm fragte. Die hübsche Dame an der Rezeption versicherte dem Kommissar, der Gesuchte habe vor einigen Minuten das Haus verlassen, um noch ein wenig spazieren zu gehen. Müller versuchte sein Glück und lief am Kurhaus vorbei Richtung Meer. Tatsächlich sah er von den Dünen aus Wübber unten am Strand. Der hatte den Durchbruch bereits passiert und war auf dem Weg zur Wasserkante. Müller stolperte den sandigen Weg hinunter und schrie sich gegen den Nordwind die Lunge aus dem Hals. Nach dem vierten oder fünften Ruf blieb der Bremer stehen, drehte sich suchend um und wartete auf den Polizisten.

»Wann machen Sie eigentlich Feierabend?«, erkundigte sich der Geschäftsmann, als ihn Müller mit hängender Zunge erreicht hatte. »Es ist kurz vor vier. Und das am Silvesterabend.«

»Wem sagen Sie das«, keuchte Müller. »Die aufgelaufenen Überstunden werde ich nie abfeiern können.«

»Da haben Sie mir einiges voraus«, lachte Wübber. »Im Gegensatz zu Ihnen weiß ich nicht einmal, wie man das Wort Überstunden schreibt.« Unvermittelt wechselte er den Tonfall. »Aber Sie sind mir doch nicht gefolgt, um sich mit mir über die Arbeitszeit von Beamten und Selbstständigen auszutauschen, oder?«

»Nein, natürlich nicht. Ich habe noch einige Fragen an Sie.«

»Begleiten Sie mich. Wir können das doch sicher auch beim Gehen erledigen?«

Müller hätte die Unterhaltung zwar lieber an einem wohlig warmen Kaminfeuer bei einem Grog fortgesetzt, musste aber dem Teehändler folgen, der ohne auf seine Antwort zu warten seine Wanderung mit weit ausladenden Schritten fortsetzte.

Es dämmerte bereits. »Scheint aufzuklaren«, bemerkte Wübber und zeigte auf den Mond, der schemenhaft durch die dichte Wolkendecke schien. »Gestern war er um diese Zeit nicht zu sehen. Obwohl wir Vollmond hatten.«

Müllers Blick folgte dem ausgestreckten Arm. Er nahm nur einen Schimmer wahr, der das Dunkle der Wolken etwas aufhellte. Eigentlich war ihm der Mond ziemlich egal. Ihn interessierte nur, wann dieser verdammte Nebel und das Packeis endlich verschwanden, damit er möglichst schnell die Insel wieder verlassen konnte, wenn die Morde aufgeklärt waren. Deshalb fragte er hoffnungsvoll: »Meinen Sie?«

Wübber nickte. »Der Wind dreht.« Er hob prüfend den Kopf. »Merken Sie das?«

Müller bemerkte Wind, sonst nichts. »Klar«, antwortete er.

Wübber blieb plötzlich stehen. »Was wollen Sie wissen?«

»Ihre Tochter war Erbin eines großen Vermögens. Ist das richtig?«

Der Geschäftsmann schien überrascht. »Woher wissen Sie das?«

»Favre hat es uns erzählt.«

»Dann war er bei Ihnen. Das hätte ich mir denken können. Ja, es stimmt. Marlies hatte geerbt. Von ihrem leiblichen Vater. Einen erheblich größeren Betrag hat ihr aber ein Onkel, ein Halbbruder meiner Frau, hinterlassen.«

»Zwanzig Millionen Franken?«

»Das weiß Favre also auch.« Das war keine Frage, sondern eine Feststellung. »Ihr Onkel war im Bankgeschäft tätig und hatte den richtigen Riecher. Er spekulierte schon mit Computeraktien, als dieser Bill Gates noch im Sandkasten gespielt hat. Vor etwas über zehn Jahren ist Marlies' Onkel gestorben. Eine Vermögensverwaltung hat sich um das Erbe gekümmert und den Großteil davon in festverzinslichen Anleihen angelegt. Von einem kleineren Betrag abgesehen, der Marlies an ihrem achtzehnten Geburtstag ausbezahlt wurde, konnte sie bis heute ...«, er stutzte, »... bis zu ihrem Tod nicht über das Geld verfügen. Die erste der Anleihen wird in etwa drei Jahren fällig, wenn ich mich recht erinnere.«

»Über welchen Betrag konnte Marlies damals verfügen?«

»Fünfhunderttausend.«

»Franken?«

»Selbstverständlich.«

Müller schluckte. Das also nannte Wübber einen kleineren Betrag. Wenn er da an sein Gehalt dachte ... Wieso hatte eine Achtzehnjährige eine halbe Million Franken und er musste immer noch den Kredit für den letzten Urlaub abstottern? Vielleicht sollte er sich irgend wann doch näher mit den Schriften dieses Karl Marx beschäftigen. Oder eine reiche Witwe ehelichen. Vielleicht wäre auch Lotto eine Lösung.

»Was hat sie mit dem Geld gemacht?«

Wübber schaute ihn erstaunt an. »Woher soll ich das wissen? Kleidung und Platten gekauft, in Discos gegangen oder Partys gegeben. Wofür gibt ein junges Mädchen schon Geld aus?«

Müller versuchte sich vorzustellen, wie viele Discobesuche jemand machen musste, um einen solchen Geldbetrag unter die Leute zu bringen, ließ es dann aber. »Sie sagten uns vor einigen Tagen, dass Sie von Ihrer Frau getrennt leben. Können Sie mir Näheres darüber ...«

Wübber nahm unvermittelt wieder Kurs auf Norderney. »Geht Sie das etwas an?«

Müller hatte Mühe, Schritt zu halten. »Eigentlich nicht. Aber wir wissen, dass Sie und Ihre Frau in Verdacht gerieten, den ersten Ehemann ...«

»Darauf spielen Sie an. Haben Sie das auch von Favre?« Müller setzte zu einer Erklärung an, aber Wübber winkte ab. »Lassen Sie. Der Mistkerl wollte mich erpressen.«

»Wie bitte?«

»Er hat mich heute Morgen angerufen und mir gedroht, die alten Geschichten der Polizei zu erzählen, wenn ich ihm nicht einhunderttausend Franken zukommen lasse. Ich habe natürlich abgelehnt. Da hat er dann wohl seine Drohung wahr gemacht.«

»Hat er nicht. Wir haben auch unsere Quellen.«

»Verstehe.«

»Wollen Sie Anzeige gegen Favre erstatten?«

»Ich denke darüber nach.«

»Was war denn nun mit Ihrem früheren Geschäftspartner und Ihrer heutigen Frau?«

Der Teehändler hob die Stimme. »Die Ermittlungen gegen uns wurden eingestellt. Es war ein Unfall. Peter hat sich beim Waffenreinigen selbst in die Brust geschossen.«

»Ich kenne die Akten.« Auch Müller war nun weniger konziliant.

»Warum fragen Sie dann?«

Der Kommissar gab keine Antwort, sondern setzte stattdessen fort: »Und das Lehrmädchen?«

Wübber blieb wieder stehen. Wütend schnaubte er: »Was soll das alles? Die Vorfälle liegen Jahre zurück. Gegen mich wurde nie Anklage erhoben. Wollen Sie aus alten, unberechtigten Verdächtigungen eine Beziehung zum Tode von Marlies herstellen?«

»Das nicht. Ich möchte mir nur ein Bild von Ihnen machen.«

»Und dann? Anhand Ihres laienhaften psychologischen Profils feststellen, ob ich für den Mord an diesem Schwiebus infrage komme? Ich nehme an, darum geht es? Oder verdächtigen Sie mich, meine Stieftochter umgebracht zu haben?«

»Sie war schwanger!«

»Na und? Deshalb bringt man doch sein Kind nicht um.«

»Deshalb vielleicht nicht. Es kommt darauf an, wer der Vater des ungeborenen Kindes war.«

Wübber brauchte einen Moment, um die Tragweite dieser Bemerkungen zu erfassen. Er hob drohend beide Arme. Sein Gesicht verkrampfte sich. Er presste die Lippen aufeinander, bis sie wie ein Strich aussahen. Für einen Augenblick dachte Müller, der Bremer würde sich auf ihn stürzen. Unwillkürlich trat der Polizist einen Schritt zurück.

Langsam ließ der Teehändler die Arme wieder sinken. »Das ist ja ungeheuerlich«, sagte er mit einer harten, metallischen Stimme. »Sie wagen es, mir zu unterstellen ...« Er schüttelte heftig den Kopf. »Das wird ein Nachspiel haben, glauben Sie mir. Das wird Ihnen noch Leid tun.« Wortlos drehte er sich um und stampfte in die aufkommende Dunkelheit.

33

»Wollen Sie uns nicht erzählen, was eigentlich los ist? Sie sind ja weiß wie eine Wand.« Hendrik Altehuus stützte sich auf sein Rad.

Rainer zögerte, nickte dann aber und berichtete in kurzen, knappen Worten von ihrem Besuch bei Steiner.

»Und Sie meinen, Steiner hat Schwiebus umgebracht?«

»Warum sonst sollte er Elke verschleppen?«

»Das habe ich nicht gesagt«, protestierte Altehuus. »Es sah lediglich so aus, als ob Steiner Ihre Freundin wegzerrte.«

»Das ist dasselbe.« Rainer duldete keinen Widerspruch. »Sie sind sich sicher, dass Steiner mit Elke an den Strand wollte?«

»Anscheinend. Aber vielleicht wollten sie nicht zum Strand?«

»Wohin sonst?«

»Steiner hat in den Dünen noch eine zweite Kneipe. Sie ist aber im Winter geschlossen. *Achims Klönstuv* heißt der Laden.«

Sie hatten die katholische Kirche fast erreicht. Altehuus und Hanssen blieben stehen. »Hier haben wir sie getroffen.«

»Und sie sind den Weg hier hoch?«

»Ja. Da oben liegt die Kneipe.«

»Ich weiß.« Rainer stampfte ohne Zögern die Dünen hinauf. Hanssen folgte ihm.

»Ich werde meinen Vater verständigen«, rief ihnen Altehuus nach und schwang sich auf sein Rad. »Unternehmt nichts, bis er bei euch ist.«

Achims Klönstuv lag am Ende des mit roten Ziegeln befestigten Weges. Außer Rainer und Christian Hanssen war um diese Zeit keine Menschenseele mehr zwischen den Dünen unterwegs. Die Urlauber waren damit beschäftigt, sich auf die Silvesterfeiern vorzubereiten.

Die Kneipe war ein ebenerdiger Bau, die meisten Fenster waren mit Holzplatten verrammelt.

»Hier soll Ihre Freundin mit Steiner sein?« Hanssen blickte skeptisch auf die schwere Kette, die die Eingangstür sicherte. »Wenn da jemand drin ist, wie hat er dann das Ding da angebracht?«

Rainer ignorierte den Einwand. »Wenn sie in dem Laden ist, hole ich sie raus. Es gibt bestimmt noch einen zweiten Eingang.«

Er hatte Recht. Auf der Westseite des Gebäudes fand sich eine Tür. Rainer schlich sich heran und presste sein Ohr an das Holz. Eine männliche und eine weibliche Stimme waren zu hören – die Frauenstimme gehörte eindeutig Elke. Rainers Herz schlug bis zum Hals. In immer neuen Schüben pumpte sein Körper Adrenalin durch seine Adern. Er zitterte vor Anspannung und Angst um Elke.

»Sie sind hier«, flüsterte er Hanssen zu und lauschte erneut, konnte aber nicht verstehen, was gesprochen wurde. »Ich muss da rein.«

»Wir sollten warten, bis Hendrik mit seinem Vater hier ist«, gab Christian Hanssen zu bedenken.

»Und wenn er sie umbringt? Ich muss da rein! Jetzt!« Rainer gab Hanssen zu verstehen, dass er ihm folgen sollte, und ging zur Rückseite des Gebäudes, bemüht, kein überflüssiges Geräusch zu machen. Dort befand sich an der Hauswand ein kleines Podest mit einer verschlossenen, zur Hauswand ansteigenden Klappe, die anscheinend zu einem Kellerzugang führte. Das Podest war etwa fünfzig Zentimeter hoch und das hintere Ende der Klappe befand sich nur zwei Handbreit unter einem schmalen Fenster, welches nicht mit einer Holzplatte abgedeckt war. Ein schwarzer Vorhang verhinderte jeden Einblick in das Innere der Kneipe. Rainer dachte fieberhaft nach. Ein Sprung auf das Podest, dann zwei Schritte zum Fenster, dann noch ein Hüpfer hoch zum Fenster und dann ... Durch eine geschlossene Glasscheibe? Rainer hielt das doch nicht für eine besonders gute Idee. Schließlich war er Anwalt, kein Stuntman.

»Wohin führt das Fenster?«, raunte er Hanssen zu.

»Wenn ich mich recht erinnere, in den Schankraum.«

»Wie tief liegt der Boden dahinter?«

»Höchstens einen Meter.«

Einen Meter. Wenn er die Scheibe einschlagen würde, könnte er in das Innere springen und Steiner überwältigen. Seine Überlegung stockte. Steiner überwältigen? Der Kerl war mindestens einen Kopf größer als er. Und womöglich bewaffnet. Nur mit bloßen Fäusten ...

Er sah sich um. Einige Meter entfernt waren Paletten gestapelt. Wenn er nun eine der Paletten ...? Er lief hinüber und musterte seine Entdeckung. Rainer hob eines der Dinger an. Zu groß und zu schwer, um sie als Waffe zu benutzen.

Er winkte Christian Hanssen zu sich und gemeinsam legten sie Palette für Palette zur Seite, bis sie auf eine stießen, die Rainer für seine Zwecke geeignet erschien. Sie war in mehrere Stücke zerbrochen. Ein Teil hatte das richtige Gewicht und die Abmessungen, die es ihm erlauben würden, es als Rammbock beim Durchbrechen der Scheibe und als Schlagwerkzeug zu benutzen. Er klemmte die Palette wie ein Lanze unter den rechten Arm. Das könnte klappen. Nun musste nur noch Steiner abgelenkt werden.

»Die Hintertür, geht die unmittelbar in den Schankraum?«

»Nein, in ein Nebenzimmer.«

»Gut. Sie gehen zu der Tür und machen Lärm. Richtig viel Lärm. Klopfen, schlagen, treten, was weiß ich. Damit Steiner abgelenkt ist.«

»Und Sie?«

Rainer hob demonstrativ seine Palettenlanze. »Fordere Steiner zum Zweikampf.«

Christian Hanssen schüttelte heftig den Kopf. »Nein, das mache ich nicht. Viel zu gefährlich.«

Das fand Rainer im Grunde auch. Aber er schob die Gedanken sofort wieder beiseite. Er musste Elke aus der Gewalt Steiners befreien, koste es, was es wolle. Schließlich war die Observation seine Idee gewesen.

»Feigling«, zischte Rainer. »Schließlich habe ich einen bei Ihnen gut.« Er wechselte zum Du: »Wenn du das nicht für mich tust, poliere ich dir so die Fresse, dass du dir wünschen würdest, immer nur mit einem Veilchen und einer geschwollenen Nase herumzulaufen.«

Das überzeugte Christian.

Rainer nahm seine Position ein und Hanssen verschwand um die Ecke. Kurz darauf hörte Rainer lautes Poltern und Rufen. Er rannte los, die Lanze geklemmt wie ein mittelalterlicher Turnierritter seine Waffe. Ein Satz und er war auf dem Podest, dann auf der Klappe. Er lief weiter, hob den Palettenrest etwas an und zielte auf das Fenster. Glas klirrte. Rainer sprang. Er spürte einen stechenden Schmerz am linken Arm. Dann hatte er fast die schmale Öffnung passiert. Aber plötzlich blieb sein rechter Fuß irgendwo hängen. Er stürzte mit dem Oberkörper zuerst nach unten und ließ die Lanze los. Rainer sah den Boden rasend schnell auf sich zukommen. Kurz vor dem Aufprall riss er die Arme hoch, um seinen Kopf zu schützen, und schloss die Augen. Jemand rief seinen Namen. Dann hörte er nichts mehr.

Das Erste, was Rainer nach dem Erwachen sah, war Elkes besorgtes Gesicht. Sein Schädel dröhnte. Dann registrierte er, dass er sich auf einer Eckbank befand und sein Kopf in ihrem Schoß lag. Sie streichelte sein Haar. Vorsichtig richtete er sich auf. Dabei stieß sein linker Unterarm gegen die Lehne eines Stuhles, der neben der Bank stand – anscheinend um ihn während seiner Ohnmacht vor einem weiteren Sturz zu sichern. Ein stechender Schmerz ließ Rainer aufstöhnen.

»Vorsichtig«, flüsterte Elke ihm zu.

Er setzte sich auf und blickte sich um. Weiter hinten stand Christian Hanssen und schaute zu ihm herüber. Auf einem Stuhl hockte Wilhelm Steiner und stützte seinen Kopf mit beiden Händen. Der Kneipier machte keinen besonders zuversichtlichen Eindruck.

Rainer sah fragend zu seiner Freundin.

»Keine Entführung«, deutete diese seinen Blick richtig. »Herr Steiner hat es nach unserem Besuch tatsächlich mit der Angst zu tun bekommen. Er wollte sich vor der Polizei verstecken, aber nur so lange, bis der Mörder gefasst ist.«

»Oh, mein Kopf. Wie lange war ich weg?«

»Einige Minuten.«

»Was ist mit Steiner?«

»Er sagt, er sei unschuldig.«

»Unschuldig? Warum hat er dich dann entführt?«

»Hat er nicht.« Elke machte eine Pause. »Jedenfalls nicht richtig. Nachdem du dich lange nicht gemeldet hattest, habe ich versucht, dich über das Handy zu erreichen. Dein Gerät war ausgeschaltet.«

»Der Akku war leer«, korrigierte sie Rainer.

»Wie auch immer. Jedenfalls habe ich eine Nachricht auf der Mailbox hinterlassen und wollte dich suchen.«

»Und dein Handy?«

»Habe ich in der Eile im Zimmer vergessen. Kurz nachdem ich das Hotel verlassen habe, bin ich Steiner über den Weg gelaufen, der völlig aufgelöst und in Panik war. Er hat seine Unschuld beteuert und erklärt, Wübber habe ihn reingelegt. Dann wollte er mir unbedingt alles ausführlich erzählen, hatte aber Angst, dass die Polizei bereits hinter ihm her sei und er jeden Moment verhaftet würde. Deshalb hat er mich trotz meiner Proteste in diesen Laden hier geschleppt ... Na ja, eigentlich bin ich freiwillig mitgegangen.«

»Du hast ihm geglaubt? Ziemlich leichtsinnig.«

»Fragt sich, wer hier leichtsinnig ist.«

Rainer sah Steiner an, der ihre Unterhaltung verfolgt hatte. »Und? Was haben Sie zu sagen?«

Steiner schaute hoch. »Sie hatten Recht. Ich war bei Schwiebus an dem Tag, als er ermordet worden ist. Aber ich habe ihn nicht umgebracht«, setzte er hastig hinzu. »Ich wäre doch nicht so blöd und ließe jede Menge Spuren zurück, wenn ich Schwiebus umgebracht hätte.«

Rainer war sich da nicht so sicher. Gäbe es nur intelligente Verbrecher, wären die Gefängnisse gähnend leer. »Warum sind Sie zu ihm gegangen?«

»Es ging um den Vertrag. Wübber hatte schon vor Ihrem und Schwiebus' Eintreffen auf Juist Wind davon bekommen, dass Dezcweratsky versucht hat, noch andere Grundstücke zu erwerben, als nur für den Golfplatz erforderlich sind. Er glaubte, dass Ihr Auftraggeber Villen oder auch Hotels in der Nähe des Golfplatzes bauen wollte. Ich sollte über Schwiebus herausfinden, ob an dieser Vermutung etwas dran ist und gegebenenfalls sondieren, ob Dezcweratsky zu einer Vertragsergänzung bereit wäre.«

»Seltsam. Ich habe doch nie ein Geheimnis daraus gemacht, dass Dezcweratsky Grundstücke im Umfeld des Golfplatzes kaufen wollte«, wunderte sich Rainer und betastete nachdenklich seinen Hinterkopf, aus dem eine gigantische Beule herauswuchs.

»Jetzt ist mir das auch klar.«

»Woher wussten Sie, wo Schwiebus wohnt?«

»Wübber hat mir Schwiebus' Adresse gegeben. Er hat mich gebeten, niemandem etwas von meinem Besuch bei Schwiebus zu erzählen, um seine Verhandlungsposition bei Dezcweratsky nicht zu schwächen.«

»Das haben Sie geglaubt? Schwiebus hätte doch sofort Dezcweratsky anrufen können.«

»Deshalb sollte ja ich mit ihm sprechen. Wir kannten uns schließlich von früher. Außerdem habe ich Schwiebus versprochen, dass Wübber ihn als hoch dotierten Geschäftsführer in der Gesellschaft einstellen würde, wenn er die Klappe hielte. Schwiebus war einverstanden. Und ich Idiot habe tatsächlich mit keinem Wort das Gespräch erwähnt, auch nicht der Polizei gegenüber. Nur Wübber hat gequatscht.«

»Inwiefern?«

»Er hat der Polizei gegenüber erklärt, mit mir über Schwiebus gesprochen zu haben. Und ich habe das genaue Gegenteil behauptet. Wübber hat mich ans Messer geliefert. Aber Sie müssen mir glauben, ich habe Schwiebus nicht umgebracht. Ich war …«

Der letzte Satz Steiners ging im Tumult unter. Die Tür zum Nebenzimmer wurde plötzlich aufgerissen und Günter Müller stürmte mit gezogener Dienstwaffe in den Raum. »Hände hoch, Polizei!«, brüllte der Beamte überflüssigerweise und fuchtelte mit seiner Waffe herum.

Elke, Rainer, Christian Hanssen und Wilhelm Steiner streckten folgsam ihre Hände Richtung Zimmerdecke.

»Nun mach mal halblang, Jung«, beruhigte Enno Altehuus seinen Kollegen, der Müller in den Raum gefolgt war. »Es sieht nicht so aus, als ob einer von denen gefährlich werden könnte. Sie müssen hier nicht James Bond spielen.« Er ging zu Steiner und fragte: »Du hast doch keine Waffe bei dir, oder?«

Steiner schüttelte den Kopf.

Altehuus wandte sich an Müller. »Er ist unbewaffnet.«

»Aber Sie haben ihn doch gar nicht durchsucht.«

»Er ist unbewaffnet«, beharrte der Juister.

»Wenn Sie meinen.« Müller hüstelte verlegen und steckte die Dienstwaffe wieder in das Holster. »Herr Steiner, Sie sind vorläufig festgenommen.«

»Weswegen?«, schaltete sich Elke ein.

»Was geht Sie das an?«, wollte Müller wissen.

»Herr Steiner ist mein Mandant«, erklärte die Anwältin.

Rainer warf seiner Freundin einen überraschten Blick zu, sagte aber kein Wort. Auch Wilhelm Steiner wirkte ziemlich verblüfft.

»Ich denke, Sie wurden entführt?«, staunte Müller. »Und der Entführer ist jetzt plötzlich Ihr Mandant?«

»Entführt? Das muss ein Missverständnis sein.«

»Aber Ihr Freund hat doch …?«

Rainer war sich nun absolut sicher, dass Schweigen Gold sein konnte.

»Er hat sich getäuscht.«

Müller betrachtete Rainer nun genauer. »Hat hier ein Kampf stattgefunden oder was hat Sie so zugerichtet?«

Rainer zeigte mit einer Kopfbewegung zum zerbrochenen Fenster. »Ich bin dort … äh … hineingefallen.«

Der Kripobeamte machte ein paar Schritte und musterte Rainers Turnierplatz genauer. »Mit den Resten einer Europalette? Erzählen Sie doch keinen Blödsinn!«

Rainer hob die Schultern und bereute es augenblicklich. Ihm tat jeder Knochen weh.

»Das sollten Sie mir genauer erklären«, verlangte Müller und griff nach Steiners Arm. »Kommen Sie mit.« Dann wandte er sich noch einmal Rainer zu. »Und Sie gehen zum Arzt. Sofort.« Anschließend verständigte der Beamte über das Handy seinen Kollegen.

Elke stützte ihren Freund beim Hinausgehen. Dabei raunte sie ihm zu: »Das mit dem Juister Fenstersprung war zwar hochgradiger Schwachsinn, aber es ist trotzdem lieb von dir gewesen, auch wenn es überflüssig war. Danke.« Sie gab Rainer einen zarten Kuss. Er vergaß für einen Moment seine Schmerzen.

Vor *Achims Klönstuv* wartete der sichtlich beruhigte Hendrik Altehuus und lud Elke und Rainer zu Christians und seiner Silvesterfeier ein.

Vorher aber musste Rainer erneut auf den Behandlungsstuhl des Juister Notarztes, der ihn wieder mit Jod traktierte, Eisbeutel für seinen malträtierten Schädel empfahl und die tiefe Schnittwunde an seinem linken Unterarm nähte.

»Von Erholung kann man hier auf Juist ja nun wirklich nicht reden«, maulte Rainer empört, als ihn Elke später in ihrem Hotelzimmer umsorgte. »Wenn das so weitergeht, verlasse ich die Insel bestenfalls in Einzelteilen.«

34

»Du hast was gemacht?« Dieter Buhlen starrte seinen Kollegen fassungslos an, als sie sich später in der Wache trafen. »Dir ist ja wohl nicht mehr zu helfen.«

»Ich dachte, ich könnte ihn aus der Reserve locken.«

»Nur weil Wübber vor fünfzehn Jahren vielleicht eine Jugendliche betatscht hat, vergreift der sich doch nicht an seiner Tochter.«

»Sie ist nicht seine Tochter.«

»Aber so gut wie! Marlies Stegender war zwei Jahre alt! Meinst du, sie hat sich noch an ihren leiblichen Vater erinnert?« Er schlug sich vor die Stirn. »Keine kriminalistische Glanztat, Herr Kollege.«

»Meckern kann ich auch. Was hast eigentlich du den ganzen Nachmittag gemacht, hä?«

»Erst Steiner gesucht und dann …«

»Auch 'ne klasse Leistung. Den habe schließlich ich verhaftet.«

»Zufall. Außerdem habe ich mich in der Kälte am Hafen rumgedrückt und mir die dummen Sprüche der Spurensicherer angehört …«

»Was haben die festgestellt?«

»Sie faxen uns noch heute Abend oder morgen früh die vorläufigen Ergebnisse. Wenn das Blut auf den Klamotten das von Marlies Wübber ist, hat der Mörder Schuhgröße 45.«

»Das würde zu den Abdrücken am Tatort passen.«

»Genau. Und er trägt Hosengröße 102 beziehungsweise 52 beim Pullover.«

»Er ist demnach groß und schlank.«

»So ist es. Ein großer, schlanker Mörder.«

»Dann kann es nicht Wübber gewesen sein«, gestand Müller zerknirscht ein.

»Nein«, bestätigte sein Kollege.

Nach einer Pause fragte Müller: »Glaubst du Steiner, dass er Schwiebus nicht umgebracht hat?«

»Wenn ich ehrlich bin, ich weiß es nicht. Wir sollten die Ergebnisse der Hausdurchsuchung abwarten. Sofern wir am Neujahrstag einen Richter finden, der uns eine Genehmigung ausstellt«, setzte er hinzu. »Wenn er aber die Wahrheit sagt, dann ...« Er sprach nicht weiter.

Müller interpretierte das Schweigen seines Kollegen richtig. »Du meinst auch ...«

»Ja«, antwortete Buhlen. »Wübber.«

Enno Altehuus öffnete die Tür zur Wachstube. »Moin.« Er setzte sich bedächtig an seinen Schreibtisch, kramte in der unteren Schublade und fischte die Flasche Friesengeist hervor. Fragend sah er seine Kollegen an. Die schüttelten den Kopf.

Altehuus hob die Schultern, schenkte sich ein Pinnchen ein, trank, bediente sich aus seiner Schnupftabakdose und lehnte sich zurück. »Der Wind dreht. Es klart auf und wird wärmer. Morgen, spätestens übermorgen scheint die Sonne.« Dann trompetete er sein Wohlbefinden in den Raum.

»Wo haben Sie denn gesteckt? Nachdem wir Steiner in Ihrer gastlichen kleinen Arrestzelle untergebracht haben, hatten Sie es aber sehr eilig«, stellte Buhlen fest, als er sich wieder aus der Deckung wagte.

»Ich habe Marie verständigt.«

»Wen?«, fragten die beiden Hamburger Kollegen wie aus einem Mund.

»Marie Steiner. Wilhelms Frau.«

»Aha«, meinte Müller.

»Und?«, fragte Buhlen.

»Sie sagt, er war es nicht.«

»Würde ich vermutlich auch tun, wenn ich an ihrer Stelle wäre«, erwiderte Buhlen.

»Ich habe sie gefragt, ob Wilhelm eine Pistole hat. Sie hat das verneint.« Altehuus goss sich noch einen Schnaps ein. Er blickte erneut fragend zu seinen Kollegen und ließ, als keine Reaktion erfolgte, die Flasche wieder verschwinden.

»Auch da hätte ich nichts anderes geantwortet«, bekräftigte Buhlen.

»Ich bin sicher, sie sagt die Wahrheit. Ich kenne Marie seit fast zwanzig Jahren. Sie lügt nicht.« Altehuus' Tonfall ließ keinen Zweifel an seiner Meinung zu.

»Na ja«, versuchte Günter Müller die Situation zu entspannen, »vielleicht weiß sie ja nichts von einer Waffe. Warten wir die Hausdurchsuchung ab.«

Altehuus kippte sein Glas. »Wollen Sie Wilhelm wirklich heute Nacht in der Zelle lassen? Es ist Silvester. Er hat eine Gaststätte, da wird er gebraucht. Und er hat mit den Morden nichts zu tun.«

»Sagen Sie.« Buhlen schaute zu seinem Kollegen hinüber. Der wich dem Blick aus.

»Wo soll er denn hin? Er kommt doch nicht von der Insel herunter.« Der Polizeiobermeister zögerte einen Moment. »Was haben Sie eigentlich heute Abend vor?«

»Keine Ahnung«, erwiderte Müller. »Vielleicht ist ja im Hotel ...«

»Was halten Sie davon, wenn wir einen Blick in Steiners Haus werfen?«

»Ohne Hausdurchsuchungsbefehl?«, fragte Buhlen skeptisch.

»Gefahr im Verzuge«, erklärte Altehuus kategorisch. »Und wenn der Verdächtige einverstanden ist und uns begleitet, dürfte dem Gesetz wohl Genüge getan sein.«

Er machte eine bedeutsame Pause. »Betrachten Sie es doch einmal so: In seiner Kneipe geht heute die Post ab, Sie sehen etwas nach dem Rechten, Steiner sieht nach seinen Gästen und ich sehe nach Steiner. Was soll daran falsch sein? So wird es ein netter Abend für alle Beteiligten. Morgen können Sie ihn dann ja wieder einsperren.« Altehuus griff erneut in die Schreibtischschublade.

»Was halten Sie davon?«, fragte er und stellte drei Schnapsgläser auf die Platte. »Oder bringt man Kriminalkommissaren so etwas in ihrer Ausbildung nicht bei?«

Buhlen schaute erneut Müller an. Der grinste breit. Sein Kollege erwiderte das Grinsen und sagte zu dem Polizeiobermeister: »Gefahr im Verzuge, wie?« Und dann: »Ein Schnaps wäre nicht schlecht.«

35

Die Glocken der beiden Juister Kirchen begrüßten das neue Jahrtausend. Elke, Rainer und ihre Gastgeber standen in einem Menschenpulk in der Nähe des Erlebnisbades auf den Dünen und fielen sich in die Arme.

»Ein gutes neues Jahr«, flüsterte Elke Rainer ins Ohr und biss zärtlich in sein Ohrläppchen.

Die große Schar der pyrotechnischen Laien feuerte ein kleines Vermögen in den Nachthimmel, Böller krachten und Heuler jaulten durch die Luft.

»Nicht so heftig«, stöhnte Rainer, als ihn seine Freundin drückte. »Mir tut jeder Knochen weh.«

»Stell dich nicht so an. Außerdem solltest du dich daran gewöhnen, wir haben später noch etwas vor.«

»Was?«, protestierte Rainer. »In meinem Zustand?«

»Welchen Zustand meinst du denn?«, schnurrte sie. Ihre Hand kroch unter seine Jacke und zupfte am Pullover. Sie küsste ihn heftig.

»Überredet«, kapitulierte Rainer, als er wieder Luft holen konnte.

Elke ließ ihn los. Sie tauschten auch mit den anderen die obligatorischen Neujahrswünsche aus und ließen die Sektflaschen kreisen.

»Schön, dass sich der Nebel verzogen hat«, freute sich Christian Hanssen. »Da können wir das Feuerwerk auf dem Festland gut beobachten.«

Tatsächlich stiegen unzählige Raketen am Horizont auf und schickten ihre strahlenden Signale aus. Besonders beeindruckend waren jedoch kleine rote Lichter, die wie eine Perlenkette am Himmel hingen.

»Signalraketen«, erklärte Christian. »Sie befinden sich an kleinen Fallschirmen und bleiben bis zu zehn Minuten in der Luft. Die Skipper müssen die Dinger regelmäßig erneuern, das verlangt das Seerecht. Also werden die, die das Ablaufdatum erreicht haben, jedes Jahr zu Silvester in die Luft geschossen. Sieht toll aus, nicht?«

Elke nickte begeistert. So etwas hatte sie noch nie gesehen.

Mit einem heftigen Kanonenschlag kündigte sich ein neues Ereignis an. Das Kurhaus begann mit seinem professionellen Neujahrsfeuerwerk am Strand. Die zahllosen Zuschauer quittierten jede Lichterexplosion mit einem freudigen »Ahhh«. Spaßvögel konterten daraufhin mit einem noch lauteren »Ohhh«.

Als das Spektakel vorbei war, verlief sich die Menge. Rainer sah auf die Uhr. Kurz vor eins.

»Ihr kommt doch wieder mit zu Christian?«, erkundigte sich Hendrik Altehuus.

Bevor Rainer den Mund aufmachen konnte, antwortete Elke: »Nee, danke. Wir sind müde und wollen ins Bett.«

Rainer dachte mit Schrecken an seine blauen Flecken, nickte aber trotzdem brav.

»Schade«, meinte Hendrik. »Wäre bestimmt noch nett geworden.« Dann sagte er mehr zu sich selbst: »Ich wundere mich, wo mein Vater bleibt.«

»Wollte der kommen?«, fragte Rainer und steckte sich eine Zigarette an.

»Ja. Alte Tradition. Den Jahreswechsel verbringt mein Vater allein in seiner Wohnung. Er trinkt ein Glas Sekt und prostet dem Bild meiner Mutter zu. Das macht er seit ihrem Tod vor fast zwanzig Jahren. Danach versuchen wir uns noch zu treffen, wenn ich hier bin. Meistens klappt es auch.«

»Wie romantisch«, seufzte Elke.

»Ich weiß nicht. Ich kann ihn zwar verstehen, aber nach der langen Zeit ...«

Aus der Dunkelheit näherten sich zwei wankende Gestalten, die vergeblich versuchten, ein Lied zu intonieren. Mehr als ein unvollständiger Refrain und ein lautes, energisches »Hölle, Hölle, Hölle« kam nicht zustande.

Rainer kamen die verwaschenen Stimmen bekannt vor.

Die beiden Kriminalkommissare Dieter Buhlen und Günter Müller stützten sich gegenseitig, so dass ihre Ausschläge nach links und rechts umso heftiger ausfielen.

»Is ja doll was los hier«, nuschelte Müller und zog eine kleine Pulle Friesengeist aus der Tasche. Er öffnete mühselig den Schraubverschluss, setzte die Flasche an den Hals und kippte sich einen heftigen Schluck hinter die Binde. Dann sah er mit glasigen Augen in die Runde und streckte Elke das Getränk entgegen. Dabei hätte er fast das Gleichgewicht verloren, wenn ihm Rainer nicht zu Hilfe gekommen wäre. Leicht verdutzt schaute der Kripobeamte den Anwalt an, schüttelte sich unwirsch und hatte Sekunden später den Vorfall schon wieder vergessen. Er präsentierte erneut die Flasche. »Auch einen?«

Als Elke ablehnte, nickte er verstehend und setzte die Flasche wieder an seinen Hals. »O Mann«, meinte er. »Bin ich besoffen.«

Sein Kollege hatte mit einem etwas stupiden Blick das Geschehen verfolgt. Er hob langsam die Hand und streckte oberlehrerhaft den Zeigefinger aus. Er machte den Mund zweimal auf und zu und lallte dann: »Wir sin' nich besoffen. Wir ham nur 'n bisschen was getrunken, nur 'n bisschen.« Befriedigt über seine Leistung glotzte er die anderen an.

Rainer verkniff sich das Lachen. Ein solch rapider körperlicher und geistiger Verfall war ihm nicht fremd. Und wer im Glashaus saß ... »Ich befürchte, wir müssen die beiden in ihr Hotel schaffen. Sonst erfrieren die noch hier draußen.«

Hanssen nickte. Also zog die Gruppe Richtung Rathaus.

Wenig später kam ihnen Enno Altehuus entgegen. »Moin«, grüßte der Polizist und wünschte ein gutes neues Jahr.

»Wo haben die sich denn so abgefüllt?«, fragte Hendrik und zeigte mit dem Kopf auf die beiden Hamburger.

»Bei Steiner«, antwortete sein Vater.

»Ich denke, der sitzt.«

»Er saß. Ich konnte die zwei Strategen davon überzeugen, dass Wilhelm nicht weglaufen kann, selbst wenn er wollte. Wir haben in seiner Kneipe gefeiert. Anfangs haben die beiden sich noch Gedanken um Steiner gemacht, später nur noch über sich selbst und jetzt ...«, er musterte die zwei, die ihn aus verständnislosen Augen anstarrten, »… machen die sich anscheinend überhaupt keine Gedanken mehr.« Wie zur Bestätigung brüllte Müller plötzlich unvermittelt: »Ich war noch niemals in New York.«

»Ich auch nicht«, bemerkte Rainer trocken.

»Außerdem hat Wilhelm Schwiebus nicht umgebracht.«

»Das sehe ich auch so«, schaltete sich Elke ein.

»Und wo ist Steiner jetzt?«, wollte Rainer wissen.

»Wo soll er schon sein? Zu Hause«, griente Altehuus.

»Hast du da auch keinen Fehler gemacht?« Die Besorgnis bei Hendrik war nicht zu überhören.

»Ach was. Steiner war es nicht. Der Täter sitzt bereits in der Arrestzelle.«

Nach dieser Eröffnung blieben alle für einen Moment sprachlos. Selbst die beiden fröhlichen Zecher schienen ihre Aufmerksamkeit nun Altehuus zu schenken. Dann riefen alle durcheinander: »Was?«

»Wer ist es?«

»Woher wissen Sie …?«

Altehuus hob die Hände. »Langsam. Ich weiß zwar nicht, ob ich euch das erzählen darf …« Er machte eine abwägende Handbewegung. »Ach, was soll's. Steht ohnehin bald in jeder Zeitung. Also: Als ich kurz nach zwölf die Wohnung verlassen habe, bin ich kurz unten in die Wache, um nach dem Rechten zu sehen. Da fiel mir ein Fax auf, das gekommen sein muss, nachdem wir mit Steiner ins Loog gegangen sind. Es war von der Kripo Bremen. Wübber hatte noch eine zweite Waffe, eine …«

»Wübber hatte eine Waffe?« Rainer war ganz Ohr.

»Ja. Und die zweite war eine Walther TPH.«

»Und?«, fragte Elke gespannt.

»Mit einer solchen Waffe ist Schwiebus erschossen worden.«

»Das ist ja …«

»Eben. Als ich Wübber in seinem Hotel aufgesucht habe, hat der nicht mehr versucht zu leugnen. Er hat mir sofort seine Pistole ausgehändigt. Jetzt sitzt er bis morgen früh in meiner Arrestzelle. Dann wird er abgeholt.«

»Warum hat er Schwiebus umgebracht?« Rainer dachte an die gemeinsamen Geschäftsinteressen. »Hat das etwas mit dem Golfplatz zu tun?«

»Nein. Er hielt Schwiebus für den Mörder seiner Tochter.«

»Und Steiners Besuch bei Schwiebus …«

»… resultierte aus dem Versuch Wübbers, die Tat einem anderen in die Schuhe zu schieben.«

»Und wer hat Marlies Wübber nun umgebracht?«, fragte Hendrik Altehuus.

»Tja«, sagte der Polizeiobermeister gedehnt. »Das würde ich auch gerne wissen.«

36

Als die beiden Kripokommissare an diesem Neujahrsmittag ziemlich verkatert ihr Hotel verließen, strahlte sie nicht nur vom wieder erblauten Juister Himmel die Sonne an, sondern sogar ein Hauch von Frühling lag in der milden Luft. Es taute.

»So lässt es sich aushalten«, seufzte Buhlen. »Ich könnte mich glatt an die Insel gewöhnen.«

»Und Bärbel?«

»Tja. Das könnte ein Problem werden …«

Sein Handy meldete sich. Buhlen ging auf Empfang.Altehuus meldete sich, nicht gelassen wie sonst, sondern sehr aufgeregt.

»Wir haben den Handkarren gefunden.«

»Wo?«, wollte Dieter Buhlen wissen.

»Am Hafen. Er stand zwischen den anderen. Ein ideales Versteck. Kein Juister käme auf die Idee, einen Karren zu benutzen, der ihm nicht gehört. Deshalb ist es keinem aufgefallen, dass dort der Handkarren von Wübbers Villa Sturmflut stand.«

»Wer hat ihn gefunden?«

Müller kratzte sich irritiert am Kopf.

»Einer der Gepäckträger. Durch Zufall.«

»Ist es sicher, dass es sich um den Karren von Wübber handelt?«

Altehuus hörte sich verwundert an. »Natürlich.«

»Warum ist das so natürlich?«

»Weil der Name der Villa draufsteht.«

Buhlen machte mit offen stehendem Mund keinen besonders intelligenten Eindruck. »Sagen Sie das noch einmal: Da steht der Karren, den wir seit Tagen auf der gesamten Insel suchen, einfach am Hafen, der Name von Wübbers Villa prangt darauf, wir latschen da Tag für Tag vorbei und ... Ich fasse es nicht. Gut. Bleiben Sie dort. Wir kommen sofort. Laufschritt.«

Müller hing bereits an seinem Handy, um die Spurensicherung mal wieder nach Juist zu beordern. »Ja, ich weiß, dass wir euch auf Trab halten. – Natürlich ist es wichtig. Würden wir euch sonst ... – Du mich auch.« Er beendete die Verbindung. »Mistkerl«, schnaubte er.

Altehuus winkte ihnen zu, als sie am Leuchtturm vorbei Richtung Fähranleger spurteten.

»Wo ist der Karren?« Buhlen schnappte nach Luft.

»Hier.«

Der Handkarren war zwar luftbereift, erinnerte aber ansonsten stark an das ausgehende Mittelalter. Die Zugdeichsel war völlig verrostet, das Holz an einigen Stellen gesplittert, der ursprüngliche Farbanstrich nur zu erahnen. Einzig der Schriftzug *Villa Sturmflut* erschien ziemlich neu. In einer Ecke der Ladefläche sammelte sich Regenwasser.

»Und den haben wir übersehen«, schüttelte Müller den Kopf. »Aber ob da die Spurensicherung noch etwas findet ...«

»Abwarten«, bemerkte sein Kollege und beugte sich über den Karren. »Da ist was. Hat jemand Handschuhe?«

Altehuus brummte etwas Unverständliches und Müller zog es vor, überhaupt nicht zu antworten.

»Pinzette?«

»Mit meinem Zahnstocher kann ich dienen. Aber mach ihn nicht kaputt.« Günter Müller reichte seinem Kollegen zögernd einen kleinen Zahnstocher aus Edelstahl, den er in einer Lederhülle mit sich herumtrug.

Dieter Buhlen stocherte vorsichtig mit dem Gerät in der Wasserpfütze herum, griff dann mit spitzen Fingern in die trübe Brühe und zog etwas aus dem Wasser.

»Eine Kunststoffhülle. Steckte in einem Spalt zwischen den Bodenbrettern.« Er wickelte die untere Hälfte der Hülle in ein Papiertaschentuch und hielt das Fundstück hoch, um es besser begutachten zu können. »Sieht aus wie die Hülle von einem Füller. Oder einem Kuli.« Er drehte das Ding. »Hier steht was.« Er las langsam vor. »*Tondeo*. Hat jemand eine Ahnung, was das ist?«

Die anderen beiden Polizisten schüttelten ihre Köpfe.

»Okay. Günter, sollen wir Hölzchen ziehen oder ...?«

Müller schlug den Kragen seines Mantels höher. »Schon gut. Ich bewache unser Beweisstück. Wenn die Jungs aus Aurich aber in den nächsten zwei Stunden nicht eintreffen, löst mich einer ab.«

Buhlen nickte. »Ehrensache.«

In der Wachstube fragte der Kommissar den Juister Polizisten: »Haben Sie eigentlich einen Internetanschluss?«

Altehuus sah Buhlen an, als ob dieser von einem anderen Stern käme.

»War ja nur eine Frage.« Buhlen schnappte sich seinen Laptop, das Handy und stöpselte die Geräte zusammen. »Fragt sich nur, wer mir die Gebühren erstattet«, seufzte er, loggte sich ins World Wide Web ein und bemühte eine der Suchmaschinen. Wenige Mausklicks später wurde er fündig.

»Sehen Sie sich das an«, rief er zu Enno Altehuus. »*Tondeo* ist ein Hersteller für Friseurbedarf, Scheren und – halten Sie sich fest – Rasiermesser. Bingo.« Er schaltete seinen Computer aus. »Wir sollten den Friseuren auf Juist einen Besuch abstatten.«

Eine Dreiviertelstunde später saß Buhlen frustriert wieder in der Wache. »Wenn die Haarstylisten mich nicht belogen haben, arbeiten sie nicht mit *Tondeo*, sondern mit Produkten der Konkurrenz. Womit wir wieder beim Anfang wären. Scheiße!«

»Versuchen Sie es doch einfach bei *Behrends*. Vielleicht hat der ja so ein Messer verkauft«, riet Altehuus.

»*Behrends*? Wer ist das denn?«

»Das Haushaltswarengeschäft auf Juist. Der hat alles, und was er nicht hat, besorgt er unverzüglich.«

»Hat der heute denn geöffnet?«, wunderte sich der Hamburger.

»Wenn Sie Glück haben. Die Ladenöffnungszeiten folgen hier anderen Regeln als bei Ihnen zu Hause.«

»Wo finde ich den Laden?«

Behrends lag nur Minuten von der Wache entfernt in einer Nebenstraße. Buhlen stieg die wenigen Stufen zu dem Geschäft hinunter. Im Inneren versuchte gerade eine elegante Dame im Pelz die Aufmerksamkeit des Verkäufers an den anderen Kunden vorbei auf sich zu ziehen. »Ich hätte da eine Frage …«

»Haben Sie keine Zeit?«, bügelte sie der groß gewachsene Mann ab.

»Doch. Aber ich dachte ...«

»Dann warten Sie, bis Sie dran sind.«

Die Bepelzte schwieg beschämt.

Buhlen grinste amüsiert.

Ein anderer Kunde, der bis zur kleinen Ladentheke vorgedrungen war, erkundigte sich: »Ich benötige diesen, äh ... Nippel, um Heizkörper zu entlüften. Führen Sie ...?«

Der Verkäufer war schon während der Fragestellung in die Tiefen seiner Regale abgetaucht und kam Sekunden später wieder hoch, legte einen entsprechenden Vierkantschlüssel auf den Tresen, forderte: »Zwei fünfzig« und wandte sich mit einem lockeren Spruch dem nächsten Kunden zu. Buhlen hatte den Eindruck, dass die Hälfte der Anwesenden nur deshalb in den Laden gekommen war, um dem Original zuzuhören.

Als er an der Reihe war, zückte er seinen Ausweis und fragte: »Führen Sie Produkte der Firma *Tondeo*?«

»Habe ich ein Friseurgeschäft?«, antwortete der große Mann, ohne zu zögern. »Aber ich kann Ihnen was bestellen, wenn Sie wollen.«

»Sie kennen also diese Produkte?«

»Hören Sie, zwischen diesem Laden und dem deutschen Festland liegen einige Seemeilen Wasser, Watt oder wie jetzt tauendes Eis. Meine Kunden erwarten, dass ich ihnen helfe. Reicht das?«

»Natürlich. Haben Sie in letzter Zeit ein Messer dieser Firma verkauft?«

»Ja. Warum?«

»Wissen Sie noch, an wen?«

»Natürlich weiß ich das. An Lars Hinrichs. Der brauchte das für sein Studium. Eigentlich wollte er ja ein Architektenmesser haben, aber das konnte ich ihm ...«

»Wer ist Lars Hinrichs?«

»Einer der Kellner aus der *Spelunke*.«

Der Rest war Routine. In Lars Hinrichs' Bude fanden die Kripobeamten zahlreiche sehr freizügige Fotos von Marlies Wübber und eine Schachtel mit glühenden, aber nicht abgeschickten Liebesbriefen an die Ermordete.

»Haben Sie Marlies Wübber umgebracht?«, kam Günter Müller direkt zum Punkt.

Lars Hinrichs nickte stumm. Ihm standen die Tränen in den Augen.

»Warum?«

Hinrichs antwortete nicht.

»Warum, verdammt noch mal!«, brüllte der Kommissar, packte Lars mit beiden Händen an den Schultern und schüttelte ihn heftig. »Jetzt reden Sie schon, Mann!«

Schweigen.

»Machen Sie den Mund auf, sonst …«

Altehuus trat neben die beiden und legte seinem Kollegen beruhigend eine Hand auf den Arm. »Lassen Sie mich mit ihm reden. Er kennt mich. Bitte.«

Für einen Moment sah es so aus, als ob Müller den Juister Polizisten wegstoßen wollte. Dann ließ er den jungen Mann los. »Wenn Sie meinen …«

Altehuus legte seinen Arm um die Schultern des Jungen und zog ihn etwas zur Seite. »Du hast sie geliebt, nicht wahr?«

Hinrichs antwortete so leise, dass Altehuus seinen Kopf zu ihm hinüberbeugen musste, um ihn zu verstehen.

»Und warum hast du sie dann umgebracht?«

»Sie hat mich verlassen«, jammerte Hinrichs. »Marlies wollte nichts mehr mit mir zu tun haben. Ich sei nur einer von mehreren. Es wäre für eine Zeit ganz nett gewesen, aber jetzt sei Schluss. Dabei habe ich sie so geliebt. Und sie hat mich nur ausgelacht. Ich habe gebettelt, habe gefleht, aber sie hat mich nur spöttisch angesehen.«

»War das Kind von dir?«, wollte Enno Altehuus wissen.

Lars Hinrichs schüttelte schluchzend den Kopf. »Ich weiß nicht, von wem das Kind ist. Vielleicht war es von mir. Marlies wollte es nicht. Sie würde abtreiben, hat sie gesagt. Egal wer der Vater sei.« Er weinte hemmungslos. Für Minuten war er nicht ansprechbar.

»Ich wollte dann weg, einfach nur weg.«

»Lebte Marlies Wübber da noch?«

Hinrichs nickte. »Ich bin erst nach Hause gelaufen ... später ziellos durch das Dorf. In mir ist etwas ... etwas kaputtgegangen. Ich war wütend auf Marlies ... wütend auf die anderen Männer ... wütend auf meine Naivität. Irgendwann bin ich zurück zu ihrem Haus. In meiner Tasche ... Ich konnte mich nicht erinnern, das Messer eingesteckt zu haben.« Er schluchzte wieder heftig auf. »Die Terrassentür stand offen. Ich habe das Wohnzimmer betreten, die Sicherung herausgenommen. Dann hörte ich ihre Schritte ...«

Wie die Beamten schon vermutet hatten, erfolgte der Transport der Leiche mit dem vermissten Handkarren. Das Messer und das vermisste Handy lagen irgendwo zwischen Kalfamer und Norderney im Watt.

Einige Minuten später war Lars Hinrichs nicht mehr vernehmungsfähig. Er stützte seinen Kopf in beide Hände und wurde von Weinkrämpfen geschüttelt.

»Herr Hinrichs, warum haben Sie die Leiche weggeschafft und nicht einfach am Tatort zurückgelassen?«, wollte Müller wissen.

Der junge Mann antwortete nicht.

Der Kriminalkommissar machte einen zweiten Versuch: »Was ist mit den Blutschmierereien im Hausflur?«

Hinrichs schwieg und weinte.

»Herr Hinrichs, nun reden Sie schon!«

Die Antwort war Schluchzen.

Buhlen sah seinen Kollegen an, der riet: »Lassen wir es. Einverstanden?«

Buhlen signalisierte sein Okay. Das Verhör würde später im Präsidium auf dem Festland fortgesetzt. Mit der Unterstützung eines Polizeipsychologen.

»Herr Hinrichs«, eröffnete Kommissar Günter Müller dem Tatverdächtigen offiziell, »Sie sind wegen Mordverdachts zulasten Marlies Wübber vorläufig festgenommen.«

Lars Hinrichs reagierte nicht.

Epilog

Die *Islander* war auf dem Regionalflugplatz Norden gelandet. Ein Taxi hatte die beiden Anwälte zu den Parkhäusern in Norddeich gebracht.

Als sie in Rainers Mazda auf der B 210 in Richtung Süden fuhren, schaltete Elke das Radio ein. Sie hörten den Schluss eines Berichtes über das Packeis vor den ostfriesischen Inseln.

Der Reporter interviewte gerade den Bürgermeister von Juist: »... und wie reagierten die Inselurlauber?«

»Gelassen«, antwortete der Politiker. »Unsere Gäste wissen: Juist, das ist das letzte Abenteuer Deutschlands.«